干掉太阳旗

[美] 比尔 · 奥雷利（Bill O'Reilly）　马丁 · 杜加尔德（Martin Dugard）/ 著
庄逸抒　刘晓同　王彦之 / 译

Killing the Rising Sun

How America Vanquished World War II Japan

江苏凤凰文艺出版社
JIANGSU PHOENIX LITERATURE AND ART PUBLISHING, LTD

图书在版编目（CIP）数据

干掉太阳旗 / (美) 比尔・奥雷利 (Bill o’ reilly) , (美) 马丁・杜加尔德 (Martin dugard) 著 ; 庄逸抒, 刘晓同, 王彦之译 . -- 南京: 江苏凤凰文艺出版社, 2017.9

书名原文: Killing The Rising Sun

ISBN 978-7-5594-0940-9

Ⅰ. ①干… Ⅱ. ①比… ②马… ③庄… ④刘… ⑤王 Ⅲ. ①长篇小说 - 美国 - 现代 Ⅳ. ①I712.45

中国版本图书馆CIP数据核字（2017）第185174号

著作权合同登记号 图字 10-2017-371

KILLING THE RISING SUN: How America Vanquished World War II Japan

by Bill O'Reilly and Martin Dugard

书　　名	干掉太阳旗
作　　者	比尔・奥雷利（Bill O’Reilly）马丁・杜加尔德（Martin Dugard）
译　　者	庄逸抒　刘晓同　王彦之
责任编辑	邹晓燕　黄孝阳
出版发行	江苏凤凰文艺出版社
出版社地址	南京市中央路 165 号，邮编：210009
出版社网址	http://www.jswenyi.com
发　　行	北京时代华语国际传媒股份有限公司　010-83670231
印　　刷	北京鹏润伟业印刷有限公司
开　　本	690 × 980 毫米　1/16
印　　张	16.5
字　　数	300 千字
版　　次	2017 年 9 月第 1 版　2017 年 9 月第 1 次印刷
标准书号	ISBN 978-7-5594-0940-9
定　　价	48.00 元

谨以此书向所有二战将士致敬

自由因你而鸣

日升之地（*The land of the rising sun*）

古代中国对日本的描述，意思是太阳最先照耀的亚洲大陆之地。

CONTENTS

目 录

致读者

2001 年 9 月 11 日，“基地”组织的恐怖分子对美国发动了惨绝人寰的袭击，5 天后的 9 月 16 日，长期担任贝拉克·奥巴马（Barack Obama）芝加哥教会牧师的耶利米·赖特（Jeremiah Wright Jr.）在教堂布道时，发表了令人瞠目结舌的反美言论。他一一列举美国过去的种种恶行，说那是“9·11”大规模恐怖袭击事件发生的原因。赖特还谴责美国不该在 1945 年向日本投下两颗原子弹。

“我们轰炸了广岛，我们轰炸了长崎，我们用原子弹炸死的日本人远远超过纽约和五角大楼的上千人……美国要自食恶果了。”

7 年后，媒体披露了赖特的惹火言论。其时奥巴马议员正在竞选美国总统，当即批判了赖特的言论，急忙与他划清界限。而这位激进的牧师曾是奥巴马夫妇的证婚人，与奥巴马关系甚笃，有着约 20 年的交情。

毫不夸张地说，世界上许多人对赖特的话知之甚少，甚至一无所知。当然，大部分人知道美国投下了原子弹，给日本带来了毁灭性灾难。但不得不说，正是投放原子弹事件才终结了二战，而这一点许多人却不知道。因此，像赖特所言这样的煽动性言论有时也并未受到公然质疑。

地球上每个人都面临着一个共同的威胁：核毁灭。今天核武器毁灭性的威力远远超过第一代原子弹。近期，伊朗核谈判增强了人们对于核威胁的意识，但核武器的起源以及 20 世纪 40 年代那个残酷的世界却不再众所周知了。

翻开此书，警钟响起：书中包含了一些让人难以接受的信息。1945 年世界所经历的暴行是史无前例的，详细内容会在本书中一一呈现。

马丁·杜加尔德（Martin Dugard）和我将会告诉你们血淋淋的事实。理解美国打败日本的方式至关重要，因为二战存在的问题仍遍布当今世界的角角落落。

《干掉太阳旗》是我们史书系列的第六本。我们相信你们读完此书会更加了解美国。我们也相信你们有能力理性看待赖特牧师等人的言论。

我们生活的时代谎言丛生，了解真相很重要。

而真相就在这儿。

比尔·奥雷利（Bill O'Relly）

纽约长岛

2016 年 3 月

引 言

白宫总统办公室

华盛顿

1939 年 10 月 12 日

上午 10 时

毁灭时代，即将降临。

“你有什么好主意？”富兰克林·德拉诺·罗斯福（Franklin Delano Roosevelt）向亚历山大·萨克斯（Alexander Sachs）问道。萨克斯是华尔街的金融学家，曾作为“新政”的关键顾问之一助美国走出大萧条时期。这位 46 岁的经济学家正坐在木制总统办公桌的对面。

罗斯福（FDR）如往常一样熬到后半夜。由于平日事务繁忙、劳累过度，又少有外出，他眼袋厚重、皮肤苍白，虽只有 57 岁，但看起来更显苍老。他手里正拿着根骆驼牌香烟（Camel），这是他目前抽的 20 种香烟之一，但他并没有因为抽骆驼牌香烟而更显硬朗。

萨克斯的回答十分谨慎。这次会议属最高机密级别，不会出现在总统日程安排的每日官方记录中。萨克斯只希望今天同罗斯福一小时的会面能比昨天更顺利。昨天的一小时中，他没能成功地用合适的言语来说明什么才是人类面临的最大威胁。

纳粹德国入侵波兰已有 4 周，以此为起点爆发了人人皆知的第二次世界大战。一个月之前的 8 月 2 日，理论物理学家阿尔伯特·爱因斯坦（Albert Einstein）给罗斯福总统写了一封急件以示警告：“大量铀物质中可能会产生核反应链，一种新型炸弹将因此而诞生，威力无穷。”

爱因斯坦是罗斯福的老朋友，但当时，他觉得派萨克斯亲自送信能最有效地传达他的想法。然而昨天早晨萨克斯终于有机会受到罗斯福接见时，这位自大的金融家却无法讲清这一情况。

他来到总统办公室后，没有把爱因斯坦两页长的信大声念出来，而是拿了一叠具体到美国铀产量的技术性论文，从他那 800 多字的总结开始念起。他只字不提爱因斯坦和其他顶级科学家认为新型炸弹能摧毁整座城市的言论，也没说纳粹德国现在正在加紧制造这种武器。萨克斯嗡嗡念着，罗斯福听着听着便乏了。由于案牍劳形，罗斯福总统便让萨克斯先行离开，第二天再来。

第二天便是现在。萨克斯此时意识到他犯下大错，想让事情回到正轨。趁着罗斯福侧耳倾听，这位华尔街领袖将爱因斯坦的信大声念出来。看起来总统昨天可能是左耳进右耳出，但实际上有一些问题他还是领会了。罗斯福问了萨克斯一些有关铀、纳粹和这种新型炸弹的问题。爱因斯坦的信很清晰地说明德国已经控制了捷克斯洛伐克（Czechoslovakia）的关键铀矿，位于柏林的威廉皇家研究院（Kaiser Wilheim Institute）试图用铀来建立一个核反应链，这可能会导致史上最致命的爆炸。

最后，罗斯福听得差不多了。“亚历克斯，”他为这位金融家总结道，“你接下来要做的就是不要让纳粹轰炸我们。”

“当然。”萨克斯松了口气回答道。

罗斯福马上召见了他的私人助理，已退休的美军上将埃德温·帕·沃森（Edwin Pa Watson）前来总统办公室。

“帕，”罗斯福命令道，“我们要行动起来。”

第1章

加罗林群岛贝里琉岛（PELELIU, CAROLINE ISLANDS）

太平洋

1944 年 9 月 15 日

0832[①]

帝国存亡，危在旦夕。

清晨，骄阳似火，令人难以忍受，美国海军陆战队（USMC）[②]路易斯·肯尼斯·鲍赛尔下士（Corporal Lewis Kenneth Bausell）热得呼吸困难。他和十几个来自海军陆战队第一师的士兵一起潜伏在两栖登陆艇里，准备向被日军占领的橙一号滩（Orange One）出发。早在清晨时分，温度就盘旋在100 华氏度[③]了。随着装甲登陆艇距离沙滩越来越近，美军大汗淋漓，一方面是因为天气炎热，另一方面是由于神经紧张。这些陆战队士兵很清楚他们可能马上就会牺牲，或者终生残疾，但很少有人知道他们经历了什么。

不同于欧洲更公开化的战场，厄尼·派尔（Ernie Pyle）和爱德华·罗斯

① 这是军队的时间表示法，意思是 8 时 32 分。书中既有这种表示法，又有普通的时间表示法，为做区别，译者依照原文采用两种时间表示法。——译注

② 美国海军陆战队（United States Marine Corps-USMC），是美国五大独立军种中的一支两栖突击作战部队，其主要职责是利用美国海军下属所有舰队船只，以最快速度抵达全球各个危机发生地执行各种战斗任务。——译注

③ 约 38 摄氏度。——译注

科·默罗（Edward R. Murrow）等记者以报道欧洲战场的方方面面而名扬四海。但今天，并没有记者或摄影师来到这偏远的海滩。这场残酷的抗日战役一触即发，却几乎无人知晓。

贝里琉岛是军事要塞，岛上有一个机场，在这样一片硬地面上远程战斗轰炸机能够起飞。这个岛屿只有 6 英里长、2 英里宽，但地面崎岖不平，珊瑚礁和石灰岩上覆盖着一层薄薄的灰土。海滩 1000 码外是丛林密布的乌穆尔布罗戈尔山岭（Umurbrogol ridges），绵延而嶙峋的山峰并不高耸，勾勒出岛的脊梁。贝里琉岛地势偏远，日本觊觎已久，早在 1914 年就占领了这座荒无人烟的小岛。20 多年来几乎未经开发，但随着战争来临，日本再次意识到它重要的战略地位。去年夏天，日军得知美国很快将袭击贝里琉岛后，耗费人力将贝里琉岛改造成一个军事壁垒。

大部分海军陆战队战士十分关心贝里琉岛的历史，每个人都以自己的方式进入战场。有些人靠抽烟来平息恐惧，有些人呕吐在甲板上，另一些人则担心裤子湿掉。但每个人都有共同的信念：攻击海滩的那一刻，无论发生了什么，都绝不投降。

路易斯·鲍赛尔此前经历过这些。他年方 20，之前在华盛顿特区当装订工学徒，他有着拳击手那样的塌鼻子，脸上挂着随和的微笑，头发短得可以直接看到头皮。当日军在 1941 年 12 月轰炸珍珠港时，鲍赛尔还有一个学期就可以从麦金利技术高中（McKinley Technical High School）毕业。珍珠港事件后，他马上辍学，申请入伍海军，却被拒绝。不过他获准加入海军陆战队。在为国效力的两年多时间里，鲍赛尔赢得了同伴的尊重，尽管他还未获得正式军衔，不过一个月前，由于他在图拉吉岛（Tulagi）、吉沃图岛（Gavutu）、瓜达尔卡纳尔岛（Guadalcanal）、格鲁彻斯特岬 （Cape Cloucester）战役中英勇奋战、领导有方，刚刚被授予中士军衔。①

① 美国太平洋的军事行动采取的是“跳岛战术”。美国海军、陆军以及海军陆战队攻占了日本在太平洋的岛屿据点，逐渐北上攻进日本，不重要的岛屿不考虑攻占。

此时，两栖登陆艇正穿过平静的海面，驶向贝里琉岛，鲍赛尔扣上了钢头盔上的系带。登陆艇立刻在离岸 100 码外的珊瑚礁上停了下来，一会儿又继续朝着登陆区翻滚前行。鲍赛尔低下头，冒险从登陆艇边缘窥探战场。众所周知，日本狙击手喜欢瞄准好奇心重的人。

突然，登陆艇周围的子弹喷涌而出。141 毫米迫击炮弹射到空中。很多敌兵都找到了目标，子弹打中了其他登陆艇上的鲍赛尔的那些战友。爆炸声与大炮的轰鸣声震耳欲聋，以致鲍赛尔与战友们只有大声呐喊才能听到彼此的声音。顷刻间，硝烟四起，一片澄澈的蓝天被黑烟笼罩。今天，这里成了一个活生生的地狱。

登陆贝里琉岛的最后一刻

“向海滩出击。”两栖登陆艇的钢踏脚触碰到海岸时，一位中士大声喊道。鲍赛尔纵身一跳，越过登陆艇边缘，稳稳地落在白骨色的沙滩和珊瑚上。日军机关枪突突扫射，迫使鲍赛尔不得不匍匐前行。他周围，爆炸不断，火光四溅，海滩边一排排棕榈树熊熊燃烧，美军的鲜血与炮弹的黄磷相互交融。

“所有人只能忍受，祈求活命。”一名海军陆战队士兵后来如此描绘来到贝里琉岛上的第一刻。“在这枪林弹雨中，恐怕只有自杀才能让人解脱吧。”

鲍赛尔在这里的所见所闻都拆穿了美国政府的谎言，他和战友们被告知这里是日军重要的据点。为了避免战术僵局，美国海军用 10 天空袭、两天炮击轰炸了贝里琉岛。看起来，如此频繁的袭击下，不可能还有人幸存下来。“能炸的地方我们都炸了。”一位海军高级军官抱怨道。美国情报部门对此感同身受，表示敌人几乎没有什么反应。海军陆战队军官指挥了这场进攻，威廉·鲁佩图斯（William Rupertus）少将预言这场战役会速战速决：“攻坚战快的话 4 天搞定，顶多 5 天。”

但路易斯·鲍赛尔和他的战友们现在可以断言，贝里琉岛之战会无比艰辛。敌人精心准备了好几个月，日军为了精准地攻击美军现在上岸的地方，将迫击炮发射器和大炮隐藏在 2200 码外的海滨区。另外，日军还建立了反坦克壁垒，在加罗林群岛埋了数百个地雷，并在海滩沿岸布下了一圈倒钩电线。“蜘蛛陷阱”——由椰子树原木做成的机关枪雀巢——伪装得如此之好，以至于美军在丛林与沙滩交界的沼泽中几乎发现不了这些陷阱。

然而日军指挥官中川州男（Kunio Nakagawa）大佐是一位现实主义者，他知道美军最终会有办法上岸，美军势力庞大。因此这位聪明的大佐采取了一个在战争中只试用过一次的策略。[①] 尽管美军正受到恐怖的迎击，但他的

---

① 持久战，与速决战相对，指打一场旷日持久的保卫战来消磨美军的斗志。这种方式最先用在位于新几内亚西北海岸的小岛比亚克（Biak）上，但这个战术在那里失败了，日军在那场战役中被歼灭，6100 名战士牺牲。美军第 41 师的士兵大多数来自俄勒冈州和蒙大拿州，他们在茂密的热带雨林中大获全胜，因而获得了“丛林战士”的美称。这次美军牺牲的人数不到 500 人。

目标并不是要在海滩上赢得此战。海滩上只有一小撮日军与美军交战，但其他上千日军精英部队还在内陆等候，就躲藏在附近乌穆尔布罗戈尔高地中500个隐秘的坑道网络中。

复郭阵地（Fukkaku defense）[①]会让中川和他的战士与美军交锋，在美军最始料不及之时，从掩身之处杀出突袭敌方。

日军神出鬼没的攻击方式让英国高级将领威廉·斯利姆（William Slim）认为这场战役是“史上最严峻的战斗”，第14师团中川州男的手下印证了这种说法。大部分日本兵都是经历了多年战斗的老兵，他们住在地下5层，每天就吃鱼和米饭，忍受上级的打骂，遵守严酷的纪律，这些都是日本军队的典型特色。“你可能会因为任何事情挨打。”一位日本士兵之后回忆道，“太矮或太高，甚至有人不喜欢你喝咖啡的样子。这些都是为了让士兵绝对服从命令，迅速出击，取得成效。若想让士兵骁勇善战，就必须严格训练他们。”

这些士兵还被灌输了另一个关键的观念：日本人生来优越，毋庸置疑能战胜低等的美军。

但这是个谎言。

对于大日本帝国军队的士兵而言，这无关紧要。他们强大的信念就是武士道的武士精神，这种精神强调投降是不忠的表现之一。“一个人不想被人瞧不起就必须变得强大。”日军的《战阵训》（*Senjinkun*）是讲述行为准则的一本小手册，每位军人都有，其中有这样有一句话，“不为阶下囚，宁死守节操”。

这就是中川大佐成功布局的基础。

日军没有退路，也没有逃生的计划。中川大佐已经46岁，在中日战争早期因功9次受到表彰，这次他已经告诉妻子，自己将与她永别。

很快，非常快，他将把毫无戒备的美军引诱到乌穆尔布罗戈尔高地中，

① 复郭阵地意为持久抵抗阵地。——译注

将他们一网打尽。

但与此同时，日军也会惨遭屠杀。

没有投降这条路。

★

路易斯·鲍赛尔从沙滩跳起，纵身一跃，呈蹲伏姿势，他想借助岛内100码处小珊瑚岭的庇护，他奔跑的时候，周围传来声声呐喊“快离开这该死的海滩！”同时还夹杂着求助“医务兵”的绝望呼声。鲍赛尔从未见过此番惨象，今天两百名海军陆战队士兵会牺牲，还有几百名士兵会受伤。随着日军重炮袭来、火力相交，美国陆军下士和列兵眼睁睁看着同胞海军陆战队士兵的身体被炸得四分五裂，感到惊恐不已。

“一位战友的身体在空中被炸分离了，”一位海军陆战队士兵这样回忆极其悲惨的死亡场面，“我非常清楚地看见他的脑袋和一条腿被炸飞了，太恐怖了。”

“我看到，一位受伤的海军陆战队士兵在我旁边摇摇欲坠，”另一位美军士兵回忆道，“他的脸有一半血肉模糊，手臂上只余支离破碎的血肉，木然低垂……他在我身后倒下，倒在白色沙滩被染红的泥潭里。”

这里的每个人都知道日军如何处理战俘。日军不会囚禁他们，反倒会用最残忍的方式杀死他们。此前与日军交战的老兵曾目睹日军将活人折磨死，有些人被捆在树上当活人靶，有些人的头颅、手臂和大腿被割下来，许多美国海军陆战队士兵虽然已经死了，但日军还是用刺刀将他们阉割。

“要么杀敌，要么被杀。”海军陆战队列兵丹·劳拉（Dan Lawler）回忆道，“日军不抓俘虏，所以我们也不抓。”

或者像这样，海军陆战队“狂妄的”路易斯·普勒下士（Lewis Chesty Puller）在贝里琉岛战役前命令他的士兵：“你们不用抓俘虏！把那些日本军人统统杀光，这就够了！”

★

时间似乎长得无穷无尽，但鲍赛尔和几个战友离开海滩才过了一个小时。原来满脸笑容的鲍赛尔，现在却双唇紧抿、神情紧张。有了之前的着陆经验，他的直觉变得更加灵敏，鲍赛尔目光扫过林木线，寻找敌军瞄准入侵者的机关枪掩体。突然一道火光引起了鲍赛尔的注意。日军扳动机关枪发射曳光弹来帮助他们瞄准目标，但这同样也会暴露射击者的精准位置。鲍赛尔看到一缕烟从一个小山洞中升起，这个山洞有着绝佳的瞄准视野。在灌木丛和杂草的掩护下，鲍赛尔一行人继续前行。

他带领着方队，示意战友们跟随他朝着山洞的位置走去。他率先到达山洞，从一个小洞口开枪进入。来自密西西比河格林维尔市的海军陆战队上尉杰克·金伯（Jack Kimble）带领火焰喷射两人组随后到达，向洞中喷射火焰，迫使日军出洞。鲍赛尔同时准备着等敌军一出洞就马上射击。

第一个从洞中逃出的日本兵边跑边喊，手里拿着手榴弹，他在鲍赛尔发射 M1 卡宾枪前就把手榴弹点燃了。这次爆炸不仅让这名日本兵丧生，也让手榴弹碎片伤到了旁边的几名海军陆战队士兵。

更多的火焰喷射进洞中，第二个日本兵出来了。

这次，鲍赛尔将他一枪击毙。

然而，第三个日本兵从洞里跑出来，在步枪火力中选择了一条死路。他也拿着一个手榴弹，鲍赛尔举起武器时，他将手榴弹朝美军扔了过来。

手榴弹在鲍赛尔射击之前就被引爆了，落在他和其他几位海军陆战队士兵身旁，这次爆炸可能会让他们全军覆没。

鲍赛尔毫不迟疑，迅速扑住了手榴弹，他的躯干随着手榴弹的爆炸从地面飞起，抑制了这场爆炸，他的战友们都安然无事。

“抓住那个日本人！”鲍赛尔喊道。何其幸运，他还活着。

火焰喷射组喷出一团火焰，立即将日本兵变成一个火把人。

登陆贝里琉岛不到两小时，路易斯·鲍赛尔就被抬上急救架，扛回沙滩上。他被放入两栖登陆艇，接着被运到“慷慨”（Bountiful）号医疗舰上，马上进行抢救。

但鲍赛尔血流不止，医生无能为力。日军的手榴弹爆炸后，致命的金属片已经深深扎入鲍赛尔的内脏。1944 年 9 月 18 日，进入贝里琉岛 3 天后，路易斯·鲍赛尔英勇献身。

不同于二战时在欧洲前线奋战的士兵，他的遗体不会埋进土里，也不会给他立一块纪念碑，让他的家人也许有一天来缅怀。相反，他的遗体被裹上帆布，捆绑在一个大炮壳上，放入海里下葬。

路易斯·鲍赛尔是第一位在贝里琉岛战役中壮烈牺牲的美国海军陆战队士兵，因为他的行动超越了他在战役中的职责，他获得了美国最高奖励——英勇献身奖。

他的牺牲只是个开始。

第 2 章

米沙鄢群岛莱特岛（LEYTE, VISAYAS ISLANDS）

菲律宾

1944 年 10 月 20 日

1300

道格拉斯·麦克阿瑟将军开怀一笑。“如雷普利（Ripley）所说，不管你信不信，反正我们来了。”他向参谋长自豪地说道。

贝里琉岛往西 700 英里处，海军陆战队士兵正深陷于第五周的胶着血战中，这位 64 岁高龄的美军太平洋战区司令倚靠在“纳什维尔”号美国海军轻型巡洋舰（USS Nashville）的围栏上。[①] 他深情眺望着远方的菲律宾，在他的指挥下，不到 4 小时之前，10 万多名美军攻入菲律宾。与他旗鼓相当的另一位将军德怀特·艾森豪威尔（General Dwight Eisenhower）驻守欧洲，在去年 6 月成功攻下法国，因“登陆日”（D–Day）的诺曼底战役闻名遐迩。因此自尊心极强的麦克阿瑟就把进攻当天称为“A–Day”，意为“攻击日”。[②]

---

① 麦克阿瑟登陆两个月后，日本神风特攻队（kamikaze）战机飞进“纳什维尔”号，这艘轻型巡洋舰仍在海上漂浮，但在剧烈的轰炸中已有 133 名水手死亡，190 人受伤。

② 当时，进攻莱特岛是二战中第二大两栖登陆事件，仅次于诺曼底登陆。莱特岛不同寻常，美军必须要航行 4000 英里——这一距离比美国领土还要宽——才能开始攻打。而从英格兰到诺曼底的距离大概是 20 英里。

据情报预测，贝里琉岛上敌军势单力薄，然而事实并非如此。日军正在菲律宾进行激烈的抵抗。即使在离海周边几英里的地方，麦克阿瑟也能听到棕榈树林中传来连续不断的机关枪声，看到丛林中升起汹涌翻滚的黑烟。美军战斗轰炸机从头顶上嗡嗡地朝着敌方目标位置前进，密切地关注着日本零式战斗机（Japanese Zero）的动向。

两年前，菲律宾落入日本之手，这是麦克阿瑟职业生涯中最羞耻的失败经历。将军曾承诺，终有一天会夺回菲律宾群岛，胜利归来。现在，他准备兑现承诺。

道格拉斯·麦克阿瑟，喜欢用第三人称简单地自称“麦克阿瑟”，他身高 6 英尺[①]，父亲是一名获得了荣誉勋章的上将，因为父亲的缘故，麦克阿瑟对菲律宾有着一生的眷恋。父亲阿瑟·麦克阿瑟（Arthur MacArthur Jr.）在青年时期就参加了南北战争，之后参加了美西战争，担任驻菲律宾总督。[②]而道格拉斯·麦克阿瑟以名列前茅的成绩从西点军校毕业，至今仍和 1903 年委任当天一样体格精壮、身体健康。

“纳什维尔”号边缘放下了悬梯，麦克阿瑟从上面爬下来，进入一艘停泊的登陆艇。如平常一样，这位将军身穿刚刚熨烫平整的卡其色军装，没有佩戴任何勋章或绶带。他通过频繁换装，一丝不苟地保持衬衫袖口和裤子折痕的精致，并且为此番登陆刚刚换上了一身新军装。万一登陆失败，麦克阿瑟可能会沦为阶下囚，他在裤子后口袋里放了一把装满子弹的大口径短筒手枪——父亲留给他的遗物。

麦克阿瑟的陆军元帅帽已经破旧，帽子边缘的金色穗带早已汗迹斑斑；他戴着有金属边框的雷朋（Ray-Ban）太阳镜以遮挡海洋的反射强光，保护

---

① 约一米八二。——译注

② 1863 年 11 月 25 日，查塔努加市附近发生了关键的传教士岭战役，当时阿瑟·麦克阿瑟集合联邦军队时只有 18 岁。作为前威斯康星州长的儿子，麦克阿瑟在战争最激烈的时候冲到山顶，插上了第 24 届威斯康星志愿步兵团的团旗，并大喊“登上威斯康星州了！”

他深棕色的双眸；再加上嘴里叼着的未点燃的玉米芯烟斗，将军的经典造型就完整了。所有这些装扮使麦克阿瑟成为全球瞩目的标志性人物。[①]

参谋长理查德·萨瑟兰（Richard Sutherland）是一名中将，他在麦克阿瑟之后走下台阶。待麦克阿瑟“巴丹团（Bataan Gang）”其他队员下来进入登陆艇后，一组战地记者加入了他们的队列。道格拉斯·麦克阿瑟非常清楚良好公关形象的价值，因此精心设计了登陆场景，此刻伟大的画面很快将传播于世界各地的头版新闻中。他计划在码头而非海滩上登陆，摄影师会率先从船中走出，然后回头抓拍将军再次踏上菲律宾土壤的画面，堪称完美。

不过和许多剧本中的场景一样，总会发生出人意料的事。

道格拉斯·麦克阿瑟将军逃离菲律宾将近 1000 天了，今天他在这儿发号施令，让登陆艇前行靠岸。

他已归来。

★

道格拉斯·麦克阿瑟很清楚这次登陆菲律宾对攻击日本的最终计划至关重要。尽管计划还在构思阶段，但这样的攻击至少还需要一年，人们认为这一定会成为史上最伟大的两栖登陆。预计成千上万的美国士兵、海军陆战队士兵、飞行员以及水手会参加，规模上会让诺曼底登陆相形见绌。当然代价是惨重的，估计双方都会有百万人牺牲。麦克阿瑟作为太平洋最受崇敬的将军，当然会成为领导这场灾难性攻占的不二人选。

然而，若不是 4 年前富兰克林·罗斯福总统——一个麦克阿瑟能够容忍但并不敬佩的人——直接下达命令，这位将军是不会被考虑授予如此荣耀的指挥任务的。[②] 事实上他最有可能在一所战犯集中营里饿死。

当时是 1941 年 12 月 7 日，日本对夏威夷基地珍珠港的美国军舰发动了

---

① 麦克阿瑟的烟斗是由密苏里海泡石公司按照他的精确规格定制的，该公司继续出售他的深斗、长柄烟斗的复制品。同样，雷朋在 1987 年为纪念麦克阿瑟而推出了“将军”系列墨镜。

② 麦克阿瑟是一个右翼共和党人，他的政治理念和罗斯福的自由主义并不一致。

一次突袭。在这个声名狼藉的日子里，日本攻美国以不备，随后，美国对日本及其盟国德国宣战。

偷袭的一天后，日军再次发动了攻击，目标是开阔的太平洋西部5000多英里的地方。刚过正午，日本空军第11航空舰队派出了战斗轰炸机，摧毁了菲律宾的克拉克机场（Clark Field）。两天后，又有两架日本飞机大摇大摆飞过甲米地海军基地（Cavite Navy Yard），摧毁了码头，美国“皮尔斯伯里”（Pillsbury）号驱逐舰和“皮尔”（Peary）号驱逐舰无一幸免，“海狮”（Sealion）号潜艇在停泊时被轰炸。正如攻击克拉克机场一样，日军选择正午之后在甲米地投下炸弹。难以置信的是，骇人听闻的“珍珠港事件”过去两天后，美国许多部队仍未全面警觉，反而掉以轻心，袭击开始时他们还在吃午饭。

但菲律宾群岛不同于珍珠港。地理位置更接近日本，因此从战术上讲，占领菲律宾群岛变得迫在眉睫。如果日本占领了菲律宾，那么很快就能控制西太平洋。大日本（Dai Nippon）军队意图控制整个菲律宾，而不是进行野蛮的空袭。[1] 此次攻占计划了将近10年，最开始日本士兵乔装打扮成移民涌入菲律宾，对菲律宾7000多个群岛进行了系统绘图，对菲律宾海岸防御进行监视。“直至后来，”菲律宾总统曼努埃尔·奎松（Manuel Quezón）回忆道，“我才发现我的园丁是日本少佐，我的按摩师是日本大佐。”

当时驻菲律宾的美国最高领导人是道格拉斯·麦克阿瑟。他和他的妻子简以及3岁的儿子阿瑟一起住在马尼拉酒店顶层的豪华套房。麦克阿瑟在辉煌的职业生涯后，于1937年离开美国陆军，然后接受了一个高薪岗位，担任菲律宾陆军元帅。但是在1941年7月，因为战争一触即发，他被召回并委任美国远东军司令。显而易见，他最能胜任这个职位：不仅因为他在20世纪20年代和30年代生活在具有关键战略地位的菲律宾，还因为他亲手组

---

① “大日本”是指在二战开始后，受日本控制的岛屿和殖民地的统称。这个用法类似于“大不列颠”一词，是另一个岛国的名称，它依赖殖民地和掠夺方式为帝国提供资源。

建了菲律宾军队。[1]

短时间内，日军用炸弹摧毁了麦克阿瑟陆地上的空军力量，麦克阿瑟的军队无力反抗。麦克阿瑟逃离马尼拉，撤退到巴丹半岛（Bataan Peninsula）的安全地带，承诺马上就会有援兵。

但并非如此。美国和英国的战略是，先集中兵力打败德国，之后再对付日本。[2] 即使没有这样的战略布局，由于菲律宾地势偏远，以及日本海军对太平洋的优势控制，哪怕申请援军，也不会及时通过。罗斯福总统听到麦克阿瑟对部下的承诺后，称他这样说是“犯罪”。

接下来的两个月，日本继续前进。在麦克阿瑟指挥下美国和菲律宾小撮部队被逼回巴丹半岛一隅，许多人在科雷希多岛（Corregidor）上的堡垒中避难。即使很显然，美军马上就会失掉巴丹半岛和科雷希多岛，但麦克阿瑟在马林塔防弹隧道中指挥了地下掩体的安全防御。他的背水一战成为在太平洋地区抵抗日本攻击的标志，媒体将麦克阿瑟刻画成英雄人物，使他名扬四海。

罗斯福总统很快就看清形势，不得不拯救麦克阿瑟。他别无选择：美国突然陷入战争，举国上下惶恐不安。日军似乎所向披靡。若道格拉斯·麦克阿瑟沦为战俘，军队士气必将大大受挫。

2 月 22 日，罗斯福命麦克阿瑟逃离。海军悄悄带走他的家人以及 20 个工作人员，连同他儿子的中国保姆阿周（Ah Cheu）（名字不确定），乘坐快捷鱼雷巡逻艇离开菲律宾。有些人认为应该由一个军队护士而不是保姆同行，但麦克阿瑟坚持让她一起。随行的所有人都被告知，每个人可以带一个手提箱，将乘坐四艘鱼雷巡逻艇穿过宽阔的海洋，航行 600 英里，希望能到

---

① 此外，在麦克阿瑟漫长的军事生涯中，他获得的功勋卓著，指挥作战经验颇丰，因此任何有自知之明的将军都放弃了这个职位。麦克阿瑟对太平洋生活方式的热爱延展到东方——在放松的时候，他经常穿着日本和服。

② 阿卡迪亚会议（Arcadia Conference）是 1941 年 12 月和 1942 年 1 月在华盛顿特区举行的美英首脑会议，会上达成了“欧洲第一”战略。当美国和英国为打败德国紧密合作时，英国在太平洋战区的作用主要体现在威廉·斯利姆（William Slim）将军在缅甸获得的胜利上。在二战的最后一年，主要是美军在对抗日本。

达棉兰老岛（Mindanao）。

在巴丹半岛和科雷希多岛的其他美国和菲律宾士兵原属麦克阿瑟手下，现留在“瘦皮猴”乔纳森·温莱特（Jonathan “Skinny” Wainwright）[①]中将的队伍中听其指挥。

因此，两段“长征”并行开始。巴丹半岛和科雷希多岛的卫士陷入地狱之中，巴丹半岛于1942年4月失守，后来广为人知的“巴丹死亡行军”中，76000名被捕的美国和菲律宾士兵的财物被日军掠夺，并被强迫行走65英里去战俘营。整个行程中他们的手被捆绑着；在酷热的天气下无法跟上队伍的人被劫持者射杀、刺杀或斩首。倒下的人还被日本货车碾过身体。总共有7000多人死亡。

一个月后科雷希多岛失守，温莱特将军和其余人被关进监狱，日军在未来三年半里继续对美国人进行精神摧残和屠杀。在整个战争期间，日本帝国军队把美国囚犯变成奴隶，集中营的生活条件极其恶劣，人们死于痢疾、脚气病或饥饿。温莱特将军在战争开始就已经很瘦了，被囚禁期间更是变得瘦骨嶙峋。当他还被羁押在一所日本监狱时，曾被提名授予荣誉勋章，但道格拉斯·麦克阿瑟反对此项提名，并指出温莱特永远都不应该投降。[②]

与此同时，麦克阿瑟最终到了澳大利亚，担任西南太平洋战区盟军司令。

---

① 太平洋战争爆发后，温莱特接替麦克阿瑟成为美国驻菲律宾总司令。在弹尽粮绝之后为了手下的生存，于1942年5月5日向罗斯福发出最后一封电报后投降日军。之后长期被关押在中国东北的日军战俘营中。——译注

② 1942年7月30日，乔治·马歇尔将军提名温莱特获荣誉勋章。麦克阿瑟依然抨击温莱特不该在科雷希多岛投降，公然反对此项提名，这是荣誉勋章历史上前所未闻的情况。麦克阿瑟在给马歇尔的一封信中写道：“相对来说，授予温莱特将军荣誉勋章将对许多将军非常不公平，他们实际上也担当了一样责任重大的职位，他们不仅表现优异，以非凡的个人勇气获得了十字勋章（DSC, Distinguished Service Cross），而且展现了出色的领导力和对士气的鼓舞，这样的能力远胜过温莱特将军，因此也为稳定的指挥和成功的战役做出了更大的贡献。提名温莱特将军将是一个严重的错误，如果他得了这个奖，后来很可能会导致令人尴尬的反响。”马歇尔取消了提名。温莱特从未对麦克阿瑟耿耿于怀，他认为麦克阿瑟是一个亲近的朋友和伟大的将军。在战争结束后，温莱特从日本战俘营被释放后，被视为一个民族英雄，并在纽约受到游行队伍的热烈欢迎。1945年9月10日，他最终获得荣誉勋章。

许多美国人认为他从科雷希多岛逃脱是智勇双全的行动，但有些人认为他临阵逃脱是贪生怕死的表现。麦克阿瑟在澳大利亚时曾向记者解释他的行为："美国总统命令我突破日军防线，从科雷希多岛前往澳大利亚，我认为，这样做的目的是组织美军向日本进攻，主要目标是解放菲律宾。这次我挺过去了，将来我一定会回来。"

1942年4月1日，道格拉斯·麦克阿瑟因在英勇保卫菲律宾时表现出了"卓著的领导力"而获得荣誉勋章，使他和阿瑟·麦克阿瑟将军成为美国历史上第一对荣获荣誉勋章的父子。[①]

在重返菲律宾的过程中，麦克阿瑟指挥部下夺回了一座座被日军占领的岛屿，重新控制了太平洋。他渴望弥补自己的过错，这种欲望胜过其他一切动机，但也招来海军指挥官的批评。[②] 贝里琉岛这场毁灭性的战斗导致了4000名美国人伤亡，它之所以发生是因为麦克阿瑟担心日本战机将从机场跑道起飞，并骚扰他带领的菲律宾军队。事实上，美国海军现在控制着海域和空域，阻止空中攻击并不困难。

★

麦克阿瑟花了将近3年的时间才终于让登陆艇到达莱特岛的红海滩。当他从登陆艇上走出，踏进没过膝盖的海水中时，将军神情严肃，他裤子上明显的褶皱瞬间消失了。

"让他们走。"一名海军军官负责指挥在红海滩上着陆驳船的运输，当他听说麦克阿瑟想要一个特殊的码头登陆时，他大声呼喊道。这位海军军官

① 泰迪·罗斯福（Teddy Roosevelt，老罗斯福的昵称）（去世之后于2001年获得荣誉勋章）和他的儿子小西奥多·罗斯福（Theodore III）是第二对获得荣誉勋章的父子。

② 海军上将欧内斯特·金和切斯特·尼米兹认为，重新夺回这些岛屿并不是一个优先任务，完全可以绕过这个岛屿。他们觉得麦克阿瑟对菲律宾有太深的感情系带，以至于他觉得菲律宾具有关键的战略地位。即使麦克阿瑟在华盛顿的上级军官乔治·马歇尔将军告诫他："我们必须小小心翼翼，切不可感情用事……不顾我们伟大的目标，即尽早结束抗日战争……'绕行'与'放弃'不是同义词。"麦克阿瑟也拒绝改变自己主张进攻的立场，最终在1944年夏天赢得了这场争论。

是一名“登陆指挥官”，在登陆区享有最高权威，甚至伟大的道格拉斯·麦克阿瑟也没有特殊待遇。

从登陆艇到岸上要走40步。麦克阿瑟涉过平静的海面时，怒视这位无礼的年轻海军军官。他的个人摄影师盖塔诺·法伊拉切（Gaetano Faillace）上尉为后人抓拍了这一画面，而当时藏在周围棕榈树高处的日本狙击手很可能轻易瞄准站在白色沙滩上的这位64岁的将军。

刚上岸，麦克阿瑟就接过一个麦克风，“菲律宾人民，”他大声宣告，“我回来了！”

道格拉斯·麦克阿瑟将军蹚水走上莱特岛的海岸，实现了重返菲律宾的诺言。

平日沉着冷静的麦克阿瑟将军，今天激动得双手发抖。

之后，道格拉斯·麦克阿瑟上将很快转身蹚水回到登陆艇，登陆艇马上将他带到“纳什维尔”号的安全地带。

第3章

密苏里州堪萨斯城

1944年11月3日

晚上9时

“我早就不在乎被人恶意抹黑了，并且我发现最好的办法就是视而不见。”哈里·杜鲁门（Harry Truman）在写给朋友J.L.内勒（J.L.Naylor）的一封信中提到，那时他正坐火车跑竞选去堪萨斯城。60岁的杜鲁门干了一杯老祖父（Old Grand-Dad）波旁威士忌，然后把杯子放在写字台上。这辆带着他跑遍美国的大火车很快到达了堪萨斯城的联合车站，意味着民主党副总统候选人长达一个月的疯狂演说告一段落了。

尽管杜鲁门勤勤恳恳，但与他的演讲和集会相比，二战得到了更多头版新闻的报道——这合情合理。贝里琉岛离太平洋有将近8000英里远，已经变成了一个纷乱不堪的地方，几千名海军陆战队士兵或是身受重伤，或是战死沙场。道格拉斯·麦克阿瑟上将本想在菲律宾轻松获胜，但希望落空了，因为敌军坚忍不拔，我方战略糟糕，还因为一件出人意料的事儿：神风特攻队——突然冒出来的日本自杀式飞行员开飞机故意撞沉美国军舰，与其同归于尽。

今晚，哈里·杜鲁门将睡在一家豪华酒店，而不是火车上狭窄的床铺，他知道自己已竭尽所能来帮助富兰克林·罗斯福总统实现第四次连任。在清晨早餐时间，杜鲁门也许会像他有时喜欢的那样，用少量老祖父威士忌来庆祝旅程的结束。

夜晚冻得人瑟瑟发抖，空气中夹杂着雨的气味。杜鲁门和他的妻子贝丝（Bess）以及他们的女儿玛格丽特（Margaret）走下站台。这位副总统候选人深爱着贝丝，当他离开时，给她写了一封长长的情书，以证明他的爱意。6月28日，他们庆祝了结婚25周年。

玛格丽特·杜鲁门是乔治·华盛顿大学的学生。她梦想着成为一名歌手。她是这对夫妇的唯一孩子。玛格丽特长相平平，但真实坦诚、聪明伶俐，这些特点天生就有。在这些方面，她像极了她的父亲。

一辆汽车等候着杜鲁门一家人。司机看着行李被装上车。这位副总统候选人很高兴终于回到了堪萨斯城；自1934年杜鲁门首次入选参议院以来，他的家人便在华盛顿和家乡密苏里州来回奔波。这里是20多年前他政治生涯的开始，因此他的竞选活动应该在这里结束。明晚，杜鲁门将在这座城市发表最后一场演讲，然后他只要静静地等待选举日的到来，届时他可能取代亨利·华莱士（Henry Wallace）成为美国副总统。[①]

杜鲁门自信可以取胜——富兰克林·罗斯福在第二次世界大战期间人气爆棚，领导雷厉风行，第三次当选总统，这是史无前例的。现在，随着二战欧洲战场胜利在望，太平洋地区抗日战争峰回路转，大众对显贵的民主党表示继续支持。在1944年的美国总统选举中，罗斯福的对手是共和党人托马斯·杜威（Thomas Dewey），当时是纽约州州长，身材短小，留着一撮浓密的胡须。杜威喜欢攻击罗斯福是个共产主义者，认为他的国内政策不健全。话虽说的简单，但无论杜威在哪里演讲，他的主张总能引发热烈的欢呼。

---

① 华莱士受到了极左派的支持，但他对共产主义的同情是众所周知的。罗斯福在1944年民主党大会之前就公开支持他当选副总统，但由于党内领袖担心华莱士可能死在任期，所以罗斯福不得不再考虑其他候选人。杜鲁门因其直言不讳的特点，成了罗斯福的黑马选择，他被视为将美国领入战后世界的更好的继任者。最后，罗斯福同意了一些民主党权力掮客的要求，将华莱士从副总统搭档名单中移除。

不过事实上，美国人喜爱富兰克林·罗斯福，把他当作一个值得信赖的叔叔。杜威和他的竞选伙伴，俄亥俄州州长约翰·布里克（John W. Bricker），尽管激情澎湃，但始终处于劣势，没有胜利的机会①——只因罗斯福得到了强烈的支持。

但哈里·杜鲁门可不一样。美国人对他一无所知，共和党人用他的默默无名制造话题，警告说如果罗斯福去世，那么这位名不见经传的杜鲁门将领导美国。甚至媒体也持有相同观点。“候选人名单上罗斯福和杜鲁门这一对搭档就好像一场风暴的风暴眼，和弄潮儿一样能够引发激烈争论，”《纽约时报》在10月初如此写道，“罗斯福先生目前的竞选伙伴究竟有什么能力，是美国近来最热火朝天的话题。”

《芝加哥论坛报》也简洁明了地指出：“参议员杜鲁门……初来乍到。我们应该对他了解更多，最好的方式就是看他说什么。”但是如果不小心谨慎，哈里·S. 杜鲁门②就什么都不是。杜鲁门性格坚忍克己，如今面对争议，他需要拿出同样的乐观积极态度，正如一战期间在法国担任炮兵军官的他用乐观战胜困难，后来在官场也靠积极步步高升一样。至于总统，他身患小儿麻痹症坐在轮椅上，又极爱杜松子酒和香烟，因此动脉不断硬化，思维也日渐呆滞。但杜鲁门不是非常了解罗斯福，所以也无法评论总统的状况。

总统政治是残酷无情的。因此，杜鲁门从美国东部到西部又返回东部的过程中坐了四周的火车为竞选宣传时，几乎没怎么推销自己。即使是百密一疏也会被媒体夸大其词。3个星期前，在洛杉矶的圣殿礼堂举行的一次演讲中，杜

---

① 罗斯福——杜鲁门的选票赢得了大胜，而共和党托马斯·杜威和约翰·布里克的选票低迷。最终总统选举团的投票计数是432∶99。

② 杜鲁门的中间名S不代表什么。杜鲁门的父母为中间名用所罗门（Solomon）还是西普（Shipp）而争论不休。最终，他们做不了决定，便简单地用罗马时期常见的S作为中间名，而中间名在罗马时期已失宠了一千多年。在美国，中间名在内战后又掀起了一片热潮，但在第一次世界大战之后才成为惯例。美国的许多开国元勋，例如乔治·华盛顿、约翰·亚当斯、托马斯·杰斐逊和本杰明·富兰克林，都没有中间名。

鲁门无意中支持了前三K党[1]成员加入国会。共和党马上利用这一点攻击杜鲁门。随后谣言四起，说杜鲁门本人就是三K党的一员。“我当然不是三K党的成员。”两周后，当一个芝加哥记者提问时，杜鲁门坚定地反驳。然而，冷嘲热讽不会消失：10月30日，正是杜鲁门要在纽约麦迪逊广场花园欢迎两万群众的前一天晚上，传奇女演员葛洛丽亚·斯旺森（Gloria Swanson）在共和党全国委员会付费的一个广播频道中发表讲话，指控“杜鲁门先生是三K党成员”。

虽然杜鲁门很愤怒，但他没有回应。

直到黑人社区的主要成员声明“杜鲁门先生是黑人的朋友……是一个真正的进步者”之后，风言风语才渐渐减少。[2]

★

哈里·杜鲁门的司机把杜鲁门一家人放在第12大街和巴尔的摩大街的十字路口的穆勒巴赫酒店（Muehlebach Hotel）。欧内斯特·海明威（Ernest Hemingway）曾在此地住过；鲍勃·霍普（Bob Hope）、贝比·鲁斯（Babe Ruth）、海伦·凯勒（Helen Keller）也暂住过，披头士组合（Beatles）也即将在这家酒店的走廊举行聚会。此刻，哈里·S.杜鲁门并不知道这些名人。

酒店接待员争先恐后地帮杜鲁门拿行李。道格拉斯·麦克阿瑟将军好多年都不亲自开门，也不拿行李箱，但杜鲁门截然不同，他向来自己动手，非常独立。在他乘火车跑遍美国期间，他会在车上洗袜子，然后晾在窗边晒干。一走进穆勒巴赫酒店的大厅，他就立马对服务员表示感谢。

现在，贝丝和玛格丽特在他身边，哈里·杜鲁门终于可以休息了。

他差不多也是这么想的。

---

① 三K党（Ku Klux Klan），是美国历史上和现在的一个奉行白人至上和歧视有色族裔主义运动的民间排外团体，也是美国种族主义的代表性组织。三K党是美国最悠久、最庞大的种族主义组织。——译注

② 杜鲁门一直公开支持黑人应该有公民权利。这一引述来自纽约哈林区《人民之声》的一篇社论，该报是由民权领袖亚当·克莱顿·鲍威尔（Adam Clayton Powell Jr.）创立的。此外，全国有色人种协进会（NAACP）也为杜鲁门辩护。

第4章

乌穆尔布罗戈尔口袋[①]

加罗林群岛贝里琉岛

1944年11月24日

1100

中川州男大佐跪在洞穴里，他在此处已经指挥了两个多月。他的右手紧握在一把日本短刀尖锐的刀身处。中川让美军遭受了一万多人的伤亡，比战争中其他日本军官都多。他指挥日军撤到地下堡垒来打防御战，这种战略让美军胆战心惊。贝里琉岛被大量的珊瑚礁所覆盖，因此无法在上面挖出很深的散兵坑，海军陆战队位置暴露，很容易被狙击手射击，或被日军在夜间偷袭。通常，中川的士兵会悄悄离开坑道网，杀死那些正在放哨但不小心睡着的美国人。这些士兵常常能先嗅到目标的存在，然后才盯上他们：美军既无法填埋他们的粪便，也不能简单洗个澡，因此，在岛上热火朝天的环境下，人体排泄物和汗湿的制服散发的臭味变得更加重了。最难闻的是在阳光下腐烂的日军和美军尸体的味道，这些尸体皮肤浮肿，上面爬满了大型绿头苍蝇。

① 指孤立地带。——译注

这全是中川大佐的杰作。现在他的士兵几乎都死了。尽管美军伤亡惨重，但他们在继续进攻。他们将火焰喷射器瞄准坑道，把日军活活烧死，还用大炮和手榴弹轰炸坑道，永远埋葬中川的手下。曾几何时，中川掌控了整个岛屿，现在，他的藏身之处只有几百米宽。现在他要做的就是不要让自己蒙羞，这一刻到了。中川烧毁了团旗，让它永远不会落入美军手中。他一边向剩下的56名瘦弱的士兵宣告，“剑已断，矛用尽”，一边将他们分成几个小组。然后，他命令士兵在坑道深处向四面八方散开，再去袭击美国人，战斗到底。[①]

必要时，中川打算为他的上级军官村井权治郎（Kenjiro Murai）少将担当介错人（kaishakunin）[②]。美国海军陆战队并不知道，整个战役期间，村井一直都在贝里琉岛上，他的任务是“确保中川不犯任何错误”——一名日本士兵之后在被俘期间向美军坦白。如今中川看到局面发生了变化，他曾受到村井的监视，而现在轮到他来确保村井在切腹自杀时不会怯懦。作为村井的介错人或“二把手”——中川有责任陪着村井，如果村井在进行切腹自杀（seppuku）时无法将切腹步骤继续下去，那么中川就要协助这位少将自杀。

但是村井完成了切腹自杀的任务，他死了，肠子从他肚子里溢出，流到指挥所的珊瑚地面上。

中川看着这位将军，将军跪着，然后把短刀插入他的左腹。接着，村井将刀片向右扳，切过了腹部柔软的皮肤。血液和内脏从裂口中一起溢出。村井痛苦地扭动身体，向前倒下。不到30秒，他就死了。

46岁的中川大佐现在跪在已故的指挥官旁边，祈祷自己也能有这份勇气，光荣献身。

★

海军陆战队士兵在贝里琉岛战斗了两个月，彰显了他们训练的深度和对

---

① 1947年4月22日之前，中川的最后一名士兵一直没被抓住。

② 在施行日本广泛流传的自杀方法“切腹”时，那位被找来作为切腹者助手的人称为“介错人”，他需在切腹者最痛苦的一刻替其斩首。介错人一般是剖腹自杀者的亲友。——译注

彼此的承诺。

路易斯·鲍塞尔是第一个为保护同胞兄弟而牺牲的，另外 7 人在战火之中英勇献身将获得荣誉勋章，其中 4 人也用身躯抵挡手榴弹拯救了战友的生命。[①]

9 月 18 日，鲍赛尔牺牲的那一天，俄亥俄州克利夫兰市（Cleveland）的一等兵亚瑟·J. 杰克逊（Arthur J. Jackson），独自一人攻击一个厚厚的水泥碉堡，里面有 30 名日本士兵。在抵挡密集火力的同时，杰克逊把他的 M1 枪筒塞进一个狭窄的枪口，向里面扫射了一轮，然后在燃料库内投掷白磷榴弹，消灭了所有敌人。

杰克逊在附近还发现了两个相似的碉堡，进行了不可思议的单独袭击。

但是一等兵杰克逊还没倒下。这位年仅 19 岁、下颌方正的士兵发现了每一个隐藏的日本机关枪窝，从一个炮台猛冲到另一个炮台，干掉每一个射击他的敌人。“杰克逊接二连三地攻击炮台，不屈不挠地抵抗野蛮的敌人，成功捣毁 12 座碉堡，消灭 50 个日本兵。”杰克逊荣誉勋章证书这样写道。

结束了单打独斗，这位 19 岁的海军陆战队士兵在炎热和疲惫中倒下。杰克逊将永远记住这一刻：“我感觉我像是个棒球手，成功触地得分。”[②]

★

一天后，埃弗里特·波普上尉（Captain Everett P. Pope）展示了海军陆战队的无畏精神。在鲍登学院（Bowdoin College），他是乒乓球队队长，被

---

① 荣誉勋章的其他获得者是中尉卡尔顿·罗伯特·路（Carlton Robert Rouh）、一等兵查尔斯·霍华德·罗恩（Charles Howard Roan）、上尉埃弗里特·帕克·波普（Everett Parker Pope）、二等兵韦斯利·菲尔普斯（Wesley Phelps）、一等兵约翰·杜里·纽（John Dury New）、一等兵理查德·爱德华·克劳斯（Richard Edward Kraus）和一等兵亚瑟·J. 杰克逊（Arthur J. Jackson）。

② 1945 年 10 月 5 日，亚瑟·J. 杰克逊在白宫的一次仪式上获得了荣誉勋章。1961 年，他获得上尉军衔后，在古巴关塔那摩湾海军基地给古巴间谍致命一击，但由于古美关系紧张，杰克逊担心会引起国际事件，所以试图通过埋葬尸体来掩盖死亡，然而真相水落石出，杰克逊失去了上尉军衔。

选入美国大学优等生荣誉学会（Phi Beta Kappa），并以优异的成绩毕业，这个25岁的波士顿人会讲流利的法语，是一名忠诚的丈夫，有两个年幼的儿子。

但那是在战争之前，现在完全不一样了。1942年6月，波普在瓜达尔卡纳尔（Guadalcanal）经历了第一次战斗，自那以后，他成了一个训练有素的杀手和领导者。今年初的新不列颠战役中，他带领14人分队进入茂密的丛林搜索日军的位置。不仅仅他的士兵杀敌20人，波普也表现非凡，带回7个日本俘虏进行审讯。

现在，美军控制了贝里琉岛的机场，海军陆战队面临攻入内陆的艰巨挑战——如何将敌人从乌穆尔布罗戈尔山岭的坑道中赶出来。波普连长被命令夺下154号山，它被珊瑚完全覆盖，被称为自杀岭。

波普和他的士兵已经精疲力竭。自4天前登陆贝里琉岛以来，他的连队遭受了30%的伤亡，失去了训练有素的步枪手，波普不得不让“厨师、面包师和文员”也进入战争。黎明时分，他们准备出击，但因为日军在夜间派兵潜入美军防线，大家几乎彻夜未眠。赤道的炎热是无情的，从不会低于100华氏度，即使在晚上也是如此，在这样的环境下他们口干舌燥。珊瑚撕裂了他们的衣服，割破了他们的靴子，在阳光照射下，皮肤与珊瑚接触非常灼热。他们的钢头盔有3磅重，既可以保护头部不受弹片的划伤，也可以当枕头、炊具和脸盆。由于天热，许多人不穿内衣或T恤，并且暂时好几天都不能换袜子——还是在有袜子的情况下。他们食堂用水是铁锈色的，尝起来像汽油的味道，因为海军将水储存在曾经放过燃料的55加仑桶中。海军陆战队士兵急需饮水，但这样的水让他们恶心。

然而他们还是必须出击。

波普下令进军，连队走过沼泽，靠迫击炮和机枪炮火接近154号山。除了背上的背包，每个人还携带了步枪、手枪、水壶和弹药。日本人立刻从地面出现，放了几发子弹，然后再次消失在坑道里。很多子弹打到了沼泽另一侧的空地上。

波普和他的分队退后。

但 154 号山必须被攻下。

几小时后到了下午，炽热的阳光照射在他们身上，波普的连队再次发起进攻，他的手下再次被敌人精确的火力袭击，伤亡惨重。四天前，波普的连队有近 235 人。到 1800，黄昏降临在 154 号山时，只剩 14 人活着。

但这 14 人拿下了这座山。

波普现在必须不惜一切代价驻守这里，这是他的命令，但他立即意识到自己的位置容易受到攻击：154 号山是不毛之地，三面暴露在外，于是波普和手下就暴露在敌人的火力之中。他唯一的选择就是让两个军官和 11 个士兵分散在山顶上的战略位置。他们手里的武器很少，只有冲锋枪、步枪、轻机枪和几个手榴弹。波普的兵来自宾夕法尼亚州、肯塔基州、马萨诸塞州、德克萨斯州、缅因州、密歇根州、堪萨斯州、加利福尼亚州和纽约市。现在，随着太阳落山，夜幕降临，命运把他们全部带到了 154 号山的山峰，他们可能都会牺牲。

弯弯的月亮升起，夜空中一抹银色。日本士兵穿着黑色睡衣般宽松的制服，偷偷往前爬，想暗中下手。波普和他的士兵看不到敌方的面孔，听不到敌方的声音，因为日本人穿着橡胶鞋底的分趾鞋，走路悄无声息。日本人起初非常大胆，三三两两地攻击。但波普的士兵知道任何疏忽都会是致命的，因此提高了警惕，避开了第一波日本杀手。

到了午夜，策略转变。一次，25 名敌兵同时向美军阵地爬行。其中一个日本士兵离少尉弗朗西・T. 伯克（Francis T.Burke）非常近，足以用刺刀刺中伯克的大腿。由于够不着枪，伯克就把这个杀手打得鼻青脸肿，然后扔下悬崖。

随着战斗持续到清晨，波普队里许多士兵都受伤了，但他们仍然坚守着 154 号山口。日本人开始向天空发射火焰，照亮美军位置，然后用轻武器开火。美军用精准的手榴弹来反击敌人，使敌人在海边无法靠近。手榴弹快用尽时，他们用石头来代替。“日本人不知道哪个是手榴弹，哪个是石头，”一个海军陆战队士兵后来回忆道，“我们会扔三四块石头，然后扔一颗手榴弹。”

当日军扔手榴弹反击时，美军就把它们捡起来再扔回去。

离上午还有几小时，美军的子弹和手榴弹快用光了。但他们拒绝投降。因为没有常规武器，他们便向敌人扔空的弹药箱。当弹药箱用完了，海军陆战队便赤手空拳与敌人搏斗。

太阳照亮了地平线，波普队伍里只剩下 9 个体格健壮的海军陆战队士兵，但 154 号山仍然在美国人手中。

黎明让波普上尉和士兵们看到了希望，援兵很快就会到来，增援他们脆弱的阵地。周围到处是日军的尸体，许多尸体只距离美国阵地几英尺，波普的团队彰显出了卓越的勇气。

但这一切都是徒劳。天亮后，日军惊讶地发现只有少量的美军占据着 154 号山，而且他们没有枪也没有手榴弹。几分钟之内，日本人就集合全体士兵向海军陆战队出击。

“我们可以清楚地看到日军集合起来，准备大干一场，他们有 50 或 100 个人，”波普后来回忆道，“那时我们收到了撤退的命令。所以我们从山上下来了。”

埃弗里特·波普在 65 年后 90 岁临终那天讲述了这个故事。他和士兵们经历了一夜的危险后撤回安全地带，然后沮丧地等待美军再次尝试占领 154 号山的那一刻。对于波普上尉，收复失地对他个人来说是非常有意义的，而不单纯是战术上的行动。

“10 天，11 天，12 天过去了，这座山没有被再次攻下，”波普后来讲述恐怖的那一夜时补充说。“我花了那么长的时间埋葬在山上战死的战友，许多勇敢的海军陆战队士兵在那座山上牺牲，我将永生难忘。”

★

154 号山一战为下个月美军的攻击奠定了基调，日本人从隐蔽的防御工事中回击。中川大佐好几个月之前在监督日军坑道网建立时就已经预料到，他强大的防御位置能抵挡住美军的攻击。经过 3 个星期的战斗，美国人几乎占领了贝里琉岛的大部分区域，包括所有重要的机场，但他们仍然没有掌握中川在乌穆尔布罗戈尔口袋的大本营。在大本营被攻占之前，日军仍能发射炮弹，攻击岛上任一美军阵地。

乌穆尔布罗戈尔口袋的山脊虽然只有四分之一英里宽、四分之三英里长，却是个绝无仅有的死亡地带。海军陆战队伤亡高达 60%。像五姐妹山（Five Sisters）、死人弯道（Dead Man's Curve）、血鼻岭（Bloody Nose Ridge）和自杀岭（Suicide Ridge）一样都成了海军陆战队口口相传的名字，中川的手下造成的伤亡永远都不会被美国人忘记。死亡变得如此常见，以至于人们看到这番场景都变得麻木了。"我们经过几堆海军陆战队士兵的尸体，"一个美国兵后来回忆道，"一边堆了 5 人，另一边堆了 5 人，堆起来大约 5 英尺高。"

美国 F4U 海盗式战斗机定期从附近的机场起飞，用凝固汽油弹轰炸乌穆尔布罗戈尔口袋，凝固汽油是一种液态汽油，专门用来逼日本人从坑道出来。胶凝剂粘在皮肤上，会增加人被烧死时的痛苦。一旦飞行员扔下所有弹药，他们就返回并且对山脊线进行扫射，并用子弹点燃凝固汽油。从起飞到海盗式战斗机两次经过山脊然后返回机场的时间只有 5 分钟——时间很短所以大多数飞行员甚至都不收起着陆架。

但敌人仍然大胆顽抗。"日本人不在岛上，他们在岛里面，"一个陆战队士兵多年后惊叹道："一个坑道非常大，足以容纳约 1500 名日本士兵。这个大坑道从山脊的一边进，一直都在地下，然后从另一边出。他们在那里还设了一间药房、一家医院，应有尽有。"

美国兵保持低头，以免被日本狙击手瞄准。"霍尔丹上尉抬头望了望山脊顶端。砰！一发子弹射出，穿过他右边的额头，他一下子就死了。"一个海军陆战队士兵后来回想起一位受人爱戴的军官死亡的场景。

尸体在阳光下变黑、变肿，岛上弥漫着尸体分解的气味。陆地蟹在夜间吃尸体，丽蝇摄取了太多的肉和血而变得太重飞不动。食物腐烂和腹泻的气味让空气更加臭气熏天。气温如此之高，以至于炮弹必须放在阴凉处，以免爆炸。对日本帝国陆军士兵来说，只把美国人杀死还不够。就像他们在战争初期经常做的那样，能毁坏尸体的时候就去毁坏，切断尸体的阴茎并塞进尸僵后的嘴里。

然而，美国人攻下了一个又一个坑道，慢慢控制了乌穆尔布罗戈尔口袋。常规战争的战术就不考虑了；凝固汽油弹和火焰喷射器将日本人从藏身之处赶出来。对于那些拒绝出来的人，美军用炸药封闭坑道入口，永远将日本士兵埋葬在此。虽然岛上防御的 11 万敌人几乎全军覆没，但以美国人生命付出的代价是惨重的——海军陆战队第一师在一个月的战斗中 6500 人伤亡。贝里琉岛战役过去了一半，他们也不剩什么战斗力了。尽管占据了岛上最具战略意义的位置，但他们被撤离了，在战斗中被海军陆战队第五师和美国陆军第 81 步兵师替代。

终于，乌穆尔布罗戈尔口袋被拿下了。贝里琉岛已被攻占。这场战斗本以为会持续 4 天，结果花了 12 个星期才结束。在地下指挥所据点，中川大佐死了，他手里仍握着短刀，已经切腹自杀了。很快将有一天，他的妻子会知道，因为他的天赋与勇气，他死后被授予中将军衔。[①]

海军陆战队士兵平均用 1500 发弹药才杀死一个日本士兵。美军发射了 1300 多万枚子弹，15 万枚迫击炮弹。美军遭受了巨大的身心伤害。“经过 30 天的不断战斗，我彻底崩溃了，精疲力竭，大家都如此。”列兵 R.V. 波尔金（R.V.Burgin）后来回忆道，“每个人的衣服都是破烂的、磨损的、撕裂的，鞋子也不见了。每个人身上都很臭，没人换过袜子……很多人还在腹泻。我们是个脏啦吧唧的海军陆战队。”

---

① 中川大佐和村井少将的遗体一直没有被发现，直至将近 40 年后才被运回日本埋葬。中川大佐的妻子终于在有生之年等到了她丈夫回家的那一天。

★

对于美军和日军的指挥官来说，中川的战术为未来所有岛上进攻提供了蓝图。总之，他的战斗防御类型导致了美军 1.5 万多人的伤亡。

回过头来看华盛顿，战略家开始提出一个重要的问题：如果日本人同样坚定不移，在一个偏僻而又不具战略地位的小岛上进行战斗，那么美军在攻占日本本土时，会有多少人死亡？

第5章

皇宫

日本东京

1944年11月24日

中午

中川州男大佐在贝里琉岛上一个漆黑的坑道中切腹自杀，而那个他向之祈祷赐予自己勇气的男人坐了下来，享用饺子汤和蔬菜作为午餐。在美国，今天是感恩节，富兰克林·罗斯福总统发表特别讲话。他鼓励公民不仅要感恩，还要在此时和圣诞节期间每天阅读自己的《圣经》，以确保“要重新或更多地接触永恒的真理和伟大的原理，这些真理和原理激励我们国家实现真正的伟大”。

在日本，天皇迪宫裕仁（Michinomiya Hirohito）呷了一口汤，他不感恩神，他不用向神感恩祷告——因为他就是神。他身材矮小、腼腆而且近视，现在43岁了，被认为是神道教中太阳女神天照大神（Shinaterasu）的后代。

然而，裕仁的日常生活根本不是什么传奇，事实上相当普通。虽然他住在一个有森林和护城河的巨大皇宫中，但他不抽烟也不喝酒，一连串的担忧让他彻夜难眠。如果天皇真的相信自己是一个神，他肯定知道成千上万的凡人想摧毁他。

日本第124位天皇每天早晨7点钟起床，他的一天始于一份燕麦片和一片黑面包。他将黑色头发向左边偏分，对海洋生物学非常热衷，在20年前与远房表亲结婚，养育了7个孩子。由于心不在焉，裕仁在皇宫散步时，常常没系裤带。他的脸上有许多明显的痣，此外，即使他经常戴着厚重的眼镜，眼睛也常常看不清，不过他并不在乎。

裕仁只有5英尺5英寸[①]高，是世界上最矮的战时领导者，尽管他在那些仪式场合中比5英尺6英寸[②]的温斯顿·丘吉尔高，但那是因为他穿上了厚底骑兵靴。战争让日本人民遭受了巨大的伤害，但他继续生活在辉煌之中。不过他的臣民对他并无满腹怨言，他们把他当作他们的“宇宙生命的力量”。相反，日本的公民知道他们是“指导民族(shido minzoku)”——被选中的民族。

讽刺的是，裕仁不敢经常出城，他认为他的生活就像“笼中之鸟”。他非常孤立，事实上裕仁从来没跟他的臣民说过话，不过，他印了公告，然后在全日本分发。[③]很少有人听过他的声音，许多人甚至不知道他们的天皇长什么样子。

然而，日本帝国陆军的士兵仍为了天皇的名义奋战至死。即使裕仁公开表示愿意让军方领导发动战争，但他扮演着重要的角色。1937年，日本军队占领了中国南京市，屠杀了成千上万的平民，裕仁宣称自己“非常满意”。尽管他担心珍珠港事件会让日本陷入一场和美国“不计后果的战争”，但他也没有阻止他的陆军大将和海军大将就此罢手。

现在，他在奢华的东京宫殿内吃着午餐，他特别关注菲律宾莱特岛的战斗，他已经下令日本陆军大将山下奉文（Tomoyuki Yamashita）不惜一切代价保住莱特岛。天皇允许他的首相——前军方情报官小矶国昭（Kuniaki

① 约一米六五。——译注

② 约一米六七。——译注

③ 日本由6852个岛组成，其中430个岛上有人居住。人口最多的四大岛是本州、北海道、四国和九州。东京是日本的行政城市，位于本州东海岸。

Koiso）公开宣称，很久以前在1582年，山崎战役（Battle of Yamazaki）取得了胜利，开始了日本的统一，而莱特岛战役将是日本自山崎战役之后最大的军事胜利。①

天皇的公开宣告气势汹汹。他知道确实可能会失掉菲律宾，但他会想方设法阻止美国人来攻打日本本土。美国首先得攻下几个主要的岛屿：硫磺岛（Iwo Jima）、冲绳（Okinawa）、中国台湾，所以日本人至少有一年的时间准备。在过去3个月里，日本正在进行一场活动来武装所有公民，所有学校和工作场合现在都必须进行军事训练。日本的防空网络正在升级，以防止美国轰炸机的袭击。裕仁自己参与研发“攻无不克”的武器，这是一种非常规战争的形式，美国人将无能为力。

裕仁已批准制造这些武器。如果顺利的话，那些携带燃烧弹和杀伤性武器的氢气球将从日本上空5英里向喷射气流飞去，然后将飞过5000英里的太平洋到达美国。在那里，爆炸物会在城市和城镇引爆，美国人认为不会受到攻击，但这让他们感到无比惊讶。这样，美国人民就会看到，日本永远不会被打败。这些燃烧弹将从天空中落下，仿佛是一个复仇之神扔下来的。从东京中心浩大的皇宫，裕仁天皇的神力将震惊野蛮的美国人。对这一点，天皇是确信的。②

---

① 这次战役之前，日本是由大名（daimyo，武士领主）统治的，他们建立各自的王国。由丰臣秀吉（Toyotomi Hideyoshi）率领的军队击败了幕府将军（军事独裁者）明智光秀（Akechi Mitsuhide）（历史上幕府将军与明智光秀不是同一人，但本书作者写他们是同一人——译注）的军队，从而开启了日本的统一。秀吉出色的将才能力堪比拿破仑·波拿巴（Napoleon Bonaparte）。大名统治在日本的一些地区依然有效，直至1871年才结束。

② 所谓的热气球确实是放飞了。大多数热气球没有到达美国，而那些到达的热气球也没有造成什么伤害（事实上这些气球还是造成了一起意外伤害，1945年5月5日，在俄勒冈州，一名叫米切尔的牧师带着妻子和5个孩子在野外野餐，因为误触了一枚气球炸弹，造成米切尔的妻子和5个孩子死亡，战后，美国政府在米切尔妻子和孩子遇难的地方设立了一个纪念碑——译注）。然而，热气球是史上第一个洲际武器。直到1982年，马尔维纳斯群岛战争中的黑鹿突袭行动，超越了热气球攻击，成为史上最长距离的袭击。

第二次世界大战正式开始于 1939 年 9 月 1 日德国入侵波兰。但侵略行为发生两年前，日本就试图扩大其势力范围，侵入了中国东北部地区，统称为“满洲”——日本人将这个地区更名为“满洲国”。世界列强都无计可施，不知如何阻止日本。

中国台湾在 1895 年被日本殖民，韩国在 1910 年被殖民，“满洲”与这两个地方一样，扩大了大日本帝国的势力范围，给予它足够的力量，让它作为亚洲领先的国家与中国和苏联竞争。

但日本军队将领并没有止步于此，事实上，他们不能停下来。作为一个岛国，日本缺乏许多自然资源；其中最缺的是石油和橡胶，这两种资源对军事行动至关重要。20 世纪 30 年代日本的石油、钢和铁大部分是从美国进口，而英属马来亚的种植园为日本提供橡胶，即使在 1937 年夏天日本侵华后，这些产品仍继续流入日本。

但到那时，世界列强对日本日益嚣张的侵略越来越警惕了，美国、苏联、甚至德国也开始向中国人提供军事援助，但没有用。日军以“八纮一宇”（hakk ō ichiu）的名义进行战斗，相信亚洲的一切必须由一个天皇统治。日本军队侵略性的战术使蒋介石的军队溃不成军。

日本人并没有限制他们对中国士兵的杀戮。“在 1937 年 11 月 29 日 10 时，我们留下清理常州的敌人，中午我们进了镇，”日本军医保坂晃（Hasaka Akira）在他 3 英寸宽 5 英寸长的口袋日记本上写道，“上面下达命令，杀光所有居民，其中 80 人，无论年龄、无论性别，都被枪杀。我希望这将是我最后一次看到这样的场景。人们都聚在一个地方，他们都在祈祷、哭泣、乞求帮助。看着这样可怜的场景，我无法忍受。不久，重型机关枪开火，看到那些人尖叫、倒在地上，我不敢直面，即使我的内心是个怪物。”

1937 年 12 月，日本人攻占了中华民国首都南京。同年的淞沪会战造成 9.2 万日军伤亡，20 多万中国人丧生。日本帝国陆军立即对日军在上海的兵力损失展开报复，对平民百姓施以骇人的暴行。

日本人开始疯狂杀戮，处决了 9 万名被俘中国士兵。《日内瓦公约》保护战俘免受酷刑、侵犯或处决，但日军一系列行为都表明他们对“公约”嗤之以鼻，对待战俘，他们或用刀刺死，或从舌头处吊起，或用机枪扫射，或放狗咬，或放火烧，或活埋，或斩首。[①]

城里的平民也遭到乱枪扫射，有时被迫自掘坟墓。日本兵还举办令人发指的杀人比赛，比谁斩杀的中国人数量最多。

这些残忍的行为仅仅是南京妇女的悲剧的开端，估计有 8000 人被有组织地强奸。日本兵很享受他们对儿童和老奶奶的暴行，并将此津津乐道很多年。日本兵成群结队地行动，每次抓住一个女人后，就让团伙里一个兵检查她有没有性传播疾病，如果没有，那么他们就抽签决定谁第一个上。受害者通常会在最后一名男子结束性侵后被刺死；如果受害人当时怀孕了，日本兵可能会用刀把孩子从子宫中切出来。

日本兵以裕仁天皇的名义战斗，他们来到百姓家里时，常常会强迫父亲强奸女儿，让兄弟强奸姐妹，甚至让儿子强奸母亲。而在恐怖中侥幸没死的女人却成了日本人的“慰安妇”，直到 1945 年日本投降。这些性奴别无选择，只能忍受更多年的强奸。

总而言之，南京有 60 万公民，日本有组织地洗劫和屠杀了一半人。他们的行径几乎不是秘密。日本人对中国人遭受的野蛮、非人的待遇感到兴奋，在东京，《日本广告报》（*Japan Advertiser*）每天都对两名知名士兵之间的杀人比赛进行死亡人数统计。

●

而在华盛顿特区，罗斯福总统和国会都忽视了日本的暴行。当《纽约时报》刊登了关于南京野蛮的头版故事时，文章遭到质疑——一些美国人认为

---

① 1886 年，日本签署了 1864 年达成的《日内瓦第一公约》，之后的协议是在 1906 年和 1929 年签署的。日本签署了 1929 年公约，并口头同意遵守 1906 年公约的条款。天皇显然没有信守诺言。

“南京强奸事件”太可怕了，不可能是真的，而美国的领导层则保持沉默。

当日本人在 1940 年入侵印度、中国继续军事扩张时，罗斯福总统禁止把所有的石油出售给日本。作为美国的盟友，大不列颠很快也这样做。1941 年 7 月 26 日，罗斯福进一步冻结了日本在美国的资产。

从表面上看，罗斯福的行动是阻止日本侵略亚洲的一个简单的尝试。尽管它给日本军队带来一波冲击：没有石油，他们的坦克和船只将无法使用。日本海军有 6 个月的燃油储备，但没有更多的了，日本的高级将领开始计划寻找新的石油来源，日本开始看到自己是美国攻击的受害者。不幸的是，罗斯福的禁运并不是在太平洋中阻止战争，而是让战争有可能爆发。

随着美日局势日益紧张，日本军方提出了一个最大胆的计划：入侵每个能给它提供自然资源的国家、岛屿和殖民地。几天后，日本军队踏上菲律宾、新加坡、荷属东印度群岛、英属马来亚、砂拉越，以及英属和荷属婆罗洲的海滩，走进缅甸的丛林。日军把路上抓捕的囚犯当作奴隶给他们工作——建立基础设施，收割作物和挖掘矿山。

这个计划是可怕的，但是对于日军而言却是辉煌的。虽然日本的侵略在意料之中，但是这种蛮横的攻击范围会让世界其他地方猝不及防。日本将领希望这样的进攻能够确保大获全胜。当时爱好和平的近卫文麿首相（Fumimaro Konoe）希望与美国有外交上的突破，但到了 1941 年 10 月，很明显这不可能实现。然后，近卫辞职了，他不想发动一场残忍的世界战争。

替代他的是东条英机（Hideki Tojo），一个矮小而又傲慢的大将，因粗暴无礼，注重细节而被称作“剃刀”。56 岁的东条在侵华战争初期就与众不同。他来自日本著名的武士阶级。其他人认为东条的思想过于军国主义，但裕仁天皇没有选择别人，反而钦点东条任首相之位，使他成为日本权力第二大的人物。他的亲战立场非常清楚地表明了他将如何利用这份权力。“我们最终决定发动战争，”东条任职后不久，一位日本高级官员写在他的日记上，“而现在我们必须全力开始。”

对于那些反对侵略观点的人，东条有一个简单的说法："有时候有必要闭上眼睛，冒险一试。"

若要成功，东条必须抓住两个关键要素。第一个是裕仁本身。几个月来，天皇犹豫不决，不知是否要扩大侵华战争，包括在其影响范围内继续征服亚洲和重要的太平洋岛屿国家。"天皇当然是一个和平爱好者，毫无疑问，他希望避免战争。"前首相近卫之后在 1941 年 10 月辞职那天写道，他知道阻止战争将是徒劳。"当我告诉他开战是错误的时候，他表示赞同……渐渐地，他开始倾向于战争。"

通过东条的细心侍奉，裕仁变得更加强硬。起先，天皇不愿确定侵略计划，但在 1941 年 11 月 2 日，东条上任两周后，他当天就说服了裕仁：裕仁认同现在到了日本征服世界的时候了。

日本若胜利了，它可能会在将来把这次战争称为大东亚战争，但美国海军让日本功亏一篑。

其他军队都无法阻止日本强大的舰队，因为船在太平洋上航行，飞机可以在上面起飞，还能向外国海滩派出一批士兵。但只要有来自美国海军的威胁，东条永远无法确保成功。

所以东条除了监管入侵计划，让小小日本处于其他亚洲国家都未曾尝过的统治地位之外，他还让裕仁天皇了解了摧毁美国太平洋舰队的计划。

这就是他的全部计划。

多年来，日本军方知道其主要对手最终可能是美国。尽管日本联合舰队司令山本五十六（Isoroku Yamamoto）海军大将反对将日本卷入危险而代价高昂的战争中，但他长期以来一直赞成空袭，以摧毁"拿着匕首指着我们喉咙"的美国舰队。

突袭将在周日早上发动，大部分水手晚上从镇里回来后早上还在睡梦之中。日本几轮舰载俯冲轰炸机将从天空中投弹，卸下的鱼雷和炸弹将使驱逐舰沉没、飞机毁坏，永远结束美国海军在太平洋的地位。

山本知道在哪里找到这些船，它们首尾相连或并排停泊在夏威夷一个宜人的海军基地中——一个名为珍珠港的地方。[①]

1941 年 11 月 8 日，裕仁天皇得到了有关突然袭击的具体细节。

没有经过深思熟虑，他批准了这个计划。

●

自战争伊始，裕仁已经让他的陆军大将和海军大将成为国家的军事面孔。他一直乐于被世界视为一个和平人士，但受军事顾问的影响而被迫卷入了冲突。但现在，直到 1944 年，随着美国陆军和海军的势力距离日本越来越近，在捍卫这片自公元前 660 年就被祖先统治的土地方面，裕仁的目的更加明确了。

裕仁第一步要做的就是驱逐极端狂热的东条，这位首相在战争初期经常表现得像位独裁者。事实上，东条之于日本，就像是希特勒之于德国，墨索里尼之于意大利。但不同于那些轴心国同盟军，东条一直为取悦天皇服务。7 月，塞班岛（Saipan）的关键岛屿被美军夺走，东条的命运也注定是个悲剧。

塞班岛的机场距离东京非常近，以至于美国陆军航空队 B-29 轰炸机可以随心所欲地轰炸日本。这个事实已经不可逆转地改变了战争发动的方式，迫使日本进入防御状态；现在日本已无法出动类似的远程轰炸机向美军进行袭击了。1944 年 7 月 18 日，在贝里琉岛战役开始之前的两个月，裕仁撤回了对东条政府的支持，首相立即被撤职。对于残忍无情的东条来说，这是一个完完全全的耻辱，他从珍珠港事件以来精心策划了日本的战争策略，曾被人认为天下无敌。东条颜面尽失，许多人让他剖腹自杀。然而，他退休到东京郊区的农舍，期待着有一天天皇可能再次打电话给他，让他继续为大众服务。

裕仁已经成了战时君主的典范，对日本的战术策略承担一部分责任，并

---

① 罗斯福总统早在 1940 年 5 月就命令将太平洋军舰总部从圣佩德罗、加利福尼亚迁往珍珠港。这一行动本是为了彰显威力，却成了美军的软肋。

支持东条屠杀无辜平民和处决战俘的战略。自珍珠港事件以来，甚至从东条被撤职以来，裕仁一直沉浸在战争规划的细枝末节中。天皇每天都要看陆军和海军的报道，获得他们的信息。许多日本军事领导人拒绝公开承认一系列决定日本命运的失败，但这次，裕仁出奇地务实，他知道他的舰队几乎全被摧毁，大部分飞机都被击落，由于美国的潜艇与军舰现在将日本周边紧密包围起来作战，因此作为这场战争所需要的宝贵汽油和钢铁已经无法再进口。

然而，尽管天皇知道这些，也知道其他种种迹象表明战争失败，但是他仍拒绝寻求和平。他所说的目标是“留在这片神圣的土地上，奋战到死”。

第6章

国家记者俱乐部

华盛顿

1945年2月10日

晚上8时30分

哈里·杜鲁门一坐到钢琴前，800个美国兵就都激动地欢呼起来。现在是周六晚上。拥挤的舞厅里弥漫着烟草味和男人的汗水味。杜鲁门左边架了个立式麦克风，这样他就能一边耍嘴皮，一边弹钢琴。陆兵、水兵们是来这儿聚餐的——这已经成了传统，每周，在这几个小时里，他们都能免费喝啤酒、吃热狗、看表演。名流、将军、政客通常会露个面，给士兵们送送饭，犒劳犒劳他们。一次，整个最高法院的人都来了，正巧，名叫费利克斯·法兰克福（Felix Frankfurter）的法官负责给战士们分法兰克福香肠（Frankfurter），可真是滑稽的一幕呢。

今晚的重磅节目将由密苏里人杜鲁门带来。观众里有因为对他表示尊敬而鼓掌的，也有因为好奇他会表演什么而鼓掌的，但几乎没人对他们这位新副总统有所了解。不过，如果哈里·杜鲁门要抨击一下成规，讲几个笑话，那他一定会很受欢迎。

当晚的名角并非只有杜鲁门一个。20岁的性感女神劳伦·白考尔（Lauren

Bacall）——新上映的黑色电影[①]《江湖侠侣》（*To Have and Have Not*）[②]的女主角，正坐在舞台最前面的桌子边。一屋子男人都用贪婪的眼光目不转睛地盯着她。这些兵都看过她和亨弗莱·鲍嘉（Humphrey Bogart）的对手戏，对她那句经典的调情话也是倒背如流："你知道怎么吹口哨，对吧，史蒂夫？你只要把两片嘴唇贴在一起，然后……吹。"

哈里·杜鲁门指尖轻点键盘，对着话筒说笑话，表演起来得心应手。事实上，用弹钢琴来鼓舞士气是这份新工作中杜鲁门十分享受的一部分。喜欢自嘲为"傀儡总统"的他热衷于说说节庆致辞啦，主持一下参议院啦，每天下午 5 点与众议院议长萨姆·雷伯恩（Sam Rayburn）约好一起喝波旁酒聊个天儿啦，等等。杜鲁门已经上任 3 周了，但罗斯福总统却一直没理他，他倒也不在乎。虽然遭到冷落，但他仍旧过得很开心。

这位副总统十岁开始练钢琴，已经把贝多芬和莫扎特的曲子烂熟于胸。也会弹起雷格泰姆[③]调子（ragtime tune）的《密苏里华尔兹》（*Missouri Waltz*）。虽然他对这曲子不感冒，但他知道这么弹一定会让观众里的密苏里人欢呼雀跃。

很快，杜鲁门弹什么曲子也不重要了。因为当性感撩人的劳伦·白考尔站起来，穿着高跟鞋和齐膝短裙走向副总统时，周围一片人声鼎沸，所以很明显杜鲁门弹什么都无所谓了。

在几个士兵非常心甘情愿的帮助下，青春妖娆的女神坐上了钢琴顶部。

---

① 以罪恶、道德问题等为主题，常讲述涉案人员的故事。——译注

② 电影《江湖侠侣》改编自海明威1937年的同名小说，讲述了战时的马蒂尼岛（Martinique）上一个倒霉船主的故事。45 岁的鲍嘉饰演的哈里·摩根（昵称"史蒂夫"）很快对白考尔饰演的年轻美国游客玛丽·布朗宁（昵称"苗条女郎"）倾心。由于两人在戏里戏外都互生情愫，所以总导演霍华德·霍克斯（Howard Hawks）又增加了白考尔的戏份。鲍嘉的第三任妻子，演员梅奥·美索特（Mayo Methot）于 1944 年 5 月提出离婚。鲍嘉和白考尔于 1945 年 5 月结婚，一直幸福生活在一起，直到鲍嘉于 1957 年死于癌症。两人 1949 年出生的儿子名唤史蒂芬（Stephen），就是以《江湖侠侣》男主角名字而命名的。

③ 一种美国流行音乐。——译注

白考尔挑逗性地架起二郎腿，悬空的双脚晃晃悠悠，炫耀着她那迷人的小腿。虽然白考尔和副总统两人相差 40 岁之多，但她仍旧与他调情。美丽的女演员魅惑一笑，斜倚在钢琴上，目不转睛地盯着副总统。

劳伦・白考尔与副总统哈里・杜鲁门

杜鲁门也一样大胆。他从容不迫，见招拆招，也与白考尔调情。摄影师纷纷打开闪光灯，争先恐后地拍摄这珍贵的场景。白考尔配合地转过身子摆了个新姿势，接着又摆了一个。

“在这个国家一切皆有可能。”一个士兵对《华盛顿邮报》记者赞叹道。

的确，一切皆有可能。

对于这一点，从小镇杂货店老板升到国家二把手的哈里・杜鲁门再清楚不过了。

★

那个仅剩 62 天可活的人正被裹挟在狂风暴雨中。

富兰克林·罗斯福（Franklin Roosevelt）总统坐在俄罗斯苍白的日光下，肩上盖了一条黑披肩。他面如死灰，嘴唇有点发紫，他的肺里有积水——这些都是充血性心力衰竭的症状，这种病正在慢慢将他杀死。

罗斯福左边坐着苏联最高领导人约瑟夫·斯大林（Joseph Stalin），右边坐着胖胖的、总是在聊天儿的英国首相温斯顿·丘吉尔（Winston Churchil）。一支烟悬在罗斯福左手，他任由它燃烧，因为他知道摄影师正在拍这场“三巨头”会议，如果他把烟举到嘴边，那折磨他双手几个月的震颤性麻痹就能很明显地被看出来。

这是克里米亚的早晨。在黑海的度假胜地雅尔塔，三巨头即将结束长达一周的会议。很明显，斯大林是本次会议的最大赢家。“问题不是我们要让苏联人做什么，而是我们能说服他们做什么。”外交官詹姆斯·F. 伯恩斯（James F. Byrnes）后来对记者说[①]。

欧洲战争的结束近在眼前。美国和英国的军队刚刚挫败了纳粹德国在坦克大战中的最后一次大进攻。现在，果敢的美国军官巴顿将军（George S. Patton）和英勇的英国陆军元帅蒙哥马利（Bernard Law Montgomery）正率领盟军准备攻打德国本土。

东方，苏联军队已经攻下了纳粹之前侵占的大片土地，包括波兰、匈牙利、捷克斯洛伐克。这样，美、英、苏手中就仿佛紧握着一把铁钳，很快就会粉碎阿道夫·希特勒（Adolf Hitler）的第三帝国（Third Reich）。事实上，苏联军队现在离柏林只有 40 英里。

---

① 伯恩斯是罗斯福任命的 8 位最高法院官员之一，但他不到一年就辞职了，于 1942 年离开法院。伯恩斯曾任南卡罗来纳州的参议员，也是罗斯福的好朋友，比起在最高法院严谨判案，他更愿意帮总统打仗。后来他继续担任公职，做过国务卿和南卡州州长。

雅尔塔会议的目的是确定战后新形势。但在2月4日会议开始之前，斯大林就已经掌握了先机，这首先体现在会议地点的选择上。斯大林声称自己身体欠佳无法长途远行，执意将会议地点定在雅尔塔这座苏联城市，然而真相是，斯大林很健康，他只是不敢坐飞机。

然而，身体明显每况愈下的罗斯福却跋涉6000英里，又坐船又坐飞机，还忍受了8小时车程才到达会议地点。在那儿，他下榻的别墅装了窃听器，他房间的仆人是苏联间谍，意味着他根本无法安心休息，因为他知道自己一举一动都处于监视之下。

这正是斯大林设计好的。

这位统治者深知，如果他在会上从罗斯福和丘吉尔那儿得到他想要的，他就能统治近乎半个世界。斯大林的目的直截了当：让苏联重振19世纪沙皇俄国时期的雄风。他的军队现在占据着北波罗的海到太平洋的绝大部分地区，绝不会拱手相让任何一寸已经拥有的土地。

然而沙俄版图中有一处重要的地方是现在的苏联军队仍未占据的，那就是位于中国北部的日占“满洲”。所以当罗斯福请斯大林加入对日作战时，他正好落入了这位统治者的算计中。

斯大林同意对日作战，但前提是罗斯福默许苏联对“满洲”的行动。

日俄上一次领土战争是在1904年，持续了19个月。当时日本胜利了，但也为裕仁天皇（Emperor Hirohito）[①]的全球扩张埋下了伏笔。

很快，斯大林就会报复[②]。

★

① 即昭和天皇。——译注

② 日本侵略“满洲”是为了获取珍贵资源：煤、铁、烟和耕地。日本人口不断增长，意味着该国自给自足难以为继，而侵略“满洲”就能获得丰富的自然资源，扩大粮田。苏联侵略“满洲”的原因也差不多，也是为了扩张领土，获取矿产资源，并夺回在日俄战争中失去的地方，尤其是位于不冻的亚瑟港（即中国旅顺口——译注）的海军基地。苏联的目的还包括在朝鲜半岛建立亲苏政权、攻占日本。

富兰克林·罗斯福耐心地等着拍完雅尔塔会议结束仪式照片。丘吉尔的大英帝国是会上的最大输家，因战争而千疮百孔；而且，那些从前的殖民地一定会在战后争取独立。罗斯福很满意战后美国仍然是超级大国这个事实，也愿意看到世界将主要分为两极——美国和苏联。罗斯福对此没有异议，因为他喜欢斯大林，也相信他是值得信任的。这两个大国没有理由不能好好合作。

会谈以握手而告终。罗斯福终于长吸了一口无嘴骆驼烟。他每天至少抽一盒。医生告诉他每天最多只能抽 6 根，但他不听。医生也让他每天保证 10 小时睡眠，只能晚餐时喝杯鸡尾酒，将盐摄入量控制到最小，而且每天下午还要休息两小时。

他都不听。富兰克林·德拉诺·罗斯福可是美国总统。普通人要遵循的医嘱对他来说不适用。

但是雅尔塔会议带来的压力和紧张对罗斯福的身体造成了巨大影响。虽然他比斯大林只小 3 岁多一点儿，但看起来他要老 10 岁。摄影师捕捉到了这位美国总统深深的黑眼圈和僵硬的下巴。他来的时候已经很累，回去的时候也将精疲力竭。磨人的 7 天里，他与斯大林讨价还价，现在又要返回 6000 英里之外的家，所以他很明白这段旅程会有多么痛苦。

63 岁高龄的罗斯福的胸腔里，那充血的心脏艰难地跳动着。

★

雅尔塔会议结束时，罗斯福已经在不知不觉间让几百万东欧人处于长达几十年的苏联统治下。这些人民将被剥夺言论自由、出入自由等基本自由。他几乎已经忘了几年前那件事：1942 年 2 月 19 日，罗斯福亲自下旨让成千上万的美国公民遭受同样的侮辱。

根据 9066 号行政命令（Executive Order 9066），日裔美国公民将遭到羁押，只因他们是日本人的后代。这些清白无辜的人只因祖先是日本人就被迫遭监禁。

几千日裔美国人被关押在强制收容所，其中最著名的一座位于内华达山脉（Sierra Nevada）东面，那里，加州荒凉的沙漠上建起了曼扎纳战争收容中心（Manzanar War Relocation Center）。夏天，温度常常超过 100 华氏度。冬天，刺骨的寒风从雪峰刮来，压倒路旁的树，卷得空气中都是茫茫沙尘。

这些日裔美国人全家都被赶到监狱里，直到战争结束。营房里，他们紧挨着睡觉，周围都是铁丝网。武装警卫从高高的哨塔上俯瞰，监视着他们的一举一动。裕仁天皇一日不投降，他们就一日不能重见天日。那里根本没有隐私可言：洗澡、上厕所就在大庭广众之下，连简单几个隔间都不给弄。

这些美国公民不知道战争结束后他们的生活会怎样——他们到哪去、在哪工作、如何重建家园。

同样，东欧人民也很快会感受到，他们别无选择，只能逆来顺受。[①]

★

曼扎纳东南 900 英里，在美国另一个大风侵袭的沙漠里，一队科学家正狂热地工作着，他们要设计一种可以造成大规模死亡和损毁的装置。这个团队正用一种革命性的新技术来解锁一种新型炸弹。二战开始前不久，科学家就发现了如何分裂原子核；原子核的“裂变”可以释放出巨大的能量。这个消息一流传开来，世界各地的武器制造家就争先恐后、想方设法，要把这项研究成果转化为战争杀伤力。

自 1939 年 4 月起，纳粹德国也尝试制造科学家所说的“原子弹”。日本也在寻求这种武器。不过他们都失败了。但在新墨西哥州的沙漠里，经过几年的尖端研究，美国终于成功地把研究成果转化为现实。既然希特勒几乎已经被打败，那么新型炸弹肯定不会用在德国，因此，日本就成了目标。这种新武器还没被试验过，但如果一切按计划进行，那么 B-29 轰炸机就会从美国已经占领的太平洋岛屿上携带这种新炸弹出发，并将其投向日本。虽然

---

① 二战中约 12.7 万日裔美国人遭监禁。

这种炸弹会在目标上空 2000 英尺就爆炸，不会真正触及地面，但其爆炸力估计相当于一万吨炸药。

不过这些估计都只是猜测，没人知道这种理论上的武器实际上到底有多大威力。

当时还不知道哪座或哪些城市会被轰炸，但负责那个致命的曼哈顿计划的莱斯利·格罗夫斯（Leslie Groves）准将已经起草了一份简短的名单。为了衡量爆炸的全部威力，格罗夫斯想让各轰炸目标在轰炸前都完好无损，这意味着目标会在之前没被美军轰炸过的小仓（Kokura）、京都（Kyoto）、广岛（Hiroshima）、横滨（Yokohama）和新潟（Niigata）中，当地人民可能很快将面临灭顶之灾。

无巧不成书，劳伦·白考尔和哈里·杜鲁门同台也暗示美军即将推出这种新发明的原子弹。

设计原子弹的科学家从白考尔未婚夫的电影《马耳他之鹰》（The Maltese Falcon）里得到灵感，将这颗原子弹命名为“小男孩”。①

---

① 1941 年的黑色电影《马耳他之鹰》是约翰·休斯敦（John Huston）的导演处女作。亨弗莱·鲍嘉扮演私家侦探萨姆·斯佩德；其他著名演员包括西德尼·格林斯垂特（Sydney Greenstreet）、彼得·洛（Peter Lorre）、玛丽·阿斯特（Mary Astor）、小以利沙·库克（Elisha Cook Jr.）、罗伯特·赛博（Robert Serber），在洛斯阿拉莫斯负责命名原子弹的科学家以格林斯垂特扮演的角色给斯佩德起的绰号“胖子（Fat Man）”作为一颗原子弹的代号。“小男孩（Little Boy）”的命名则更为复杂。《马耳他之鹰》原著作者是达希尔·哈米特（Dashiell Hammett）。第三颗原子弹的代号是“瘦子（Thin Man）”，来自哈米特写的另一个故事。“瘦子”的开发于 1944 年 7 月中止。“小男孩”比“瘦子”更小、更圆，因此叫这个名字。在原子弹的开发过程中，哈米特在阿留申群岛服役，升为中士后退伍。哈米特于 1953 年因涉嫌支持共产党人而受到传讯。他拒绝配合，于是被列入黑名单，找不到写作的工作。具有讽刺意味的是，作为参加过一战和二战的老兵，哈米特现葬于阿灵顿国家公墓。

第7章

马尼拉酒店顶层公寓

菲律宾马尼拉

1945年2月22日

1100

道格拉斯·麦克阿瑟（Douglas MacArthur）的小儿子安全待在澳大利亚，但很快会和他妈妈一起返回解放了的菲律宾。日军在菲律宾长达3年的残暴统治还没结束，不过首都马尼拉已经处于美军控制下。

简·麦克阿瑟（Jean MacArthur）和7岁的小阿瑟回不去曾经称之为家的奢华顶层公寓了。因为道格拉斯·麦克阿瑟亲眼见到，这个他们一家热爱的、充满美好回忆的地方已经被烧得只剩下断壁残垣。

将军用他最喜欢的烟斗抽着烟，跨过一具血淋淋的日本上校尸体。公寓的废墟还在燃烧——日本人把它当成指挥所，在美军打上楼的时候放了一把火，作为最后的报复。书架上，麦克阿瑟引以为豪的军事历史书籍藏品已化为灰烬。起居室里，烧焦的大钢琴正冒着烟。值钱的银器被偷走了。死去的日本上校旁边，一套珍贵、漂亮的花瓶的碎片洒得地毯上到处都是，而这套花瓶正是战前多年裕仁天皇送给麦克阿瑟的礼物。

“他们烧掉了这个地方，”麦克阿瑟后来这样写他曾经的家，“我目睹我那珍贵的军事图书馆，那些纪念品，毕生的一切全被烧毁了，心里五味杂陈，难以言表。”

就在昨天，他妻子和儿子在布里斯班登上了“不列颠哥伦比亚”号冷藏船，要花两周才能到马尼拉。这期间，将军必须找到一个给家人住的新地方。

让妻儿和自己一起待在战区是非常罕见的，但麦克阿瑟是一个战士，座右铭是宁可寻求原谅也不请求允许——虽然大部分时候他两点都没做到。在几乎所有情况下，即使在回答总统问话的时候，道格拉斯·麦克阿瑟也是想干什么就干什么。

★

距麦克阿瑟被烧毁的公寓，也就是菲律宾首都争夺战的战场1000多英里处，被称作“马尼拉约翰”的巴西隆在黑色沙滩上踱着步，这是即将让他丢掉性命的地方。这座贫瘠的火山岛被称为硫磺岛，代号“X岛”。巴西隆和第五陆战师（Fifth Marine Division）的战士就是被困在这里。这位28岁的三级军士长是一名轻量级拳击手，也是杰出的战士。3年前获得荣誉勋章（Medal of Honor）后，这位久经沙场的老兵返回祖国，在全国各地募集战时公债。他就是很多美国人心目中海军陆战队战士的样子：身材精干、脸型方正、面容英俊。但巴西隆厌倦了不战斗的生活，并成功申请回到太平洋战场。他左臂上的文身写着“士可杀，不可辱”，可谓名副其实。[①]

这时，在日军的枪林弹雨中，海军陆战队士兵只能在黑色沙滩上匍匐前进。然而巴西隆军士却依然昂首挺立，观察着局势。

从他的阵地到沙滩正后方高高的海岸，是一个陡峭的斜坡。迫击炮弹如雨点一般落下，爆炸时扬起一大片尘土。日军大炮部署在一英里外摺钵山（Mount Suribachi）平坦的山顶上，向美军开炮。沙滩上到处是登陆艇的碎片，

① 巴西隆于1934年参军，当时17岁。他在菲律宾服役三年，非常喜欢那段经历，并时时挂在嘴边，因此得名“马尼拉约翰”。他于1937年离开陆军，但于1940年加入海军陆战队，当时战争一触即发。巴西隆在1942年瓜达尔卡纳尔岛战役中，一路打过敌军阵地，以帮手下补充弹药，因此获得荣誉勋章。后来也因硫磺岛战役中的英勇事迹而被授予海军十字勋章。

但巴西隆却不在乎。今天早上已经有三波战士登上沙滩，现在他仍然高喊着指挥手下前进。“闯出沙滩，”他指挥阅兵仪式般洪亮的声音响起，“走出去！”

但有些士兵动不了，他们没法动，要么死了，要么重伤，身体静静地躺着，鲜血染红了沙滩。

很快巴西隆带着一批活下来的士兵逃离了极其危险的登陆区，继续前进。但在他们向海岸艰难攀爬的时候，日军用机关枪向他们狂轰滥炸。日军建立了坚固的碉堡，并用沙子掩盖起来，不仅能够隐蔽自己的阵地，还能阻挡来袭的炮火。巴西隆快速查看自己的阵地，明白他需要一挺机关枪来攻破对方的掩体，防止己方人员伤亡。在一片混乱和震耳欲聋的爆炸声中，他发现了一个炮手，于是他匆匆爬向那个兵，在他头盔后脑勺拍了一下让他注意。“向那个目标开火。”巴西隆命令道。

但是一等兵查克·塔特姆（Chuck Tatum）的枪管里装的全是沙子，根本打不响。看着巴西隆失望地回过头来，他赶紧把枪擦干净，不到 30 秒就准备就绪了。塔特姆向掩体开火，曳光弹沿着预定的轨迹飞行。

巴西隆和他的兵都厌倦了战争。战斗十分紧张激烈，而且需要六周的航行才能到达下一个等待攻占的岛屿，这一切都让他们心力交瘁。但是他们必须先拿下硫磺岛，才能最终到达起最关键作用的九州岛（Kyushu）。九州岛位于日本最南端，岛上的一个重要城市就是造船业发达的长崎（Nagasaki）。

对许多海军陆战队士兵来说，问题不是在战争结束前还要经历多少场仗，而是他们能否活着回去与家人重聚。

三级军士长“马尼拉约翰”新婚燕尔，生活仍充满希望。然而他却只当自己一无所有、不怕失去。于是他靠着查克的火力掩护，奋不顾身地前进，力图摧毁敌人的碉堡，拯救手下的性命。

★

回到马尼拉，道格拉斯·麦克阿瑟在 37 师士兵的陪同下离开那所曾经住过的公寓。他们的机关枪管还热乎乎的，因为才在激战中清理了马尼拉酒店的日军。酒店墙外，为争夺这座曾经美丽的城市而发生的恶战已经变为巷战，这在太平洋战场是罕见的。一边是35000人的美军3个师，一边是17000人的日本水兵、海军陆战队士兵和陆兵。麦克阿瑟深知军人一生漂泊不定，马尼拉和其他曾经住过的地方一样，都如同他的故乡。他认为这座城市是“东方民主的大本营”，一直不愿用发动全面战争的方式来收复。事实上，将军刚开始还不愿用狂轰滥炸的方式赶走日本侵略者。

麦克阿瑟十分谨慎，但也乐观。他多年的积蓄已经化为乌有，但妻儿正在来的路上，自己仍然指挥着太平洋上的最大军队。也许最重要的是，麦克阿瑟知道，虽然收复菲律宾这场仗已经打了好几个月了，但他在军事方面的成就依然没有丢失，还在熠熠生辉。

但对于马尼拉人民，却无法用“乐观”二字形容。他们不但已经无家可归，而且很多人也尊严尽失。

马尼拉争夺战始于两周前，1945年2月3日。到了2月6日，麦克阿瑟过早宣布战斗结束，准备发布“马尼拉已被收复”的消息。

事实并非如此。虽然山下奉文将军已经下令让日军撤出马尼拉，但他手下的顽固分子却拒绝从命，从而煽动了一大批水兵和海军陆战队士兵继续作战，誓要与美国人拼到底。

这群顽固分子在街上埋了地雷，隐蔽起来的狙击手见一个美国人就杀一个。战斗从一栋房子打到另一栋房子，从一个房间打到另一个房间，没有一处幸免。即使在美军用喷火器把一些日本人活活烧死，摧毁了他们藏身的楼宇后，剩下的日本人仍能想方设法进攻。

一个美国巡逻队突然遭到一名日本持刀士兵的袭击，他抢在对方开枪之前劈开了最前面那个美国兵的头颅，后来他和他的6名同伴都被打死了。

一些日本人知道打不赢，于是喝得酩酊大醉，点燃手榴弹引爆了自己。但更多日本兵却趁着自己还没死，疯狂折磨马尼拉人民。日本人坚信自己这个人种比菲律宾人优越，在对马尼拉城进行了3年的绝对控制之后，他们根本无法相信自己竟要被这群下等人打败了。[①]

所以他们一方面与麦克阿瑟的军队争夺马尼拉的控制权，一方面也尽可能多杀无辜的当地人民。日军得到一条正式的命令，详细地告诉他们应该如何行事：杀菲律宾人之前，首先要把他们集中到一个地方，杀他们时不要过多浪费子弹或人力。由于大量尸体难以处理，因此应把他们集中到预计要烧掉、摧毁的房屋里，或把尸体扔进河里。[②]

道格拉斯·麦克阿瑟不主张对马尼拉进行空中轰炸，他的逻辑是，轰炸将殃及无辜平民。但是，菲律宾人民遭受的恐怖对待已经无法用语言描述了。也许被炸弹立刻炸死也比被日本人折磨至死要好。即使按照日本帝国主义自己残酷的标准来看，在马尼拉犯下的战争罪行也是令人发指的。

接下来的几周，从2月25日到4月9日，美军战争罪调查员会询问目击者，并将这些野蛮行径详细报道出来。目击者会在医院、难民营和他们自己家接受采访。受伤或断肢的情况会在美国军队医生护士在场的情况下拍摄照片以证实；强奸事件需要由两个目击者证实。调查员会快速翔实地将日军在马尼拉之战中犯下的暴行记录在案。

一篇报告写道："1945年2月11日，大概在晚上6时，23岁的中国杂货店老板林建田（Lim Kinnog Tiang）刚刚关上店门，日本人就带着100多名被绑起来的菲律宾人和中国人来了。日本人用布把他们的眼睛蒙住，然后让他们10个一组上楼，把他们的头砍掉。"

---

① 军队监察长后来才明白，山下奉文从来没真正想过完全撤出马尼拉。因此，这场屠杀"是在东京上级指挥部的命令下，由日军在菲律宾的指挥官策划并执行的"。监察长还声明："日本人主要对菲律宾人民制造暴行的原因是他们对美国人有所偏袒，要与美国和美国人保持合作和友好关系。"

② 这条命令由营一级下达，要求岩渊三次（Sanji Iwabuchi）将军及其手下的陆兵、水兵和海军陆战队士兵来执行。之前，岩渊三次违抗了离开马尼拉的命令，决定战斗到底。然而，这样一条正式的命令对岩渊三次手下纪律松散的部队来说十分罕见，而且对菲律宾人民的大部分屠杀都是由没有统一指挥的小股日军造成的。岩渊三次于1945年2月26日引爆手榴弹自尽，因此在战斗的最后一周，日军群龙无首。但这反而引发了更多屠杀。

还有一篇写："1945 年 2 月初，大约晚上 7 时，一队日本人，大部分是军官，来到马尼拉圣马尔切利诺（San Marcellino）239 号，亚松森·马娃斯（Asuncion Marvas）小姐的房子。马娃斯小姐和她家人被带到德国俱乐部(German Club)。那里约莫有 500 人。只要有人想逃，就会被开枪打死或被手榴弹炸死。马娃斯小姐想逃，但日本人一刀捅在她臀部，她当时正趴在地上。"

别的战争罪报告详写了日本人对菲律宾儿童犯下的兽行。日本兵把他们的眼睛从脑袋上挖出，把无辜的孩子扔到墙上，撞得他们的身体四分五裂。日本人讨厌孩子的尖叫声，于是就狠狠把他们的头向树上撞去。

正如美军调查员很快会记录在案的那样，每天对菲律宾人民来说都是新的恐怖。

★

在硫磺岛，美国海军陆战队也在经历日本人带来的恐怖。日本士兵挥舞刺刀能置人于死地。不过三级军士长约翰·巴西隆发现用喷火器能够有效应对。他命令下士威廉·佩格（William Pegg）用喷火器向被包围起来的日本碉堡喷火。佩格就像一座人山，他重达 200 多磅[①]，拿起喷火器轻而易举。装有凝固汽油的喷火器向日军碉堡开火，里面的人都着了火，这时巴西隆把一等兵塔特姆的机关枪从三脚架上卸下，向敌人掩体冲去。塔特姆也在他身边快跑，一边抓住弹药袋。"我从没见过巴西隆眼中燃着那样的熊熊怒火，"塔特姆后来写道，"他神情严肃，紧抿着嘴，额头上闪着汗光。他不是刽子手，而是正在履行责任的战士。"

巴西隆和塔特姆逼近了掩体。然后他们等着，这时远处的日本炮手正瞄准着这两个暴露在碉堡上方的美国人。

但巴西隆和塔特姆没等多久。8 个着了火的日本兵从后门冲出。巴西隆朝他们背后开枪，把他们打死了。"手下留情了。"塔特姆想，因为他注意

① 约 180 斤。——译注

到那些日本人的身体已被熊熊烈火裹住，一枪打死总比活活烧死好。

塔特姆担心有生命危险，于是转身向己方安全的阵地跑去。但巴西隆拦住他。这位三级军士长看到远处硫磺岛飞机跑道的边缘有个掩体。他确信这是个绝佳的战略阵地。

“你无论如何都得待在这儿，”他冷静地告诉塔特姆，“我回去多叫一些兵，我们要打出这个岛。”

然后约翰·巴西隆就把机关枪交给查克·塔特姆，不顾子弹从耳边呼啸而过，快速向阵线跑去。

★

同时，美国海军军舰也从海上开火，打击摺钵山顶的日军大炮，保障巴西隆手下的人前进。

但是突然，几座日军海军大炮向他们开火，海军陆战队士兵立刻卧倒。

整场战争中，海军陆战队士兵和陆兵对水兵又羡慕又嫉妒，因为水兵在船上能吃到热乎乎的饭菜，住在整洁的地方。甚至连一些水兵也觉得不好意思了，因为跟在岛上作战的陆兵相比，他们的生活实在太好了。水兵只要待在硫磺岛离岸水域的船上，相对安全，一个年轻的海军军官还说，水兵“只要看着战争进行就行了。通过望远镜，我能看到敌军坦克试图在沙地上行进，但很不顺利，我还看到陆军战士跃入散兵坑”。

但是海上生活也有极其危险的一面。日本神风特攻队飞行员训练有素，技艺精湛，能够在漫天炮火中穿梭，架着装满炸弹的飞机冲向美国军舰。[1]

---

① 由于美军在太平洋的优势不断增加，而日本又缺乏航母和有经验的飞行员，于是日本开始在1944年秋天执行自杀式任务。日军不乏自愿献出生命的战士。飞机刺入船体，不仅能捅个大窟窿，还能造成大范围着火和爆炸，在干掉对方水兵的同时日本人自己的飞机也会被摧毁。官方数据没有统一，不过至少有47艘美军军舰被神风特攻队击沉，包括14艘驱逐舰和3艘航母护航舰艇。约5000名美英水兵死亡，还有5000人受伤。日本飞行员的死亡人数约高达4000。当时战争已经快结束了，日军的这种特攻激起了那些遭遇飞来横祸的水兵的憎恨，因为许多人都盼望着回家。之后，由于缺少飞行员和飞机，神风特攻难以为继，于是在很大程度上消退了，但没有完全停止；最后一场神风特攻发生在1945年8月15日。

护航航母“俾斯麦海”（Bismarck Sea）号和列克星敦级航母“萨拉托加”（Lexington-class aircraft carrier Saratoga）在硫磺岛争夺战中成为日军的目标。“萨拉托加”遭到破坏，但没有被击沉，而“俾斯麦海”沉船了。第一支神风特攻队充当开路先锋，撞向舰艇上的飞机库甲板，引爆了船上的军械。第二支神风特攻队撞向俾斯麦海的升降机井，摧毁了开火系统。318人被活活烧死，有的因锅炉爆炸而死，有的在船被击沉时淹没在火海中。有600名水兵在海水中痛苦挣扎了12个小时之久，不断遭遇鲨鱼袭击，最终才被附近的船只救起。

靠岸之前，海军轰炸了硫磺岛3天。450多艘军舰排列在离岸水域，包括战舰“德克萨斯”号（USS Texas）、“田纳西”号（USS Tennessee）、“内华达”号（USS Nevada）和“爱达荷”号（USS Idaho），每一艘都在炮轰硫磺岛。单单“田纳西”号就有12门14英寸的火炮、16门5英寸的火炮、40门高射炮和41门加农炮。这艘战舰会在接下来3周的战斗中进行八千多轮攻击。

但是水兵并不能自主选择攻打目标，而是由被称作前进观察员的海军陆战队士兵通过无线电向军舰发送精确的开火指令。有时敌人离得非常近，船上的士兵甚至都能听见日本人的喊叫声。“很遗憾，我记不住他的名字了。”年轻的海军军官本·布拉德利（Ben Bradlee）后来回忆当时组织轰炸的海军陆战队中尉时说道。有一天布拉德利会成为《华盛顿邮报》的编辑，但现在他只是一个在战争中挣扎求生的美国青年。“他会要求向这里那里开火——通常是在距他的散兵坑几码内——然后我把他给我的指令转达给炮手指挥官。‘开火’的命令下达后紧接着就是一阵震耳欲聋的爆炸声。然后停了一会儿，只见57磅的炮弹飞向目标，虽然看不见指挥官在哪里，但也许能听到他大赞‘太棒了’或‘正中靶心’，他经常这么说，但有时候也会说‘差一点，伙计们。没打中这家伙’。”[①]

① 指挥炮兵时说的黑话。

约翰·巴西隆带领手下就位，然而他们竟比前进观察员还靠前，因此处境十分凶险。“把人带到这边来。”巴西隆向一个小分队喊道，一边爬着寻找最佳战略位置。机关枪、喷火器和卡宾枪在日军部署在山顶的大炮面前简直不堪一击。“现在根本打不到敌人。我回去看看能不能弄些大炮过来。”

周围一片枪林弹雨，而巴西隆好像不怕子弹一样飞跑回去，脚下的地面被迫击炮和火炮打得坑坑洼洼的。

★

回过头来看马尼拉，日军对平民实施的非人暴行仍在继续，战争罪调查员也在搜集证词。伊斯特·加西亚·莫拉斯（Esther Garcia Moras）女士详述了骇人的事实：

1945年2月9日晚上7时，敌人开始向我们家附近的俄米塔区（Ermita）开火。我们逃出自己的房子。日本人把男人分成一堆，把女人和孩子分成另一堆。我估计有大约6000女人和孩子在湾景酒店（Bayview Hotel）附近的弗格森广场（Plaza Ferguson）。他们也把菲律宾人和麦斯蒂索人分开，把年轻女孩和年长女人分开，并把麦斯蒂索人带到酒店。一个房间大概有25个13到27岁的女孩，日本人给她们食物、威士忌和香烟，允许她们在房间里吃东西，大概有20分钟，房间里除了那些女孩没有别人。

然后，一队日本兵进来了，有三四个人，每人带了一个女孩离开房间，这其中包括我两个妹妹中的一个，她只有14岁，但日本人又把她带回来了，因为他们发现她正来着月经。他们带走我另一个妹妹，她回来的时候说日本人让她脱光衣服躺在地上，强奸了她。一个女孩想反抗，日本人就扇她耳光。每个日本兵对同一个女孩只强奸一次，但同一个女孩却平均被四个日本兵轮奸。我妹妹用尽全力反抗，但和其他女孩一样无济于事。她把一切都告诉了房间里的每个人。

日本兵会带着糖果进来，挑选他们想要的女孩。其他房间也有差不多数量的女孩。我估计至少有五六个房间，也就是一共有大概100个女孩。24

岁的鲁伊·塔尼（Luey Tani）躲过一劫，因为日本兵发现她有身体缺陷——她体型太小了，他们对她什么也做不了。还有一个女孩是15岁的葛洛莉亚·盖尔兹（Gloria Gelzi），但其他人的名字我就不知道了。

我妹妹被抓走后，一个日本人回来又抓了我。他把我带到一个房间，锁上门，扯下我的裙子和裤子，把我扔到地上，强奸了我。我很痛。我大声尖叫起来，想把他推开，但于事无补。他大约5英尺6英寸[①]高。大概12或15个不同的日本人强奸了我。最后一个特别狠，把我弄伤了，我流了血。他把我扒个精光摆在床上，折磨我大概半小时，强奸我好几次。

一个女孩已经怀孕8个月了，或者更长，但日本人还是要把她带走。他们对她没做什么，因为她狠狠踢他们。我们在湾景酒店待了三天，没东西吃，也没水喝，但他们只是在那一天晚上强奸了我们。大楼着火的时候，他们让我们走。我们回不了家，因为我们住的屋子都被烧毁了。

我们在阿奎萨大街（Arquisa Street）上不停地奔跑。我们中没有人得到救治。我妹妹伤得很重，她在流血，这是第一次有人对她做那种事。他们强奸了她4次。我们想带她去看医生，但当时不行。不过，4天前我看到一个菲律宾医生，他给我做了检查，说我得了性病，我妹妹也因为被强奸而得了性病。我愿意提供自己的姓名和地址，我现在说的证词没告诉过其他人。我是莫拉女士（原文如此），我那被强奸的妹妹叫普利西亚·加西亚（Priscilla Garcia），那个因为来月经而没被强奸的妹妹叫伊万杰琳·加西亚（Evangeline Garcia）。[②]

三级军士长约翰·巴西隆自然目睹了日军在战场上的暴行。现在是上午10时30分，三级军士长跑回他让查克·塔特姆驻守的地方，也就是硫磺岛军用机场边缘。巴西隆没能找到大量援兵，只带回了三个人。

---

① 约一米六五。——译注

② 《日本帝国主义在菲律宾群岛吕宋岛的马尼拉及其他地方涉嫌制造暴行的调查报告》。本文引用报告时，修正了其中一些语法和拼写错误。湾景酒店和马尼拉酒店现在仍在营业。

但这也足够了。

巴西隆的英勇事迹是他对人生的最后诠释。他清楚地看到查克·塔特姆在日军掩体附近。他和手下 3 个人向掩体奔去时，地狱仿佛开启了。

“他离我 75 码[①] 远，这距离比一个足球场还窄，”查克·塔特姆后来回忆道。“我听见迫击炮弹向他们打去。炮弹正中巴西隆和那 3 个海军陆战队士兵。”

美国海军陆战队在硫磺岛摺钵山上竖起国旗。后来为了让照片更好看，战士们又“摆拍”了一次，从此让这一刻的定格名垂青史。

① 约 69 米。——译注

巴西隆牺牲当天，塔特姆晋升为连长，后来他生动描述三级军士长的英勇牺牲。“我看见他们一动不动。我知道他们都死了。”[①]

“那时我意识到我们失去了巴西隆。消息从一个散兵坑传到另一个散兵坑：敌人杀了巴西隆。”

那天是1945年2月19日，硫磺岛之战还要进行五周。除了“马尼拉约翰”外，还有6820名美国人将战死。

这场战斗中，差不多21000名日本兵战死或失踪。相当于他们整个敢死队的数量，然而日本人还远没到投降的时候。

★

马尼拉被从日军手里解放出来不过两天，“不列颠哥伦比亚”号船（SS British Columbia Express）就到达了该城，正慢慢停靠在港口。那天是3月6日，星期二，道格拉斯·麦克阿瑟将军乘坐一条小船前往迎接大船。他的座驾非同寻常，这条实用的登陆艇通常是用来向战场输送人员和物资的，并非专门载一个五星上将去和阔别已久的家人团圆。[②]

热带温暖的空气中带有225马力发动机的燃油味，船的速度现在只有12节[③]。麦克阿瑟百感交集。他已经5个月没见到简和小阿瑟了。这位65岁的硬汉将军深爱自己的家庭，每每思念，眼泪几欲夺眶而出。他知道家人马上就会见到的马尼拉城已经不是三年前他们离开时候的那个样子了。他们一定会大吃一惊的。

---

① 虽然目击者证实巴西隆是被迫击炮弹击中身亡，但海军陆战队官方仍称其死于轻武器攻击。

② 这种登陆艇由新奥尔良造船商安德鲁·希金斯（Andrew Higgins）设计，吃水浅，船首有个斜坡，船一靠岸，斜坡就会降下，好让士兵直接走到海滩上。阿道夫·希特勒深知希金斯登陆艇的厉害，诺曼底登陆中用的就是希金斯船，希特勒还把希金斯叫作“现代诺亚”。LCVP（车辆人员登陆艇）可以把36人、8000磅的货物和车辆送到战场。美军在欧洲和太平洋战场的两栖登陆中都使用了这种登陆艇，但夹板边缘和后方的设计使其防御能力较弱。传说希金斯第一次造出希金斯船时还是在战争开始多年以前，当时为了帮助私酒贩子运输非法的酒。

③ 1节等于1海里/小时。——译注

不过好在马尼拉已经解放了。

简在甲板上等着她丈夫，手里拿着一套干净的床单，不知道他们会不会用到。小阿瑟站在她旁边，衣服整洁。

道格拉斯・麦克阿瑟爬上梯子，上了船。他伸出双臂拥抱妻儿，他的三个助手和甲板上的水手都拥过来一睹这位名将的风采。

道格拉斯・麦克阿瑟已经目睹了马尼拉的毁灭，也见证了马尼拉人民经历的梦魇，因此他从没对他的家人仍然安然无恙如此感恩。

他把简和小阿瑟紧紧搂在怀里。

他一直抱着他们，良久也没有松开。

第 8 章

日本东京

1945 年 3 月 10 日

凌晨 12 时 08 分

一阵猛烈的西北风刮过东京，歼灭战逼近了。在城市低空飞行的 B–29 轰炸机掀起袭击的浪潮。日语把美军这种最强大的战机叫作“bikko”[1]。只见飞机先扔下一些常规炸弹，然后向南转了个大弯，飞向房总半岛（Bōsō Peninsula）。从第一次防空预警在这个一片漆黑的城市上空拉响到现在已经差不多 3 小时了。美军 4 个月以前就开始轰炸日本，但基本上没碰东京，所以在这清冷的夜晚，几乎没有市民从他们的老木屋出来，躲在安全的防空洞里。看到 B–29 嗡嗡驶向远处，紧张的东京市民才放下心来准备睡个安稳觉。

然而，7 分钟后，这种放心瓦解了。警报哀怨的鸣叫声再次响彻城市上空。这次，东京居民争先恐后朝混凝土防空洞跑去，因为他们已经辨别出这第二次是真正的空袭警报，意味着残酷的轰炸迫在眉睫。

防空洞只能装 5000 人，但成千上万的人在大街上拼命狂奔——父亲、

① B–29 的日语发音是 Bi–ni–ju–ku。日本人对 B–29 的叫法有“bikko（这个单词在日语里是瘸子的意思）”和“B–san”。——译注

妻子、孩子、爷爷奶奶、孕妇，许多人背上捆着大包，里面装着他们的重要财产。父亲们担心一家人无法及时躲进防空洞，就让家人看到可以隐蔽的地方就立刻躲藏起来，他们跳进壕沟、管道，甚至飞快地在地上挖洞。一些人瞪大眼睛望着天空，只见探照灯扫来扫去为高射炮手照明。

映着天上一弯新月，B-29 逼近了人口高度密集的城东区（Joto），那儿每平方英里就有 4 万人。细心的人注意到飞机飞得比通常要低几千英尺。美军飞机通常从 5 英里多的高度袭击，但这些 B-29 轰炸机却离城市只有大概 1 英里。

再看美军，飞行员长途飞行时的单调乏味已被一阵激动的心情所取代。美军从塞班岛（Saipan）、提尼安岛（Tinian）和关岛（Guam）起飞后已经过了 7 小时了。第 21 轰炸机司令部（XXI Bomber Command）的 334 架飞机在广阔的海面上空飞了 1500 英里，准备扑向东京，进行空袭。为了让每架飞机再装下一吨燃烧弹，所有飞机上的枪炮炮塔以及弹药都被拆除，但这样的话，这些超级空中堡垒（Superfortresses，B-29 的别称）就很容易遭到日本战斗机的袭击。飞行员和领航员在听取作战指示时惊讶地得知了这一决定。作战行动是由指挥官柯蒂斯·李梅（Curtis LeMay）将军精心策划的，如同一场博弈。这位有着 38 年之久职业生涯的飞行员虽然在一些人眼中“好战”“残忍”，但大多数人都敬佩他高超的战术。由于硫磺岛血战还在继续，因此他认为，当下，摧毁日本民众的意志比仅仅轰炸军事目标更为重要。①

最终，李梅赢了。日军被打了个措手不及，根本无力应对，这样 B-29 就有充足的时间精确地投放炸药。一些日本飞行员害怕极了，他们完全不知道对手那看似坚不可摧的飞机其实已经被拆除了能起到攻击作用的枪炮炮

① 被手下称为“大雪茄（Big Cigar）”的李梅设计了许多在未来十几年都适用的轰炸战略。这位俄亥俄人以对手下训练严格而著称，但他从不会让手下做他自己都不会去做的事。二战初期，李梅驾驶 B-17 在欧洲战场作战，面对危险目标，他坚持要求领航，把自己的飞机置于敌人最猛烈的高射炮火之中。而那些因为怕死而中途放弃任务的人后来受到了军事法庭的审判。

塔。呼啸的寒风也给美军轰炸机提供了意料之外的掩护：干扰对方无线电和雷达信号。实际上，日本帝国海军在美军距日本1000英里之外时就发现了这些来袭的轰炸机，但由于天公不作美，以及海军、陆军之间缺乏有效沟通，海军发出的警告一直没有传达至部署在东京外关东平原（Kanto Plain）上的夜间战斗队。

半夜1时整，飞机炸弹舱开启。

14分钟后，东京成为一片火海。

★

这简直是一场大屠杀。每架B-29从机身腹部投下特制的M-69燃烧弹。这些燃烧弹和正在新墨西哥洛斯阿拉莫斯（Los Alamos）研制的原子核裂变炸弹有很大不同，然而在当晚的情形下，它们的破坏性要大得多。

这场东京大轰炸也叫“会议室行动（Operation Meetinghouse）”，是历史上最可怕的轰炸，远比最近发生的德累斯顿（Dresden）轰炸或任何二战中的轰炸都要惨烈。[①]

二战中大规模空中轰炸的运用永久改变了未来冲突的发动形式。那时，使用铀等元素造成杀伤力极大的单一爆炸的原子弹装置尚未经过测试。对东京人民使用的M-69外形是一个20英寸的钢管，里面装有果冻状的汽油——凝固汽油，这种汽油是埃索公司[②]对二战中的美国最重要的贡献。M-69被组成38捆，装进鱼翅套管中，从飞机上投下。距地面两千英尺的空中，套管打开，炸弹被投下，然后分散砸向地面。刚触地时什么也不会发生，但3秒后，定时引信就会点燃白磷，迫使凝固汽油射出3英寸宽的钢管。凝固汽油虽然燃

① 德累斯顿轰炸发生在1945年2月13-15日，是对平民的灾难性屠杀。盟军轰炸机投放了3900吨炸弹，造成3.5万到10万人死亡，将四平方英里的土地夷为平地。而东京大轰炸的伤亡人数约是其四倍，且被毁面积更大。二战中最著名的空袭平民事件是1940年9月到1941年5月的德国对伦敦发动的“闪电战”，4.5万吨炸弹投向这座城市，100万幢房屋被毁，4.5万平民伤亡。

② 埃克森美孚的曾用名。——译注

烧缓慢，但黏性很强，可以附着在衣物、头发和皮肤上，烧得人只剩残灰焦骨。

一颗M-69就能引起一场大规模火灾，一吨M-69必定要搅得天翻地覆。

1945年3月10日上午，美军B-29轰炸机向东京投放了2000吨M-69凝固汽油燃烧弹。

受到飓风一般的风力影响，火灾覆盖了整座城市的所有街区。慌乱的民众争先恐后地逃生，却被地狱般的烈火包围，并很快因火焰吸走了空气中的氧气而窒息。由于自来水管被大火烧坏，因此消防水龙管就完全发挥不了作用。拿着水桶的消防员根本无力停止这场大屠杀。但80名消防员和500多名志愿者却不愿逃跑，坚守岗位直到被烧死。烈焰摧毁了96辆消防车。血红的火舌直冲上天，甚至照亮了上空银色炸弹的弹身。

热度不断攀升，上升气流达到几千英尺之高，甚至连人肉燃烧的气味也随之飘入美军飞行员鼻腔。很多飞机飞回大本营的时候，机身都落满了烟灰。

很快烈火吞噬了东京16平方英里的土地。整个艺伎区化为灰烬。医院、住房、庙宇、火车站、公交车站、女修道院、戏院、消防站、工人招待所、学校，统统毁灭。在美国人特意不轰炸而仍然安全的皇宫里，裕仁天皇看到地平线上一片红光，将漆黑的夜晚化为白昼。

民众被围困在高高的火墙内，无法想象的高温竟让人们自燃起来。碎片飞溅，砸到谁谁就死。城市水渠里的水都煮沸了，死尸在原先结着冰的河水里沉浮。地上到处是烧成焦炭的尸体，很多尸体还因为人体脂肪而仍在燃烧。而那些还没被烧死的也在遭罪，脸、手指、脚趾全被烧化了，皮肤脱落，大片大片地挂在躯干上。

凌晨3时20分，轰炸停止。

黎明来临，城市四分之一的地方被毁。10万人死亡；4万人重度烧伤但还剩半条命。100万日本人失去家园。而执行任务的324架B-29中，只损失了12架，而且主要是因为发动机故障。

裕仁天皇于3月18日前往东京被烧毁的地区。他的车队和他自己那辆栗色的劳斯莱斯载着皇室专用的菊花冠，意味着正在进行“行幸”（gyoko）——天皇进行表示祝福的看望。他到了那儿，看到精疲力竭的市民在废墟中挖刨，搜寻着从前生活的碎片。看到天皇的车队，市民非但没有表示恭敬，反而怒目而视。裕仁天皇没有停下车慰问臣民，脸上也没有表现出悲伤或遗憾。虽然东京民众都表现出了明显的厌战情绪，但日本的精英阶层还在两天后派特使恳请天皇不要投降。他们相信，日本人民会习惯轰炸的，而且还会因此更加团结起来。

在接下来的几周，日本人民夜不能寐，因为提心吊胆熬着夜时刻准备躲避又一场轰炸让他们心力交瘁、心烦意乱。工厂旷工现象增加，战时生产减缓。

然而日本仍旧不会投降。甚至在李梅将军在名古屋（Nagoya）、横滨（Yokohama）、大阪（Osaka）、神户（Kobe）和川崎（Kawasaki）重演了同样的轰炸之后，日本也没有投降。

相反，日本关闭了学校，意味着国家决定苦战到底。所有的儿童都被叫去工作，生产食物或弹药；一些孩子甚至还被要求学习如何使用高射炮。

但这么做也没什么大用。因为在两周的“火攻”后，美军不再用燃烧弹轰炸日本了。原因有二：其一，李梅手下的飞行员也累了。其二，对日本投放500万颗M-69后，第21司令部的燃烧弹已经用完。

第9章

国会大厦 H–128 房间

华盛顿

1945 年 4 月 12 日

下午 5 时

首都下起了一阵小雨，哈里·杜鲁门大步走进有着高高天花板的房间，想赶紧喝点什么。副总统穿了一件灰色的西装外套，胸前的袋子里装了叠好的手帕。即使在主持了一整天参议院会议后，杜鲁门仍然神采奕奕。他走进国会大厦一层的 H–128 房间，准备和众议院议长萨姆·雷伯恩促膝夜谈，这时杜鲁门感到十分满足和舒服。而明天，正如他在“威斯康星的吹牛参议员”发表超长讲话时写给他母亲的信中所说，他会发表全国电台讲话，因为明天是托马斯·杰斐逊日（Thomas Jefferson Day），美国第三位总统的诞辰。除了这一点，其他也没什么好想的。

“哈里，史蒂夫·厄利（Steve Early）想让你马上给他回个电话。”杜鲁门一进门，雷伯恩就说道。这座大房间在19世纪时是地区委员会(Committee on Territories）的办公室，天花板上画着庆祝美国领土扩张的壁画。应雷伯恩的强烈要求，德克萨斯州的孤星旗最近被添进了花鸟壁画中。从其他方面来看，这间房仿佛一间非常不错的男士休闲俱乐部。

63岁的雷伯恩当议长已经5年了，经常通过他称之为“教育董事会”的夜间酒会来拓展人脉，为预算寻求支持，或只是为了制定策略。邀请函是根据雷伯恩的政治需求发出的。在任期内参加一到两次“教育董事会”被视作地位的象征。然而有些人，如杜鲁门和德克萨斯州议员林登·B. 约翰逊（Lyndon B. Johnson）可以随时过去来点儿兑水波旁酒。

杜鲁门拿起电话拨1414，这是罗斯福总统的长期新闻秘书史蒂夫·厄利的电话。很少有从白宫打来的电话，而且杜鲁门当副总统的时间还不够长，没有接触到罗斯福的内部圈子。所以虽然总统尚未从雅尔塔之行的舟车劳顿中恢复过来，还在佐治亚州的温泉疗养院（Warm Springs）休养，杜鲁门还是迅速回了厄利的电话，以免需要他做什么重要的事。他上任以来，这种情况还没发生过呢。

“我是副总统，”杜鲁门听到厄利的声音后说。

那边厄利开门见山：“来白宫，越快越好。”

“我的上帝和杰克逊将军[①]哪！”杜鲁门叫道，搁好话筒。

“白宫让我立刻过去。”他告诉雷伯恩。

杜鲁门出门时发现忘拿帽子了。他每天都快走锻炼，维持每分钟120步的速度。而现在他开始跑了。他一路冲出国会大厦，鞋子在大理石地面上噔噔作响。他想是不是罗斯福决定早点从佐治亚回来，或者总统需要他做什么和国会有关的特殊事情。总统和他只见过两次面，所以专门要他过去肯定是有什么急事。杜鲁门觉得罗斯福在生他的气，但他不知道为什么。越这么想，他就越觉得要快点到达白宫。

下午5时25分，副总统的车停在白宫北门廊下。杜鲁门下了车，两位引导员陪同他进门。一人把他送到橡木装饰的小电梯间。他们什么也没说。杜鲁门仍然不知道白宫为什么要他过来。到了二楼，出了电梯门，杜鲁门惊

---

① 杜鲁门故乡密苏里州有为纪念安德鲁·杰克逊将军而得名的杰克逊县。杜鲁门曾当过杰克逊县法院的法官。

讶地看到埃莉诺·罗斯福（Eleanor Roosevelt）和她女儿安娜（Anna）竟一身黑服。杜鲁门与第一夫人的关系一直是小心谨慎的，所以她不可能因为社交原因而邀请他过来，更不会请他来自己的书房。[①]

很快，杜鲁门明白了为什么要他过来。

“哈里，”这位现在的前第一夫人告诉他，“总统去世了。”

她的声音很镇定，因为她一小时前就知道了。罗斯福和埃莉诺结婚40年了，但这很大程度上是一桩政治联姻。都说罗斯福有外遇，确实，他脑溢血发作身亡的时候，陪在身边的正是情人露西·梅瑟·拉瑟弗德（Lucy Mercer Rutherfurd）。

“有什么我可以为您效劳的吗？”知道真相后，杜鲁门问埃莉诺。

第一夫人直视着新总统。“应该是我们能为您做些什么。因为现在陷入麻烦的是您。”

★

现在是晚上7时09分。还没从震惊中恢复过来的哈里·S.杜鲁门把左手放在一本红边《圣经》上，举起了右手。他的妻子、女儿、9位内阁成员、6位国会领袖、几位白宫人员，以及一些记者蜂拥进入内阁会议室。每个人都站着。在杜鲁门最喜欢的总统伍德罗·威尔逊（Woodrow Wilson）的画像前，就职仪式开始了，最高法院首席大法官哈伦·菲斯克·斯通（Harlan Fiske Stone）带杜鲁门宣读就职誓词。“我，哈里·西普·杜鲁门（Harry Shipp Truman）。”斯通开始说。

杜鲁门还知道要纠正他。“我，哈里·S.杜鲁门。”他回应道。[②]

---

① 埃莉诺·罗斯福非常喜欢杜鲁门的前任亨利·华莱士（Henry Wallace），坚决反对不提名华莱士为副总统候选人的行为。杜鲁门第一次见到埃莉诺是在1935年的白宫宴请上，也就是他当选参议院不久后。当时他就觉得埃莉诺盛气凌人。从那时起到1945年之间，杜鲁门也对家人抱怨过埃莉诺，说她太沉迷于博取公众眼球，对自己的嗓音太自恋。

② 西普（Shipp）是杜鲁门祖父的中间名，他祖父叫安德森·西普·杜鲁门（Anderson Shipp Truman）。玛格丽特·杜鲁门后来写他父亲的就职典礼时说：“没有人知道斯通为什么会认为父亲的中间名是西普。”

宣誓继续。

在内阁会议室外，一小队记者和摄影师已经聚集在西厢，罗斯福去世的消息已经不胫而走，传遍全世界，也引来上千民众聚在白宫外吊唁。

“愿上帝助我。”斯通吟诵道，誓词到此读完。

“愿上帝助我。”哈里·S. 杜鲁门总统跟着说道。[1]

杜鲁门宣誓用的《圣经》是廉价的基甸（Gideon）版本，一般放在旅馆房间里；当时在混乱中唯一能找到的就是这本了。但现在这原本寻常的《圣经》已经成了历史文物。表面上看，杜鲁门对前路无所畏惧，他像报道里说的那样“紧绷着脸”，但是，这位新总统结束宣誓时突然动情地把《圣经》紧紧贴在嘴唇上，郑重地吻了吻。

★

4 月 24 日，杜鲁门总统看了一份关于一项最高机密的简报，这项机密就是美国很快将试射原子弹。“在 4 个月之内，”杜鲁门在总统办公室看的报告开头写道，“我们十有八九就会制造出人类历史上最可怕的武器，它的一颗弹就能毁灭一座城。”

如果成功，这种武器就能结束太平洋战争，虽然会造成大量平民死亡——即便没有 100 万人，也有成千上万的日本公民丢掉性命。

一天之后，杜鲁门同意对日本本土进行大规模进攻。如果最终真的打起来，将有成千上万的军人丧命。

然而，如果原子弹已经准备就绪，那么可能就没必要进攻日本了。

投放原子弹的最终决定将由杜鲁门一人做出，虽然这时他并不知道原子弹到底是什么。

杜鲁门只知道，不能再让美国人流血牺牲了，一定要把日本粉碎。

---

① 起初，“愿上帝助我”这句话并不包括在就职誓词中。历史学家中的一些人认为乔治·华盛顿在 1789 年宣誓时把这句话加了进去，另一些人则认为他并没有说这句话，不过后人仍然认为是华盛顿所说。不论如何，说这句话已经成了总统就职时的传统。

第10章

新墨西哥洛斯阿拉莫斯

1945年4月22日

下午5时

世界上最危险的人正在庆祝41岁生日。性情古怪又绝顶聪明的物理学家J. 罗伯特·奥本海默（J.Robert Oppenheimer）啜了一口杜松子马提尼，在1200平方英尺、由石块和木头建成的屋子的客厅里走来走去，这里聊聊，那里聊聊。空气中弥漫着烟斗丝的气味。他的客人有物理学家、化学家以及诺贝尔奖得主，他们口音各异，有英音、美音和东欧口音。[①]

房间里的每个人都得到许可，可以自由讨论最高机密，而世界上几乎没有其他人知道他们探讨的问题。他们讨论的问题是，既然德国已经差不多战败，那么该不该向日本投原子弹？这些聪明绝顶的科学家之中产生了分歧，一些人认为该投，而另一些认为用原子弹轰炸一个快要投降的国家是不道德的。有些科学家觉得投放原子弹会导致世界范围内的军备竞赛。事实上，匈牙利物理学家利奥·西拉德（Leo Szilard）正在悄悄准备会见杜鲁门总统本人，

---

① 伟大的阿尔伯特·爱因斯坦（Albert Einstein）没和他们一起。由于这位理论物理学家倡导反战主义，因此当局把他列为危险分子。除了给美国海军干一些小活儿外，当局几乎不让爱因斯坦参与战争工作了。

与总统亲自讨论这棘手的问题。[1]

洛斯阿拉莫斯海拔 7300 英尺，下面是沙漠台地。初来乍到的人往往不能在那边喝太多酒，因为稀薄的空气让他们头晕目眩。然而奥本海默的酒兴在他们那伙人中堪称传奇，不过比他的酒兴更传奇的是他对制造出世界上第一个原子武器的深深执念。虽然周日喝酒庆祝了一晚上，但第二天他仍在 7 点半之前就起床了，那时候连工厂的开工汽笛都还没响呢。

★

"我的两个最爱，"罗伯特·奥本海默在战争开始很久以前写信给朋友，"是物理和沙漠，很遗憾不能把它俩结合起来。"

现在，多亏了莱斯利·格罗夫斯（Leslie Groves）准将和这项最高机密的曼哈顿计划，奥本海默可以把两大最爱结合起来了。6 年前，富兰克林·罗斯福与亚历山大·萨克斯（Alexander Sachs）在总统办公室会谈，结果是唤起了美国发展核武器之心。但 3 年前，奥本海默才从那位大腹便便的军队高官那里收到指令，命他不仅要在一个前不着村后不着店的地方建起世界上最先进的实验室，还要说服世界上最顶尖的科学家来这里全情投入研发原子武器的工作中。

奥本海默并不是管理这个实验室的最佳人选。他的过往经历有些问题：这位加州大学伯克利分校的年轻教授有抑郁症史且行为古怪。在 20 世纪 30 年代末，奥本海默约会了一个女孩，据称是个共产党员，这事儿还和军队反间谍组织、联邦调查局（Federal Bureau of Investigation）什么的沾上了边儿。另外，奥本海默没有管理一大群人的经验，也没得过诺贝尔奖。很多人怀疑他并没有能力来制造出世界上首个大规模杀伤性武器。

但是坦率的格罗夫斯将军坚持要选他。"奥本海默什么都能跟你聊。你说什么他都能接话。不对，也不尽然……他对体育一无所知。"格罗夫斯后

---

① 西拉德将无法如愿与杜鲁门总统讨论他认为会发生的军备竞赛。杜鲁门认为西拉德误入歧途，想要把原子弹技术分享给其他同盟国。

来告诉记者，称奥本海默为“天才”。

关于建立一个新实验室来专门解剖原子的消息终于传到了科学界。1942年10月奥本海默被雇佣的时候，一些人对这“最不可能的任命”大为震惊。一位物理学家说：“我大吃一惊。”

圣达非（Santa Fe）西北部35英里处有一所有着25年历史的男校。因为学校提供了现成的木制宿舍，以及观赏桑格累得克利斯托山脉（Sangre de Cristo Mountains）[①]美景的绝佳视角，于是很快被买下来用于建立奥本海默的新实验室。44万美元买下了8900英亩地、60匹马、50个马鞍，以及一条电话线。这所叫洛斯阿拉莫斯的学校周围很快立起了保护篱笆，上面覆盖着刀片刺网，也有军人和警犬守卫着。于是奥本海默手下那些科学家觉得非常安全，很多人早上出门上班的时候干脆都不锁门了。然而这样的安全是有代价的：洛斯阿拉莫斯国家实验室的每个雇员的私人生活都要一直处于安保人员的监视之下。研发原子弹的消息必须不能让德国和苏联知晓。[②]

实验室很快由一张图纸变成了一座小镇。镇上还成立了戏剧团，奥本海默本人还在《毒药与老妇》（*Arsenic and Old Lace*）中友情客串一具尸体。人们还选出了镇委会。派对也经常开，通常持续到深夜，有时候这些世界上最有知识的人还会表演弹钢琴或拉小提琴助兴。一些人觉得这么偏僻幽闭的地方令他们害怕，而其他人却觉得这很浪漫，因此选择在此结婚生子的人也惊人地多。

1944年一天天过去，转眼到了1945年，对原子弹的测试也开始了，把从前只存在于理论上的武器化作可以结束史上最大战争的无穷威力，这个

---

① 也叫基督圣血山脉。——译注

② 甚至在曼哈顿计划于1942年开始之前，苏联就知道美国在研究原子弹。他们将该项目称为ENORMOZ，也就是enormous（巨大）。生于德国的物理学家克劳斯·富赫斯（Klaus Fuchs）和美国科学家西奥多·霍尔（Theodore Hall）既是洛斯阿拉莫斯实验室的雇员，也是苏联派去的间谍。富赫斯在1950年以间谍罪被捕，判处14年监禁，他服了九年刑；但霍尔从未受到起诉。在洛斯阿拉莫斯还有很多别的间谍。只有他们的代号为人所知，但真实身份却一直没能发掘出来。

过程给科学家的身体和精神带来重创。奥本海默有6英尺高，却憔悴到只有115磅[①]。他的牙齿也烂了。他每天抽5包切斯特菲尔德烟（Chesterfield），经常长时间咳嗽，咳得脸都发紫。他很少吃东西，也放弃了对辣的爱好，每天就喝杜松子酒，抽烟，喝咖啡。

更糟的是，与奥本海默结婚5年的妻子凯蒂（Kitty），这个全凭自己努力而成为生物学奇才的科学家，因压力过大而崩溃了。她带着他们4岁的儿子彼得（Peter）回了匹兹堡（Pittsburgh）的娘家和父母一起住。奇怪的是，她没有带走才4个月大的女儿托妮（Toni）。她知道奥本海默肯定没法照顾孩子，就把孩子托付给帕特·谢尔（Pat Sherr），一位刚刚流产的好朋友。事实上，凯蒂一直没对托妮好过，她不想要这个孩子，觉得她是个负担，经常一连好几天把她丢下，自己出去和朋友玩。

J. 罗伯特·奥本海默

罗伯特·奥本海默一周看女儿两次，因为他对女儿的爱就像妻子对女儿的爱一样已经岌岌可危了。一边要顾着孩子，一边还要准备即将到来的原子弹测试，对他来说负担太重了。一次他竟然问谢尔她想不想收养托妮，因为他“就是无法爱她”。震惊的谢尔婉拒了。

罗伯特·奥本海默盼着凯蒂归来。她是他唯一的知心人，

① 约104斤。——译注

也是他能信任的少数人之一。[①]

然而凯蒂不在的时候，绯闻却产生了。虽然奥本海默看起来形容枯槁，那腐旧的烟味也如影随形般跟着他，但有些女人仍然对他着迷。而他也不是没有注意到她们的魅力；在洛斯阿拉莫斯的日子里，他一直绯闻不断。这些谣言（虽然似乎不过只是造谣而已）中有一个是关于一位20岁的金发美女的，名字叫安妮·T. 威尔逊（Anne T. Wilson），奥本海默当时在华盛顿一见到她，就为她精心挑选了一份在洛斯阿拉莫斯的工作。

奥本海默和其他女人的关系却超出了谣言的范围。在1943年6月，他去伯克利出差时与儿童心理学家珍·塔特洛克（Jean Tatlock）重燃旧情。为保障曼哈顿计划高度机密而监视奥本海默一举一动的军方情报特工报告说，他和塔特洛克吃了晚餐，喝了酒，然后去她家过夜。几年前，两人处于热恋中，但塔特洛克分别在不同场合拒绝了奥本海默的三次求婚。等到1943年她才后悔当时做出那样的决定。与奥本海默过夜后6个月，珍·塔特洛克放了一浴盆水，吞了一瓶安眠药躺在里面，自杀了。

★

奥本海默另一件绯闻的女主角是露丝·托曼（Ruth Tolman），战略情报局的心理学家，比奥本海默大10岁。这段情事在战争结束后仍在继续。露丝的丈夫也在洛斯阿拉莫斯工作，很快得知了妻子的不忠。露丝的丈夫理查德（Richard）于1948年死于心脏病，有些人认为妻子出轨给他带来的沮丧失望是造成心脏病的主要原因。

然而现在，罗伯特·奥本海默没有精力去出轨了。他的“小玩意儿”——

---

① 凯瑟琳·普恩宁·奥本海默（Katherine Puening Oppenheimer）以性格泼辣、直率著称。她在1945年7月回到洛斯阿拉莫斯陪伴丈夫。奥本海默不是她第一任丈夫，事实上，她与奥本海默在1940年11月1日结婚之前已经有过3次婚姻。过去几任丈夫中有一个共产党员，他在西班牙内战中战死沙场。这引起FBI调查员J. 埃德加·胡佛（J. Edgar Hoover）在1944年调查她对美国是否忠诚。后来她的嫌疑都洗清了。凯蒂和罗伯特·奥本海默一直维持着婚姻关系，直到奥本海默生命尽头，但那些年中他们经常吵架，她也染上了酗酒的恶习。

他这么称呼原子弹，马上要准备试射了。爆炸将发生在附近的沙漠 Jornada del Muerto，意思是“Journey of the Dead Man”（死亡之旅），这片大风侵袭的不毛之地名副其实。选择那里是因为它偏僻、无人、平坦。

罗伯特·奥本海默（Robert Oppenheimer）仅用 3 年就获得了哈佛的学位，并获得多项荣誉，而且还在德国哥廷根大学（University of Gottingen）获得物理学博士学位。他是天生领袖，喜欢万众瞩目，但却极少表露真情。

他兴趣广泛，其中一条就是信奉东方哲学。他给即将到来的原子弹试射起的代号是“三位一体”（Trinity），指三位印度教神明，梵天（Brahma）、毗湿奴（Vishnu）和湿婆（Shiva）。[①] 奥本海默对印度教经《薄伽梵歌》（*Bhagavad Gita*）中的话信手拈来：“漫天奇光异彩，有如圣灵逞威，只有一千个太阳，才能与其争辉[②]……此刻吾为死神，世间万物之毁灭者也。”[③]

生日派对还在进行，奥本海默又调了一杯马提尼，他还是个调酒天才。这种鸡尾酒已经成了他的标志。虽然他经常喝酒，但每次都喜欢小口啜饮，慢慢品尝，很少喝醉过。

罗伯特·奥本海默的一生充满了矛盾。但就像《薄伽梵歌》中他最喜欢的那句话所暗示的那样，这个选择在舞台上扮演一具死尸的人，这个不给自己补充基本营养物质而身体枯萎凋零的人，在生活中正是一个死神。

他自己也深知这一点。

---

① 三位神灵在梵语中统称为“三相神（Trimurti）”，意思是“有三种形态。”这和基督教中的三位一体类似。后来，奥本海默也表示自己受到了约翰·多恩（John Donne）的十四行诗的启发，其中有一句话是“撞击我的心吧，三位一体的上帝（Batter my heart, three person’d God）。”

② 这句译文引自钟毅、何纬翻译的纪实文学《比一千个太阳还亮》，原子能出版社 1991 年出版。——译注

③ 印度学者说，这段话说的是毗湿奴神在说服一位王子履行其职责。毗湿奴说了“成为世界的毁灭者”这样的话，同时运用神力将自己化为三头六臂，以此来给王子造成强烈震撼。

第11章

日本冲绳岛

1945年5月8日

1600

距洛斯阿拉莫斯5000英里处，也就是距东京仅仅400英里处，美国海军陆战队还不知原子弹为何物。“德国人已经投降了。”在冲绳岛之战进行到磨人的第六周时，他们才得知。这条消息在前线迅速从一个散兵坑传到另一个散兵坑。

每个战士对德国投降的反应都是相同的：“那又怎么样？”

阿道夫·希特勒已经死了。但美国海军陆战队却还在挣扎求生。这场由纳粹德国元首6年前发动的世界大战仍然在地球的这个角落继续。美军离日本本土越来越近了，但却为此付出了高昂的代价——对此，海军陆战队再清楚不过了。

自从美国于1942年拿下瓜达尔卡纳尔岛，将军队部署在距东京三千英里处以来，就开始实施“跳岛战略”。1944年末占领贝里琉岛让美军得以前进到距东京两千英里处。硫磺岛战役的胜利又把距离缩短到750英里。而冲绳岛又能将距离缩短一半。那么很明显，下一个攻击目标就是日本本土最南端的岛屿。

美国进攻冲绳岛使得美军离日本本土更近了。冲绳岛之战是二战中最惨烈的战争之一。

“日本人在冲绳也像在其他战场上一样战斗到全军覆没，并且我们在攻打日本本土后也会看到同样触目惊心的情景，这是我们不想打下去的唯一原因。”海军陆战队下士尤金·斯雷奇（Eugene Sledge）后来在记录自己太平洋战场经历的书中写道。

美国人愈往东京进发，战斗就变得愈发残酷。冲绳岛之战已经演变成美国陆军、海军陆战队和海军在欧洲和太平洋战场都不曾经历过的最惨烈、代价最高的战役。其间还发生一起著名的死亡事件，1944 年普利策新闻奖得主、美国传奇记者厄尼·派尔（Ernie Pyle），被一个狙击手的子弹射穿太阳穴，而他才刚刚从报道了 4 年的欧洲战场来到太平洋战场。

不像贝里琉岛那样珊瑚礁、树木丛生，也不像硫磺岛那样人迹罕至、遍地黑色火山土，冲绳岛上居住着大量农民。居民有日裔，也有华裔。许多人宁可自杀也不愿向入侵者投降。乡村风光本应是遍地秋葵和茄子，郁郁葱葱，如今这片土地却遭敌兵践踏，被弹壳弄得坑坑洼洼，随处可见战争的碎片：用过的弹夹、空罐头、燃烧的车辆，当然，还有死尸。①

富饶的黏土由于季风雨而成了烂泥。这么多个月以来头一次，日本人似乎有了取之不尽用之不竭的弹药以及发射弹药的大炮。穿着雨披的美国战士蜷缩在满是水的散兵坑，或趴在斜坡上射击。腐烂尸体的恶臭随着温暖的亚热带风在空中弥漫。许多人滑倒在烂泥里，发现自己身上满是蛆虫，一具半埋在泥里、正在被蛆啃噬的日本或美国兵尸体正和自己面对面。

“一举一动，”下士斯雷奇补充道，“都极其费力，而且让人不耐烦，因为在烂泥里十分不便……也因为即使在后方，也总有被击中的危险。”

斯雷奇痛心地写道：“我们试着不时开些玩笑，但总是无法坚持，因为我们越来越没力气了。”

●

一等兵戴斯蒙德·道斯（Desmond Doss）想做个祈祷。

太阳正在升起。第 77 步兵师第 1 营 B 连的士兵不一会儿就要袭击前田高地（Maeda Escarpment）了，这是冲绳岛上一座 400 英尺高、5 英里宽的悬崖。冲绳岛上其他地方都是平地或丘陵，唯独这里巨石高耸、峭壁陡立，最上面 60 英尺几乎和地面垂直。在其石灰岩内部，日本人掩藏了许多暗道，里面部署了机关枪和大炮。据观察，敌人可以从三个方向监视美军的行动，从而精确地进行炮火攻击。

B 连拿下这座高地至关重要。之前美军整整两个师都没能占据这悬崖之巅。现在，美军决定不发动全面进攻，而是采取隐蔽战术把自己隐藏在巨石里，这样就能一直爬到最高处前而不被发现。

① 冲绳岛长 70 英里，平均宽 7 英里。该岛属于日本 1879 年兼并的琉球群岛（Ryukyu archipelago）。美国进攻的时候，岛上人口接近 45 万；估计有 15 万人要么自尽，要么战死沙场。

一等兵道斯问指挥官他能不能做个祈祷。“先生，”他说，“我认为祈祷是我们现在最大的救星。我觉得每个人都应该在爬上通往崖顶的绳梯之前做个祷告。”

中尉塞西尔·根托（Cecil Gornto）点点头。道斯是虔诚的基督复临安息日会教徒（Seventhday Adventist），不吃肉，不抽烟，不喝酒，周六也不工作。他于 1942 年 4 月 1 日愚人节那天第一次来到军营，当时言行举止十分古怪。其他士兵都不理睬他。军队甚至以他精神不正常为由准许他退伍。但他拒绝了。

后来，在关岛（Guam）和菲律宾莱特岛（Leyte）战场上，这个瘦得跟芦柴棒一样、带着浓重鼻音的弗吉尼亚人脱颖而出。他因在炮火中英勇无畏而获得了两枚青铜星章。B 连的士兵再也不排斥这个 26 岁虔诚基督徒的言行了。

道斯在战争开始前不一会儿大声祈祷起来。虽然一些士兵没有和他一起祈祷，但他们尊重这个兵；他是连队的军医，有一天可能会救他们的命。在莱特岛和关岛，道斯穿过敌人密密的火力网，把己方的战士拖到安全地带，这种英雄之举让众人刮目相看。

因其大无畏之举，一等兵戴斯蒙德·道斯成了 B 连的英雄，但也成了敌人的目标。“日本兵要抓军医，”道斯回忆起他的左臂上戴了红十字图案的白色袖章，“日本兵说上级命令他们去干掉军医，因为这样可以打击我们美国人的士气。要是没了军医，剩下的兵就没人照料了。”

最值得一提的是，道斯曾由于信仰而拒服兵役，因为他完完全全相信十诫中的第六诫：不可杀人。对一等兵道斯来说，就算战争也不是他违反这条戒律的借口，他认为这条戒律是上帝的旨意。不过，因为深爱祖国，他拒绝了一份在造船厂的工作，以便能和同胞们并肩战斗。

道斯不带一枪一弹就上了战场。B 连其他战士都用手榴弹和卡宾枪打日本人，医疗队里大多数军医也带着手枪。然而道斯什么武器都不拿。

“阿门。”道斯以此结束了祷告。他知道战友们在看着他，希望从他一贯镇定的举止中获得安慰。然而实际上道斯也无法掩饰自己内心的恐惧。

“阿门。”围在他身边的战士说道。

现在是黎明，B连战士出发的时候，冲绳岛上的气温仍然较低。在几小时内，战士们成功地没被敌人发现，到达了峭壁上方，攀爬最后的50英尺，一面回头把绳子扔给后面的战友。

没有一人死亡。B连战士知道原因所在——“道斯祈祷了。”一个士兵难以置信地惊叹道。

突然，一声“军医！”回荡在崎岖的山巅。

●

冲绳岛上的雨还在倾盆而下，全世界都在等待。婆罗洲（Borneo）和中国还有零星几场战斗，但冲绳岛是美国对日最后一战的关键。这场博弈不分出个结果，二战中最后一场大战就无法开始。[①]

●

在莫斯科，苏联领袖约瑟夫·斯大林密切关注着冲绳岛一战。他也在酝酿，一旦冬雪消融，他就要让百万军队横跨整个苏联。现在和纳粹德国的战争已经结束，斯大林可以自由进攻日本控制的中国北部“满洲地区”。美国将军乔治·S. 巴顿曾警告过美国领导人，这位苏联统治者正是美国的下一个敌人。斯大林自己已经证明了这一点，从他对东欧国家的行动中就可以看出，现在这些国家都被苏联控制了。这位苏联领袖事实上想让美日之间的战争拖得越长越好，这样就能给他更多时间来把军队从欧洲搬到亚洲。显而易见，只要苏联的侵略不受遏制，斯大林就能随心所欲扩张自己的王国了。

---

① 在冲绳岛战役中战死的美国人中有5000名是被神风特攻队杀死的水兵。另外1000多人因为日军持久的炮火轰炸而患上弹震症，导致无法继续战斗。日军在冲绳岛的伤亡数超过10万人。

在华盛顿，哈里·杜鲁门总统密切注意着约瑟夫·斯大林。他不像前任罗斯福那样相信这位苏联领袖。5 月 11 日，杜鲁门停止了对苏联的租借援助（Lend-Lease），苏联在二战中一直依赖于美国的卡车和其他战争物资，但马上就得不到援助了。虽然美国和苏联仍然视对方为盟国，但哈里·杜鲁门已经首先表示出，美国将不会容忍苏联全球扩张的流氓心态。

冲绳岛战役之初美军就遭受了一个损失：军舰"印第安纳波利斯"号（USS Indianapolis）遭袭。当时这艘军舰停泊在加州瓦列霍（Vallejo）的马雷岛海军造船厂（Mare Island Naval Shipyard），船上 1196 名船员因暂时不用参战而松了口气。一些人回家看看至亲，一些人在附近的营房里打了几天牌。他们都觉得自己还活着十分幸运。

3 月 31 日，在进攻前的轰炸阶段，重型巡航舰"印第安纳波利斯"号来到冲绳岛海域，差点被一名神风特攻队飞行员击沉。这架自杀式轰炸机直直地落下，在离船 25 英尺时就开始投放弹药。这个神风特攻队飞行员只投了一枚炸弹，但也足够了。炸弹刺穿了甲板装甲，刺进船员餐厅和燃油舱，然后在船体内部深处爆炸，9 人立时毙命。

炸弹把船体炸出两个巨大的窟窿。"印第安纳波利斯"号可能马上就沉了，好在船员进行了损伤控制，立即封住了进水的船舱。奇迹般地，这艘船竟然自行航行了 6000 英里回到旧金山去维修。

曾几何时，"印第安纳波利斯"号是美军舰队中的宝贝。当时的总统罗斯福特别喜欢待在她那柚木后甲板上，于是要求把这艘船作为个人座驾，乘着她在大西洋上度过了不计其数的旅程。1941 年 12 月的珍珠港事件巩固了她的特殊地位。当时，"印第安纳波利斯"号和命途多舛的战舰队（Battleship

Row）一起从珍珠港出发。[1] 两天后，日军发动偷袭，“印第安纳波利斯”号在距离夏威夷西南部 700 英里处，没受影响。然而“亚利桑那”号、“犹他”号、“俄克拉荷马”号、“加利福尼亚”号和“西弗吉尼亚”号都被击沉，约 2000 人牺牲。

但现在，“印第安纳波利斯”号的噩运降临了。神风特攻队这一击打垮了很多船员的信心，再次出征之前，一些人甚至要求转去其他舰船。

然而战争部却不认为她会带来霉运。他们认为她能顺利回来已经是天命所归。虽然这艘受损的军舰还在进行翻修，最新的通信和雷达设备还没装好，但战争部已经秘密选中了她，让她跨越太平洋，把两颗原子弹的部件运送到提尼安岛，在那儿这些部件会被组装起来，为最终的爆炸做准备。每一个船员，连舰长查尔斯·麦克沃伊三世（Charles McVay III），都不会被告知“印第安纳波利斯”号即将装上的这批神秘货物到底是什么。

●

道格拉斯·麦克阿瑟将军也不怎么了解原子弹。因为妻儿才过来，所以他还没离开马尼拉。将军正积极筹划攻打日本本土。美国海军总参谋欧内斯特·金（Ernest King）上将和空军司令哈普·阿诺德（Hap Arnold）反对进攻，认为只要掌握制海权和制空权就能最终扼住日本的经济命脉，这样就不会造成美军大量牺牲了。据估计，攻占需要 500 万美军陆兵、水兵和海军陆战队士兵，再加上 100 万英国军队。敌我双方的伤亡数预计在上万到上百万不等。[2]

---

① 战舰队是指美军在珍珠港停泊的几艘战舰。共有八艘，以州的名字命名，1941 年 12 月 7 日停泊在珍珠港时遭到日本偷袭。这八艘军舰的名字是：内华达、亚利桑那、西弗吉尼亚、俄克拉荷马、宾夕法尼亚、田纳西、马里兰和加利福尼亚。日本偷袭时，“犹他”号（USS Utah）正停泊在港，但停泊在别的位置。“西弗吉尼亚”号和“加利福尼亚”号后来被打捞上来，重新服役。在“犹他”号和“亚利桑那”号被击沉的地方，仍保留着船的残骸，以此纪念牺牲的战士。沉船中的水手尸体一直没有被清理。

② 对日进攻称“作没落行动”（Operation Downfall），分成两部分。第一部分是攻打日本最南端的岛屿九州岛（Kyushu），称为“奥林匹克行动”（Operation Olympic）。第二部分是攻打本州岛（Honshu），也是东京所在地，该计划叫作“小王冠行动”（Operation Coronet）。

麦克阿瑟不同意这两位同事的意见。他认为岛上封锁不会让日本无条件投降。麦克阿瑟仍然不同意那种认为日本已经强大到能很好地防御本土的传统看法，虽然事实上日本还有400万士兵，全境还潜藏了千架飞机准备执行神风特攻队的特殊轰炸任务。

麦克阿瑟认为他能够成功指挥史上最大的两栖登陆作战。他看到了荣耀。但别人只看到死亡。

来自欧洲战场的几位将军已经转至麦克阿瑟麾下，但是美国最好斗、最成功的将军却不包括在内。乔治·S. 巴顿将军的仗已经打完了。这位脾气火爆的战术家将留在德国监督战后重建，要是来太平洋战场就完全多余了。

正如一位美国军官说："两位骄傲的战神，两种鲜明的性格出现在同一战场上，过犹不及。"①

●

东京。在戒备森严的大宫殿里，裕仁天皇在思考要不要搬进那座为保全自己而建立的秘密的山上堡垒。

日本的城市一片废墟。成千上万人流离失所。裕仁天皇的帝国海军几乎已被摧毁殆尽。整个国家陷入饥荒之中。饥肠辘辘的灾民对国家给军队尤其是在食物分配方面的优待愈发怨恨。另外，天皇在两个月前就知道苏联想"确保在未来亚洲的话语权"——即将发动攻击的外交辞令。

但裕仁天皇仍然不选择投降。

相反，他坚信，军方领袖能够打退敌人的入侵。新的战机正在生产，29个新的师正在组建，坦克和大炮也正在为这重要一战而储备。②

---

① 巴顿和年长一点的麦克阿瑟差不多相差六岁。他们初次见面是在1918年9月12日，一战中的圣米歇尔大进攻（Saint Mihiel offensive）中。1932年，麦克阿瑟下令让那时的少校巴顿驱散占领华盛顿部分地区的示威抗议者。如今历史学家仍对两位将军谁更厉害意见不同。

② 自1945年初，日本人就一直在九州岛构筑防御，聚集军队。估计有75万军队集中在滩头，以应对美军进攻。虽然空中轰炸密集，但日本的工厂仍在运作，并能制造新的武器，工厂员工是日本工人和同盟国战犯。

“如果我们在这场战争中坚持得够长，”裕仁天皇相信，“那么我们也许能打赢。”

●

冲绳岛。这天是周六，对一等兵戴斯蒙德·道斯来说是安息日。即使在前田高地争夺战中，这天也应该是休息和祷告的日子。因为昨晚从悬崖一侧掉了下来，道斯的腿受了瘀伤正在流血，他现在几乎无法站起来。太阳渐渐升起，道斯斜靠着一块岩石，想念着家乡的女友，读着《圣经》。

从道斯的小分队发动攻击开始已经一周了。这场争夺高地的拉锯战仍在继续；日本人正在使用“反坡”防御战术，让对方纵然能占据高地前部，也无法占据己方控制的高地顶端和后方。拉锯战中，美国人已经多次被日军从顶部击退，只能屡败屡战以收复高地。每天，一等兵道斯都爬上长长的绳梯救治受伤的战友。他的制服已经染上了他救治过的所有人的血，而这血都已经干了。在手榴弹和轻武器的火力包围下，道斯仍然积极实施急救。在绑绷带止血、注射吗啡、把战友从火线上拖过来的时候，道斯拒绝寻求掩护。B连人数已经从200减少到155，道斯照料了每一个倒下的人。无论战友是死是活，道斯都把他们从悬崖带到安全的地面。

道斯退到阴影里，一位上校突然来到他身边。一般高级军官是不会出现在前线的，所以这位军官的到来非同寻常。

“山上情况怎么样？”上校问道斯，道斯挣扎着站起来。看到道斯的腿受伤了，上校示意他坐下。

“我今天早上没上去，长官。”

“我想看看我们的炮手怎么样。”上校回答说，然后出去，开始沿着网兜向上爬。

道斯看着上校摇摇晃晃地爬到前线。好像才过了几秒钟，就听到那边有人大喊“军医！”。

虽然今天应该休息，但道斯还是迅速爬上绳梯，来到那奄奄一息的上校跟前，只见他躺在岩石上，枪伤非常严重。

上校正在迅速失血。道斯用一块手术布按住伤口，从急救包里拿出一升血浆。周围的士兵都在抵挡着敌人的火力，掩护着道斯。

军医把输液针插进血管。为了让血浆流进上校的身体，必须把血浆袋举着。于是一等兵道斯不再蹲着，而是起身，跪在地上。暴露在战火中的他高高举着血浆袋。

一升血都输完了。上校躺在悬崖边悠悠醒转，幸亏道斯，他活了下来。但坚持了没多久——上校在被送到后方医疗站前死去了。

道斯受伤的腿抽痛着，但他仍待在山顶。B 连没有其他军医了。他们没能攻下戒备森严的碉堡，更多的战士倒下，崖顶遍地是尸体和只剩半条命的人。这时传来了撤退的命令。

能撤退的都沿着网兜往回爬到安全地带。最后崖顶上只剩下道斯和 100 个受伤的战友，还有日本帝国军队。

道斯拒绝离开。“我了解这些人；他们是我的兄弟，其中一些还有妻儿。如果他们受伤了，我希望可以在那照顾他们。”道斯后来写道。

即使暴露在密集的炮火和枪林弹雨中，道斯也坚持不懈地照料每一个倒下的战士。受了伤但仍能开枪的战士在排队等待救护的时候就给道斯提供掩护。道斯丝毫不顾自己腿部的剧痛，二话不说就扛起伤员，或抓着他们的脚后跟把他们拖到悬崖边缘。

小时候，戴斯蒙德·道斯曾救过洪灾难民。那时，他学会了一种绳结系法，可以用绳子的一小段绑成一个悬带。他已经 20 年没打过这种结了，但突然他的脑海中浮现出绳结的打法。他用这种临时想起的方法打出悬带，把伤员一个个从悬崖上吊下去，然后再去战火中救其他人。“再救一个也好，”他不断对自己说，“一个也好。”

日军瞄准了道斯，但没打中。他们手持刺刀不断逼近，甚至有时离军医只有几英尺之遥，道斯那些受伤的战友们就拼尽全力开枪把日本兵打死。

到了傍晚，一等兵戴斯蒙德·道斯只身一人就救了 75 人。

“我可以毫无保留地说，这个人的壮举是我所见过的最英勇无畏的。”中尉塞西尔·根托后来赞叹道。

“我不是要逞英雄，”道斯晚年告诉一位报社记者，“我只是从这个角度考虑问题——在一间着火的房子里，一个母亲的孩子在那里，是什么促使她冲进去救出自己的孩子？”

“是爱，”他自己回答了这个问题，“我爱我的战友，他们也爱我……我就是无法抛弃他们，就像母亲无法抛弃自己的孩子一样。”①

●

幸亏一等兵戴斯蒙德·道斯那样的勇士，美军最终取得了冲绳之战的胜利。那天是 1945 年 6 月 23 日。由于冲绳岛离日本本土很近，因此成为攻占日本本土的前一站。

冲绳岛之战肆虐了 82 天。两万多美军死亡。50 万在岛上战斗的战士中，三分之一非死即伤。

卷入这场战争不是美国自己的选择，为珍珠港惨剧复仇的日子早已过去。然而，日本一日不打败，世界就一日不会安全，况且日本在其两千多年的历史中还没有向别国投降的先例。

裕仁天皇有能力改变这一点。

只是他不愿如此。

---

① 两周后，在 1945 年 5 月 21 日，一颗手榴弹在一等兵道斯脚下爆炸。他受了重伤，但仍然包扎了自己的伤口，然后等了几个小时，让救援人员先把其他受伤的士兵救走，然后才肯让他们把自己放到担架上。在回到医疗站的路上，他被日本狙击手击中，严重骨折。他把一把来复枪当作夹板，不顾骨头已经脱臼，硬是爬到了安全地带。余下的日子里道斯都待在医院。在那他发现自己的《圣经》落在了战场上。消息传到他的部队中，胜利后，战士们完完整整搜索了一遍前田高地，直到找到道斯的《圣经》为止。道斯荣获了杜鲁门总统授予的荣誉勋章，在 1945 年 10 月 12 日一次白宫庆典上，他是美国第一位因英勇壮举而荣获最高军事荣誉的非战斗人员。然后道斯在医院断断续续住了 5 年，治疗各种伤。道斯曾梦想开个花店，但他的伤，以及因肺结核而被切除掉一个肺，使他无法正常工作。戴斯蒙德·道斯于 2006 年 3 月 23 日去世，享年 87 岁。

裕仁天皇的国家肯定是要败了。子民在流血，在受苦；家园被烧毁，被践踏。但天皇连想都没想过要向万恶的美国人投降。

然而，天皇不知道的是，一种比他经历过的任何力量都要强大的力量即将释放。

恐怖的原子时代将在 44 天后准时开启。

第12章

强罗酒店（GORA HOTEL）

日本箱根（HAKONE）

1945年6月24日

晚上7时

夏日的轻风给这个即将毁灭的民族带来一丝凉爽。

这天晚上，春日的樱花早已凋落，山顶被白雪覆盖的火山富士山（Mount Fuji）投下一片阴影，前首相广田弘毅（Koki Hirota）站在阴影里，心灰意冷——虽然他尽力表现得像个没事人似的。3年以后，他会被绞死，因为日本犯下的令人发指的战争罪行中有他一份。但今晚，弘毅试图做个善事——结束战争，虽然要依照日本的条件来结束。

然而没有苏联的帮助他是做不到的，这也就是为什么苏联驻日本大使雅科夫·马利克（Yakov Malik）现在正坐在他对面。强罗酒店在东京西南方向50英里处，在箱根镇内，一般高端会谈不会选这么偏僻的地方举行，但这是那个苏联人的主意。比起首都，马利克更喜欢僻静的箱根镇，爱极了当地的温泉（日语：onsen，也就是英语中的hot spring），但更重要的是，他觉得美军轰炸机不太可能把这个林中度假地作为轰炸目标。

67岁的弘毅身材精瘦，上唇上有一片薄薄的胡须。他是一位资深外交官，拥有专业政治家所具备的素质——伶牙俐齿，话里有话。而马利克显得粗犷、直接，这位39岁外事官员的外交做派是典型的俄罗斯风：直率生硬。因为知道日本在谈判中占下风，他那本来就傲慢的态度愈发强烈。

苏联早已宣布他们不会继续实施与日本在1941年签订的互不侵犯条约，因为日本人与德国结盟就成了苏联的敌人。每天有30车的苏联军队和坦克前往“满洲”，准备在夏末发起进攻，而日本天真地以为苏联永远不会进攻。这种误判使裕仁天皇把几千日本军队转移出“满洲”而回到本土，正好腾出地方来给苏联军队。

弘毅是谈判老手了，他知道如何从问题根源下手。天皇自己批准了这场谈判；冲绳的陷落让天皇急于说服马利克帮助日本求和。但是这位前首相收到的命令是，谈判进程中，哪怕日本事实上几乎需要苏联立刻给出答复，也要表现得不着急。于是，弘毅首先绕过了和平问题，言不由衷地开了个关于日本帝国军队和苏联红军结盟的玩笑。

“我们未来的关系，”马利克直言不讳，“必须建立在具体行动上。”这也是含蓄提醒对方，历史上的日俄关系是冲突不断的。

这一句话令会谈戛然而止。

只过了几小时，弘毅就不顾一切地请求第二轮谈话，他成功了。这次他假装提出一个新方向，说要和苏联达成贸易协定：日本用东南亚被其占领地区的橡胶和铅换苏联的石油。

“我们没有多余的石油了。”马利克回答道，他粗犷的脸上面无表情。

别无选择的弘毅最终只能说重点。

“日本，”弘毅承认道，“希望尽早实现和平。”

这话着实令人震惊，因为这么说就颠覆了日本10多年的侵略行径，也终止了日本建立亚洲帝国的尝试。然而马利克知道他做不了主，因此对此无动于衷。

“尊敬的弘毅阁下，您一定知道，和平不和平，我们说了不算。”

美国和英国都公开表示，除非轴心国“无条件投降”，二战才会结束。因此，欧洲战场上的战争直到德国被彻底打败才结束。“无条件投降意味着我们的国家结构会被瓦解，人民会崩溃。”海军大将铃木贯太郎（Kantaro Suzuki）这么跟裕仁天皇解释。今晚的谈判不只关乎日本的未来，而且也关乎2500年帝国传统的存亡。

然而，如果苏联可以替日本出面求情，说服英美没有必要要求无条件投降，那么日本民族就不会受这奇耻大辱。

日本不想投降，只是不想打仗了。

他们不打算归还在东南亚和中国已经侵占了的土地。他们也希望不要重蹈纳粹德国的覆辙，因为纳粹德国现在处于美、苏、法、英军队的控制下，忍受屈辱，其前领导人也马上会因战争罪而受审。广田弘毅很清楚，犯下如此重罪的人通常会被判处死刑。

弘毅急需苏联的帮助来结束战争。

但那是不可能的。马利克大使不会给他想要的答复。事实上，苏联也不会给出任何答复。

两人一直谈到深夜，最后喝了点咖啡和利口酒，结束了谈话。会谈在友好的气氛中进行，但实际上令人感到精疲力竭。

绝望的广田弘毅回到东京，他的国家和他的天皇的命运仍然未知。他希望离开这令人失望的谈判，因为内心深处他知道苏联永远不会替日本出头的。

日本，这个侵略者的国度，挨不过这一关了。广田弘毅也同样难以幸免。[①]

---

① 弘毅在1937年任日本首相，不久后在当年7月，日军发动全面侵华战争。二战后，他因对日军南京大屠杀知情且默许而受到起诉。1946年4月，东京战争罪法庭开庭审理。1948年12月23日，弘毅在东京巢鸭监狱（Sugamo Prison）被处以绞刑。

第13章

新墨西哥阿拉莫戈多（ALAMOGORDO）

1945年7月16日

凌晨1时

罗伯特·奥本海默踱着步，一手拿着一杯咖啡，另一手拿着一支手卷烟。周日已经过去，现在是周一凌晨了。他的脸上皱纹丛生，一举一动都表现出极度紧张。雨重重地打在头顶上的白铁皮屋面。餐厅外面，电闪雷鸣，大风以每小时30英里的速度猛烈扫过原先的牧场，这个地方如今就叫大本营。

还有不到3小时，“三位一体”原子弹试射就要在离奥本海默现在坐立不安的地方10英里处开始了。5个武装警卫在塔底把守，塔里正是奥本海默那珍贵的“小玩意儿”。警卫要保证任何人都不能干扰试爆，他们会一直待在那，直到爆炸前30分钟才离开，然后乘吉普车迅速离去。由于这种武器以前从未爆炸过，因此连奥本海默这样的科学巨匠也不知道爆炸到底有多大、多深远的威力。

但除非暴风停歇，否则就无法进行试射。预计原子弹会向空气中释放出致命的辐射粒子。科学家早就知道核反应产生的废物对人和其他生命体有害。狂风会把它们从沙漠带到城区，雨会让放射性尘埃渗进土壤，带来更大危害。

恶劣的天气也使观察飞机无法起飞。最现实的一点是，雨可能会破坏引爆原子弹所必需的电子连接线路。

整夜，奥本海默都在试着镇静下来。别人劝他去帐篷里休息，他不听，而是待在客厅里。起初，他试着平静地坐着，读一本诗集，但他做不到。香烟和浓咖啡是他当下的唯一慰藉。

罗伯特·奥本海默有创造真正的人间地狱的力量，却没有营造天堂的能力。这让他十分不安。

莱斯利·格罗夫斯将军顶着大风来了。虽然天气恶劣，但这位曼哈顿计划的总司令坚决反对延迟试爆。这位将军的理由更具政治性，而不是依据科学：现在，在地球的另一端，在柏林外一座名叫波茨坦（Potsdam）的小镇，哈里·杜鲁门总统正与苏联领导人约瑟夫·斯大林和英国首相温斯顿·丘吉尔会谈。如果原子弹在凌晨 4 时准时成功爆炸，肯定会马上传到杜鲁门的耳朵里，他就能立刻告诉另外两位领导人，核时代已经来临了。对 70 岁的丘吉尔来说，这则消息无异于胜利，因为他早就知道曼哈顿计划了。

然而对斯大林来说，这则消息意味着震惊和震慑。美国拥有原子弹就相当于警告苏联领导人，在未来美苏谈判中，他才是占下风的那一个。

试爆选在凌晨 4 时是因为曼哈顿计划的成功仍然依赖于可靠的保密性。在那样的时间点，当白光刹那间把漆黑的沙漠变成白昼，就算可能有监视人员，那也会还在睡梦中。

格罗夫斯和奥本海默一样紧张，他在附近自己的帐篷里只断断续续睡了几小时。现在他睡不着了。

两人商量了一下，同意在大本营的客厅里消磨时间不是准备原子弹试射的办法。于是他们走进黑夜，开了 4 英里的车，来到试爆点附近。那里，半埋在地里的指挥所“控制壕”里，一小队技术工人和科学家在做最后的调整，他们的操作对试爆十分关键。奥本海默和格罗夫斯勉强同意推迟“三位一体”的爆炸时间。

但也只推迟了一小时。

★

在5000多英里外的波茨坦也出现了延迟。哈里·杜鲁门和温斯顿·丘吉尔一起坐下的同时，正是奥本海默和格罗夫斯一起蹲守在控制壕的时候。杜鲁门在凯撒大街（Kaiserstrasse）二号的公寓非常富丽堂皇，这种奢华与他朴素的风格不相称。这场世界上最强大的三个国家的领袖参加的、讨论战后事宜的会议无限期推迟了，因为约瑟夫·斯大林不知到哪里去了，这为杜鲁门和丘吉尔互相了解创造了机会。

杜鲁门在上任伊始十分踌躇，那些突然塞给他的重大事件和决定让他无所适从，只能勉强应付。然而现在，他和丘吉尔在德国时间上午11时整见面，而后者明显疲倦不堪，杜鲁门又找到了自信。他们已经谈了两个小时，面对丘吉尔这样杰出的政治家，杜鲁门没有畏怯，而是觉得自己跟他没什么两样。

他们没有谈论远在新墨西哥的原子弹试射，也没讨论最近东京高层给日本驻苏联大使的消息被拦截的事情——这份用密码写的公报中，佐藤尚武（Naotake Sato）大使坚持日本永远不会接受无条件投降。他们没有讨论这些问题，因为苏联很可能已经在杜鲁门的寓所装了窃听器。

丘吉尔和寥寥几个随从离开的时候，伦敦正在发生一起令人震惊的事件。两人都不知道，但他们再也没有机会进行工作往来了。最终结果还没有在伦敦宣布，不过厌战的英国选民已经决定不再选温斯顿·丘吉尔为下一任首相。[①] 先是富兰克林·罗斯福去世，现在又是丘吉尔下台，这让活跃的同盟国战时领袖名单上只剩下两人：哈里·S. 杜鲁门和约瑟夫·斯大林。现在，这两个

① 丘吉尔的支持率在1945年5月是83%，但由于他的战争领导才能出众，许多英国人担心打败日本后，丘吉尔可能会和苏联打仗，而不是结束战争。欧洲战场的战争已经结束了，英国开始转向战后重建。英国选民为克莱门特·艾德礼（Clement Attlee）领导的工党的社会政策所吸引。当时工党的口号是“让我们面向未来”，并承诺对主要工业进行国有化来为工人谋福祉，于是大败丘吉尔的保守党。丘吉尔这位终身从政的政治家后来又被重新选为首相，于1951到1955年再度任职，最终在80岁高龄由于身体状况恶化而离任。

仍然假装为盟友的对头要一起缔造一个全新的世界了。

★

温斯顿·丘吉尔离开波茨坦凯撒大街二号的时候，在新墨西哥，“三位一体”的引爆再度推迟。试爆时间改为凌晨5时30分。随着夏季的暴风雨渐止，罗伯特·奥本海默和莱斯利·格罗夫斯将军如释重负，似乎不用再继续延迟了。格罗夫斯留下奥本海默在控制壕，而自己更愿意开车回到相对安全些的大本营。如果爆炸果真像有些人害怕的那样威力巨大，也说不准控制壕是不是会被毁掉。

在凌晨5时整，炸弹着地点已经疏散一空。那5个在100英尺高、放着原子弹的塔底层守卫的士兵飞快地上了吉普车，迅速向西南方向开往大本营。他们必须一路狂飙等过崎岖的沙漠路，才能在爆炸前到达大本营。万一发动机发生故障，那他们也还有30分钟时间抢在爆炸之前撤离。“我肯定他们不会慢悠悠的。”格罗夫斯将军后来用淡淡的讽刺口吻写道。

万一爆炸的时候这些士兵仍然在户外，他们被告知要趴在地上，脚朝着爆炸的方向。他们不能睁开眼睛或看爆炸发出的光，因为估计爆炸时放出的光亮能把人眼睛照瞎。

到凌晨5时05分——离爆炸“还剩25分钟”——暴风雨的狂风已经停歇，现在只有静静的微风。点点细雨落在沙上。云层仍然很厚，看不见很多星星，当然观察飞机的视线也会受影响。

罗伯特·奥本海默离开了坚实的混凝土墙围成的安全控制壕。他踏入黎明前的芬芳中，独自站立。根据规定，大本营是唯一一个观察人员可以在户外观看爆炸的地方，但奥本海默决定不理会这个要求。

另外还有两个像控制壕那样的掩体，每个离爆炸点6英里。每个掩体都覆盖了泥土，用来缓冲爆炸产生的力量。几组科学家站在掩体里，准备分析爆炸产生的能量数值，并确定原子弹是否“对称地”引爆了。

意思是，原子弹是否完全爆炸了。

几天前，引爆原子弹的电路测试不幸失败了。奥本海默的工程师向他承诺，今天早上不会有问题。奥本海默和一位物理化学工程师乔治·基斯佳科夫斯基（George Kistiakowsky）友好地打了个10美元的赌，赌“三位一体”点不着。

沙漠的空气有灌木蒿的味道。清晨第一缕阳光照亮着地平线。“三位一体”在“死亡之旅”的试爆点是一片沙漠平地，宽18英里，长24英里。奥本海默望着那开阔地，他的胃因焦虑和喝了太多咖啡而隐隐作痛。他能清晰地看到，5英里之外的地方，灯火通明的塔里放着他的“小玩意儿”。他看不见原子弹本身，但他知道那个10英尺宽、被电线紧紧裹着的圆球体就是原子弹。奥本海默12小时前亲自监督了原子弹被从塔底层升到顶部的过程。

在控制壕内，奥本海默手下的科学家都异常激动，一些人戴上太阳镜，想要遮挡爆炸产生的强光，另一些人在赌原子弹是否会把云都点着。

不过没有一个人，甚至连奥本海默本人都不知道到底会发生什么。

附近的扩音器传来声音，打破了沙漠中的寂静：“还剩20分钟。”

罗伯特·奥本海默盯着他的原子弹，等待着。

★

哈里·杜鲁门观赏着那令人叹为观止的景象：整个美军第二装甲师整齐地排列在他面前，等待他的检阅。士兵、半履带车，以及久经沙场的谢尔曼坦克（Sherman）排列在柏林城外的高速公路上，目之所及，尽是美国士兵那深绿褐色的制服。

杜鲁门把和丘吉尔的会面抛在脑后，他想在下午参观一下被炸毁的柏林城。但首先，他会享受一下总统特权，检阅自己那攻无不克的军队。他自己也是个老兵，杜鲁门走下总统豪车，站在一辆半履带车上好让众人看到他。①

① 杜鲁门曾在一战中任炮兵军官。在默兹－阿贡进攻战（Meuse-Argonne Offensive）中，他的部队为巴顿将军的坦克旅提供火力支援。同时参战的还有来自布鲁克林的士兵约翰·奥雷利（John O’Reilly），也就是本书作者比尔·奥雷利（Bill O'Reilly）的祖父。

装甲车慢慢地驶过军队。这壮观的景象令杜鲁门叹为观止。第二装甲师是世界上最大的装甲师，在北非，以及意大利的西西里和法国的诺曼底都开展过行动，两个月前在欧洲战场的行动随着德国投降而告终。

然而当杜鲁门总统向下看着那些勇士的脸庞——许多人仅仅是高中刚毕业的年纪——他明白第二装甲师的战争可能不会结束。100 万人组成的 30 个师已经从世界各地出发准备打日本人了。也许只要再过几周，第二师就会登上开往太平洋的军舰。

除非杜鲁门可以找到另一种方法说服日本人接受无条件投降。

★

在大本营，莱斯利·格罗夫斯将军趴在一个用推土机推出来的小战壕里，以便爆炸的时候能够保护自己。现在离爆炸“还差 5 分钟”，也就是凌晨 5 时 25 分。在他周围，科学家都趴在地上做好准备。每个人都拿了一副林肯超清（Lincoln Super Visibility）焊工眼镜，这是为保护眼睛不受超强光影响而特制的。听到爆炸声音时，他们可以翻过身来坐起，戴上这副眼镜，见证世界上第一颗原子弹的爆炸。从来没紧张过的格罗夫斯发现这一刻的寂静令他有些紧张。“我只想，如果倒计时到零的时候，什么也没发生，那我会做什么。”他后来说。

离爆炸点 4 英里处，奥本海默觉得时间慢下来了。这种感觉非常磨人。接下来的五分钟感觉过了很久。“上帝啊，”他大声说，暂时回到了控制室，“这些事情重重压在我心上。”

准将托马斯·F. 法雷尔（Thomas F. Farrell），格罗夫斯的副指挥官，注意到了奥本海默明显的痛苦。“奥本海默博士承受了非常巨大的压力，时间嘀嘀嗒嗒地过去，他越来越紧张。他几乎不能呼吸了。他抓着一个东西使自己不倒下。在最后几秒，他直直地盯着头顶上方。”

还有两分钟的时候，发射了一个照明弹，告诉大家马上就要开始爆炸了。

奥本海默又一次走出了控制壕，趴在他弟弟弗兰克（Frank）身边[①]。

还剩30秒的时候，控制壕里的控制盘一片红灯亮起，电流开始冲向原子弹。爆炸仍有一丝可能会取消，但只是在电路故障的情况下。

还剩10秒的时候，“当”的一声巨响响彻控制壕，这是最后提醒每个人为即将发生的事情做好准备。

芝加哥物理学家萨姆·阿利森（Sam Allison）的声音从控制塔传来，进行着最后的倒计时。

“3……2……1……开始！！”

巨大的一束光充斥了整个天空，它是如此强烈，以至于让目击者永生难忘。“第一道光穿过来，从地面一直到人的眼睑，”弗兰克·奥本海默后来仍然记得，“人们抬头首先看到一个火球，然后几乎马上就看到那笼罩在上方的奇异的云。”

云是紫色的，放出的热量在几英里之外都能感觉到。“好似打开了滚烫的烤箱，仿佛看到太阳正在升起。”大本营一个观察人员说。

100秒以后，一阵冲击波带来隆隆巨响：“就像一座5英寸的高射炮在100码的地方发出爆裂声。”一位正在观看的弹道专家说。爆炸如此强大，连180英里以外，在新墨西哥的银城（Silver City），两扇大平板玻璃窗都被震碎了。

在控制壕，乔治·基斯佳科夫斯基目瞪口呆地看着爆炸，奥本海默就是跟此人打赌说原子弹引爆不了。

“你欠我10块！”他向奥本海默吼叫道。而现在奥本海默瞬间如释重负，放下心来。

“我永远不会忘记他走起路来的样子，”爆炸后一位科学家回忆起奥本海默，“他昂首阔步……有点趾高气扬的样子。”

---

① 32岁的弗兰克·奥本海默是个粒子物理学家，曼哈顿计划的科学总监。战争中他在不同的研究所待过，在“三位一体”研发出来前的最后几周才来到洛斯阿拉莫斯。

“他成功了。”

★

奥本海默的原子弹在新墨西哥爆炸的同时，1200 英里以西，在旧金山，“印第安纳波利斯”号上的士兵正纷纷议论船上这批藏着最高机密的货物，这批货在夜深人静之时已经被抬上船。凌晨 4 时，两辆军用卡车被拉到甲板上，一辆装了 15 英尺的板条箱，另一辆装了一个小管子。帆缆军士路易·德贝尔纳第（Boatswain's Mate Louie DeBernard）指挥手下把板条箱捆严实，方便起重机把它抬到船上。同时，两个水手把一根撬棍伸进圆管上的一个小孔眼里，扛起圆管，然后搬着它上了“印第安纳波利斯”号。

好奇的船员纷纷议论到底是什么装上了船。就在几天前，一批装有 2500 件救生衣的货物被抬上船——数量是 1200 人的船所需的两倍。船员认为那批货是常规的军用品，但这批新货物的来历显然更加复杂。

板条箱保存在“印第安纳波利斯”号中间的机库甲板上。圆筒被抬进了一间空的军官舱，然后放到焊在地上的铰链式金属带上。铰链合上并锁上了。

“我不认为我们在这场战争中会打 B.W.（细菌战）。”舰长查尔斯·麦克沃伊三世说，他对这批货到底是什么一无所知。他得到的命令是赶紧把货送到太平洋彼岸。选择“印第安纳波利斯”号主要是因为她够大——她是一艘重型巡洋舰，足以装下这些货，而且也比吨位更大的船更快。然而麦克沃伊——这位 46 岁的职业军官在美国海军学院的绰号叫“智天使”——得到了非常具体的指示：除了在周围日夜看守的海军陆战队警卫，所有人都不许靠近。如果船沉了，这些货物必须放到救生艇上，必须不惜一切代价确保货物安全。如果“印第安纳波利斯”号遭到袭击，敌人可能登上船的话——尽管这不太可能，但一旦发生——舰长必须丢弃船上一切货物，以免落入日本人的手中。

麦克沃伊知道对此还是不问为妙。

4 小时以后，上午 8 时，“印第安纳波利斯”号从之前停泊的旧金山一个叫猎人角（Hunter's Point）的港口起航。8 时 46 分，她从金门大桥（Golden Gate Bridge）下方驶过，经过马林岬角（Marin Headlands），驶向汪洋大海。她的第一站是珍珠港，放下一些乘船前往战区的乘客。

然后，“印第安纳波利斯”号会继续海上航行。

下一站：提尼安岛。

★

因为“三位一体”的成功试爆，科学家才知道，正在太平洋上运输的原子弹材料会产生 1900 千吨炸药爆炸的威力。除了在新墨西哥测试的原子弹外，美国科学家也制造了另外两枚原子弹。一个就是现在装在“印第安纳波利斯”号上的；而另一枚原子弹的钚核再过几天就要由飞机运往提尼安岛。这两枚原子弹都没装配好。

罗伯特·奥本海默和其他员工已经发现，那巨大的火球会射到 4 万英尺的高空，上升过程中会吸附遮天蔽日的尘土。虽然巨大的火焰已经熄灭，但新墨西哥向北吹的风会把放射性尘土吹到整个沙漠。吓人的是，那些在爆炸区以外吃草的牛群很快就会毛发掉光，意味着周围的辐射量达到了威胁人体的程度。

在爆心地，放着原子弹的钢塔已经消失不见，完全蒸发。地上并没有大坑，因为爆炸是在空中而不是地表完成的。爆炸点方圆四分之一英里的土地都被烧得焦黑。超强热量把沙子融化成绿色玻璃，人们后来会很快知道这种东西叫作玻璃石（Trinitite）。

当然，这样可怕的爆炸以及释放出的强光肯定会引起注意。面对疑问，军方回复道，阿拉莫戈多陆军航空军机场（Alamogordo Army Air Field）的弹药库失火了。

然而，一些人看出了寻常爆炸和这场地动山摇的巨大爆炸之间的不同，他们难以相信这样的说辞。在新墨西哥和得克萨斯，报纸立刻发表了报道，猜测到底发生了什么。远在加州，广播节目也在议论新墨西哥沙漠的怪事。

消息也传到了华盛顿，汉福德工程工厂（Hanford Engineer Works）的员工很快推断出是原子弹爆炸了。和洛斯阿拉莫斯一样，汉福德也是高度机密的曼哈顿计划的一个工厂，负责制造钚——核爆炸所需的重要元素。

距“三位一体”爆炸 7 个多小时后，在波茨坦，快到晚上 8 时了，战争部长亨利·史汀生（Henry Stimson）交给杜鲁门一封加密电报，宣布了原子弹爆炸的成功。“今天早上进行的。尚在分析中，但已知结果令人满意，甚至超出预期。”

★

哈里·杜鲁门听到这个消息的反应是谨慎的，他等着听到爆炸范围的细节。事实上，总统在原子弹计划中只是一个旁观者。他上任的时候已经太晚了，在罗斯福预见核武器的潜能并批准曼哈顿计划几年后才上任。杜鲁门曾是一名战时炮兵军官，他把原子弹看成是战争的一种武器，虽然这种武器比坦克或导弹杀伤力强大得多，但不管怎样还只是一种武器。虽然他已经意识到战局已经向有利于他的方向转化，但他还没明白，“三位一体”不光是个炸弹而已，这瞬间的爆炸已经改变了人类的未来。从那天起，任何国家，不论多小，只要有了核武器，就可以随心所欲地释放出地狱的力量。

至于要把“三位一体”的消息告诉不知在哪的斯大林，这事儿反正不急。[①]

★

罗伯特·奥本海默在大本营喝了一杯白兰地，把自制的加密信息发送给最近从匹兹堡回来的妻子凯蒂。奥本海默写的密语是他们商量好了的，这样写就表示成功：“你可以换床单了。”

奥本海默欣喜若狂，如释重负。不像杜鲁门总统，他清楚原子弹的更广泛的影响。今日这番景象如鬼魅般深深萦绕在他脑海中，他说这景象“无比

---

① 斯大林迟到原因有二：一、他故意拖拖拉拉，想让杜鲁门难堪，告诉他自己才是更厉害的那一个。二、这位苏联领袖非常害怕坐飞机，所以他选择坐火车 1000 英里，但要经过最近打仗打得很厉害的地方，不过事先做好了各种预防措施。

骇人”，但同时他也意识到了自己所取得的成就。

后来他告诉记者：“很多未成年男孩会感谢原子弹让他们免遭战死的危险。”

★

虽然对奥本海默来说，“三位一体”爆炸成功意味着工作的结束，但对莱斯利·格罗夫斯将军来说，这只是为达到最终目的的垫脚石，因此他立刻登上了去华盛顿的飞机。

“他们仍然因为看到的景象而情绪低落，也没心思谈其他事，”格罗夫斯描述那些和他一起坐飞机向东飞回去的科学家，“我后来了解到试爆对所有旁观者的影响持续了好几天，尤其是对那些科学家来说是这样。”

“对我来说，我的思路很快理清楚了，我想的是要为即将到来的对日作战高潮而做准备。”

这将是一场带来灭顶之灾的高潮，罪恶的力量将很快在这红日升起的帝国释放。

第14章

日本吴市（KURE）

1945 年 7 月 16 日

0600

日本广岛港口以南仅 12 英里处，日军潜艇伊 -58（I-58）从停泊处滑出，离开了吴市港。艇上装满了足够的食物、鱼雷和燃油，以便能在海上待一个月。灰色的瞭望塔上用红色和白色鲜艳地画出了红日冉冉升起的标志。在标志上方，可能更能体现出爱国情怀的是写着 Kikusui[①]（“漂浮的菊花”）的战旗，这面战旗纪念的是中世纪一位日本武士，他为维护君王荣誉而艰苦卓绝地奋战到死。

天气逐渐变得温暖潮湿起来。海军少佐桥本以行（Mochitsura Hashimoto）在掌舵。伊 -58 迅速离开了港湾，进入到把日本众多岛屿分割开来的内海。

潜水艇离开了一片废墟的城市。3 周前，162 架美军 B-29 轰炸机包围了吴市，击沉了还在建造中的两艘潜水艇，重创了另一艘。几颗炸弹差点就打中伊 -58 了，但还是没打中，于是她成功脱险，毫发无损。对 35 岁的桥本

① 中文意思是“菊水”，日军的作战代号。“菊水”一词的出处是 14 世纪初日本著名武士楠木正成所佩带的纹章。——译注

以行来说，他的船虎口脱险，实在是个极大的宽慰——比这更令他欣慰的消息要属他妻子和3个儿子在炮火中幸免于难了。

美军B-29已经开始在日本各大港口入口处投放水雷，并关闭了太平洋上各个海港以及日本海上许多海港。水雷战将成功切断日本与其他地方的联系。

桥本以行很欣慰他的船在吴市港被投水雷之前就离开了日本本土，因为他知道美军飞机现在已经占领了日本上空。

不仅是陆军航空兵的重型轰炸机在惩罚日本。[①]6天前，在7月10日，美国海军利用在冲绳新开的飞机场发动了一连串的空中袭击。海军航空兵如今每天出动飞机几百架次，飞到日本本土上空，摧毁日本的船舶、铁路，以及有限的防空设施。不像银色巨兽般的B-29那样从几千英尺的高空投放炸弹，许多飞机都飞得很低，日本民众事实上得弯腰躲闪，在轰炸机隆隆飞过头顶的时候，他们通常都能看清飞行员的脸。

美国的强大力量正在慢慢瓦解日本民族的士气。两天前刚发生了一起残酷的攻击：8艘从北海道岛往本州岛运煤的轮船被击沉了，死伤惨重。这样日本就没有船能把煤从北海道的煤矿运到其他地区的工厂了，这些工厂就无法用煤发电来运转机器。没了工厂，就生产不出炸弹、枪炮、飞机或坦克，也就打不了仗。

即便这些工厂可以找到其他能源来源，生产也几乎已经停滞。工业领袖告诉军队领袖，因为缺乏原材料，他们只能再“多生产几天”的武器。

给日本人民造成的心理影响也是个非常棘手的问题，因为人民代表着国家进行有效防御的最后希望。经历了饥饿、无家可归以及不断加深的耻辱，人民现在又被命令执行自杀式的决战行动（Ketsu-Go），意思是每一个日本男人、女人和孩子将战斗到死。许多家庭都已经被派发了尖锐的木棍，要在

---

① 直到1947年9月18日，美国空军才独立出来；二战中陆军控制着空军。

美国人过来的时候使用它们。[1]

对一些在亚洲较远战场的日本兵来说，执行决战行动为时已晚。他们已经认清，战争的潮流逆转了。头一次，许多日本人开始投降——主要是因为他们的武器都被毁了。

“从5月开始，每天都有灰头土脸的战俘，许多人手里拿的武器最厉害也不过一支竹茅，他们由于染上疟疾并且受到屈辱而瑟瑟发抖。”一个在缅甸的英国士兵说。

日本的作战进程几乎是用人命延续的。

但桥本以行还在指挥着世界上最好的潜水艇之一。自这艘当时最先进的舰艇在1944年末开始服役后，桥本以行就一直担任指挥。这艘舰艇长356英尺，梁宽30英尺，因此比大多数美军潜水艇都大。她负载了19个九五式鱼雷（Type 95），精确射程可以达到6英里，而且能以每小时40英里以上的速度在水下航行。另外，伊–58的甲板炮被拆除，以便给6个“回天”（kaiten）鱼雷腾地方，这种鱼雷重八吨，长40英尺，是人为操纵的自杀式导弹，相当于水下的神风特攻队。[2]

作为一个受过良好教育的日本帝国海军学院的毕业生，桥本以行知道，德国投降意味着日本独自对抗全世界。虽然有200多万军人和几百万其他公民随时准备保卫祖国、抗击入侵，但伊–58和其他5艘作战潜艇才是摆脱挨打局面的王牌。

自桥本以行第一次驾驶这艘潜水艇以来的10个月，令人沮丧的，但也

---

① 决战行动是日本官方发布的政策，要求人民誓死保卫日本。历史学家威廉姆·曼彻斯特（William Manchester）在《美国凯撒》（*American Caesar*）中指出：“日本的地面防御部队有235万正规军、25万守备军，以及3200万民兵——总共3460万，比美国、英国和纳粹德国的军队加起来还要多……他们的武器有古老的青铜大炮、前装式步枪、竹茅、弓和箭。甚至小孩子也受到训练，学会如何把炸药绑在腰间，滚到坦克底下，然后自爆。这些小孩被称作‘谢尔曼地毯’。”（谢尔曼是美军坦克名。——译注）

② “回天”鱼雷在1944年夏首次研发出来。“回天”本质上是一种单人潜艇，由一艘更大的母潜艇发射出去，在和别的军舰相撞时引爆炸药。和神风特攻队自杀袭击相比，“回天”战果不大。

充满挑战。伊–58在关岛、硫磺岛和冲绳岛战役中都参战过。她的任务是侵扰美军舰队，向停靠在离岸辅助进攻的美国军舰发射九五式鱼雷和“回天”鱼雷。但事实上，当伊–58接近水面准备开火的时候，经常能被美军飞行员追踪到并袭击。为了保护船员，桥本以行已经不得不多次让舰艇再次深潜。4月25日，三艘美军驱逐舰围堵伊–58，桥本以行和手下无力应对，只能在300英尺的水下等待袭击过去。他们幸免于难，后来还因为击落一架美军加油飞机和一艘美军航母而立下战功。

但这都是误传。真相是，伊–58什么也没打落。[1]

一艘敌船也没击沉的事实对桥本以行来说是耻辱。为了自己的荣誉和尊严，他需要俘获猎物。他希望这次航行能够抹去那本应纤尘不染的服役履历上的唯一污点。

太平洋上，敌船无所不在，这样伊–58就有很多攻击目标了。桥本以行收到的命令是“干扰敌人通信”，这就给了他行动余地，可以想什么时候攻击就什么时候攻击。由于伊–58的航行范围是21000海里，因此桥本以行可以在太平洋上想去哪就去哪，他就像一匹独狼，寻找着从羊群中走失的羔羊。

桥本以行手下有100名将士，他们觉得等自己回到港口的时候，战争可能就结束了。这批人个个都是精英，是精心挑选出来才能上伊–58的。战争结束肯定意味着日本帝国海军的解散。那么这次就是他们最后一次任务了。

桥本以行是神道教（Shinto）牧师之子，他在船上搭了一个小神龛，觉得自己也许能求得神明护佑。他祈祷说，希望不知哪里会冒出一艘美国军舰，命中注定要与伊–58的一枚鱼雷撞个正着。

很快，他的祷告将得到回应。

“下潜。”桥本以行命令道。

---

① 出现误传是因为日本潜艇靠爆炸声来确认是否被击沉，而没有亲眼看到，因为发射鱼雷后潜艇必须立刻下潜。再加上日本帝国海军习惯夸大美军军舰被击沉的数量而取悦上级，因此会经常导致战况的误传误报。

第15章

德国波茨坦

1945年7月25日

晚上

哈里·杜鲁门总统思乡心切。已经离家大概两周了，他每天仍然照常早起，早餐享用燕麦、橙汁、面包和牛奶。然而他想念妻子贝丝（Bess），以及能够带来家的感觉的一切物事，比如他最喜欢的白宫晚餐：鸡肉和饺子。但杜鲁门现在想的可不是吃的。他沉浸在日记写作中，正记录着波茨坦会议期间发生的事。关于“三位一体”威力的报道令他十分困扰，他终于意识到美国有了一种无与伦比的战争武器。

“我们已经发现了史上最可怕的配方。”杜鲁门潦草地写下，字迹几乎难以辨认，“虽然诺亚方舟让人类逃过了洪水之劫，但我们可能还要面临幼发拉底河河谷时代预言的灭顶火灾。”

字虽然写得快，但绝非胡乱写下的。这番话对也罢，错也罢，杜鲁门知道历史终会评判。就在昨天，他同意对日投放原子弹。

1945年7月24日中午前，他与军事顾问和丘吉尔在波茨坦交换意见后，杜鲁门决定推动进程。这是个非常简单的决定，虽然洛斯阿拉莫斯的一些科学家反对，连杜鲁门在欧洲战场的最高指挥官德怀特·艾森豪威尔（Dwight

Eisenhower）将军也反对，因为他认为日本马上就要投降了。但最后杜鲁门还是觉得进攻日本本土会造成太多美国人死亡。

虽然杜鲁门后来会说，“关于在哪、何时使用原子弹的最终决定在我——这是毫无疑问的”，但事实上这个决定是由富兰克林·罗斯福在很早以前就做出了的，当时他对使用原子弹没有任何疑虑。罗斯福已经受够了欧洲战场和太平洋战场的死亡和毁坏，于是毫不犹豫地批准了耗资20亿美元的曼哈顿计划。

即便是这样，杜鲁门仍然是世界上唯一有权终止对日进行原子弹轰炸的人，但他选择不去这么做。他既没有用口头形式，也没有用书面形式宣布他的决定。杜鲁门只是退到一边，没有提出反对，看来他是觉得大势所趋，天命难违。对杜鲁门这种行动派人士来说，如此消极的行为实属罕见，不过他是在头脑清醒的情况下选择这么做的。

夜里，杜鲁门还在继续写关于波茨坦的日记：“从现在起到8月10日，这种武器要用在日本身上。我已经告诉战争部长史汀生先生，要把军事目标、陆兵和水兵，而不是妇女儿童作为攻击对象。而且，虽然日本人冷酷、无情、疯狂、野蛮，我们也不能把这可怕的炸弹投在那古老而又现代的首都上，因为我们是为全世界谋福祉的全球领袖。”

不打都城东京及其附近的横滨港意味着广岛不可避免成为首先攻击的目标。这座35万人的滨水城市还没遭受过炮弹轰炸，因此是个极好的完整目标。当地许多居民都是日本陆兵或海军陆战队士兵，而且该港口本身就是日本最大的军事供应基地之一。杜鲁门坚持要轰炸军事目标，那么广岛自然而然就成了“小男孩”原子弹的靶心，这枚原子弹刚刚到达提尼安岛，此刻正从“印第安纳波利斯”号上卸下。

另外，由于杜鲁门拒绝摧毁古都京都，长崎就代替京都被列入了轰炸目标名单。

“目标要纯军事的，我们还要发布警告劝诫日本人投降以免遭难，”杜鲁门写道，“虽然我肯定他们是不会投降的，但我们也要给他们个机会。所幸希特勒或斯大林他们没有制造出原子弹。原子弹似乎是人类所研发出的最可怕的东西，但也能成为最有用的东西。”

虽然自从原子弹在新墨西哥爆炸以来已经过了一周多，但杜鲁门仍然没有把消息告诉斯大林。现在既然攻击对象已经确定了，那么告诉苏联也无妨。

经历了又一天令人沮丧的战后形式谈判后，斯大林终于露面。苏联谈判的出发点是不断要求加强控制已经在欧洲夺取的土地，而美国的出发点是拒绝苏联的扩张。

苏联现在有100多万军队部署在“满洲”边境，准备攻打在那里占领的日军。如此大规模的苏联军队部署在中国意味着苏联会很快要求在未来亚洲拥有相当大的话语权。这样的谈判十分磨人，然而杜鲁门已经多次同苏联作对，拒绝同意让斯大林占领更多土地。

塞琪琳霍夫宫（Cecilienhof Palace）的华丽大厅热得让人难受，出于礼节，总统不能脱掉那双排扣西装外套，连松松领结也不行。整个下午，领导人和外交官共15人围坐在10英尺宽的圆形会议桌边，约瑟夫·斯大林在杜鲁门最右边，温斯顿·丘吉尔在杜鲁门左方。

这次会议是杜鲁门和斯大林第一次见面。谈判过程中，杜鲁门总统并没有被这位苏联领袖吓住，斯大林喜欢穿着军装，回应大部分问题时都只是简单哼一声，这个习惯让杜鲁门感到有趣，虽然他十分清楚斯大林的为人。

差一点到下午5点的时候，会议结束了。在谈判桌度过了一个漫长的下午后，杜鲁门从座位上起来，往右走过5把椅子，到了在那儿活动筋骨的斯大林跟前。杜鲁门装得漫不经心，以免吓到这位苏联领袖。他悄悄告诉斯大林，美国有了“一种具有超常杀伤力的新型武器”。

斯大林停顿了一下，然后通过翻译说：“我很高兴听到这一点。”

真相是，斯大林已经知道了原子弹的事，这是因为他在洛斯阿拉莫斯的研究所安插了间谍。“我希望你们会好好用这种武器对付日本人。”这位苏联独裁者说道，然后离开了。

几乎紧接着，杜鲁门遇到了丘吉尔，他非常困惑，杜鲁门的翻译——苏联专家、美国外交官查尔斯·博伦（Charles Bohlen）也非常困惑。国务卿詹姆斯·F. 伯恩斯也过来了。他们都无法相信斯大林听到这个消息竟然如此漠然。

事实上，约瑟夫·斯大林慌了。他这个人信奉绝对权力就是一切，一想到自己的军事力量可能被削弱，他就忍无可忍。约瑟夫·斯大林的目标是整个世界，因此十分害怕这个新武器会将力量的天平向美国人倾斜。

离开塞琪琳霍夫宫的大厅后，斯大林迅速给在苏联自己的核项目工作的科学家发了一封电报："加紧干。"

第16章

马尼拉市政厅

菲律宾马尼拉

1945年7月30日

1515

太平洋战场最厉害的人还不知道原子弹已经启用，也不知道再过几天就会看到一场大毁灭。

在波茨坦会议上，杜鲁门总统的军事顾问如今知道了“三位一体”的事，英国和苏联的最高将军也知道了。

在德国，盟军在欧洲战场的指挥官、美国将军德怀特·艾森豪威尔在一周前的一次晚餐上得知了核武器的成功。“他们告诉我他们要对日本用原子弹，”艾森豪威尔后来写道，“我反对这么做，原因有二。其一，日本人已经准备投降了，因此没有必要用那个可怕的东西打他们。其二，我讨厌看到我们国家成为第一个使用这种武器的国家。”

但是道格拉斯·麦克阿瑟将军，这位在双方阵营中都是资历最深的将军，这个在八位总统手下任过职、被授予过最高军事奖章“荣誉勋章”、率100多万战士统领了美国面积五倍大的疆土的人，却什么也没被告知。

虽然他的手下继续准备攻打日本，虽然他认为这场进攻会导致“100万人伤亡”，但这位将军仍然过得优哉游哉。他整天跟记者和从华盛顿来菲律宾拜访他的代表渲染那些战争故事，并在“卡萨布兰卡（Casa Blanca）”享用豪华午餐。“卡萨布兰卡”是在一片废墟的马尼拉城里专门供他家人住的公寓。

在这闷热的星期一下午，他那二楼办公室又迎来一个代表团。访客中有海军助理部长（Assistant Secretary of the Navy）H. 斯特鲁维 · 汉塞尔（H.Struve Hensel）和不久前还当过罗斯福私人医生的海军中将罗斯 · T. 麦金太尔（Ross T. McIntire）。他们都表现得非常谦恭，这是对麦克阿瑟将军这样功高望重的人应有的尊重。客人坐着的时候，将军习惯在房间里踱来踱去并且一直自言自语。麦克阿瑟那些极度崇拜他的高级手下有时会模仿他的这种举止，聊以自娱。

半小时的友好会面到了尾声，送走了这个 5 人代表团，麦克阿瑟终于有片刻来想想昨天呈递到他办公桌上那令人震惊的消息：乌泱泱的日本军队正涌入九州岛，“一眼望不到头”。[①]

不是麦克阿瑟认为的那样，只有 8 万日军会防守美军即将攻打的海滩，而是有包含了 50 万大军的 9 个日本师正挖着战壕，驻守在海岸线上，只等美国人登陆。几乎所有军队都驻扎在九州岛南部海滩，而那里正是麦克阿瑟“奥林匹克行动”的进攻区。

麦克阿瑟心烦意乱。现在盟军已经控制了太平洋战场的大部分，几周前麦克阿瑟拿下婆罗洲（Borneo）也证明了这一点。但日本人仍然控制着许多环太平洋地区。他们的空军基地在朝鲜半岛、中国和日本北部将对敌人舰船发动自杀式的神风特攻行动。另外，日本帝国海军的第 12 舰队（Twelfth Flotilla）的基地在九州岛，那里有900架隐藏起来的飞机将被用于自杀式行动。

---

① 美军在硫磺岛和冲绳战役中捕获了日本的密码本，这样珍珠港的情报单位就能读懂敌军的最高机密文件。魔术行动（Operation Magic）是美军的一个破译日军信息的行动代号；破译密码的人自称为魔术师（Magician）。

美军雷达探测不到的老式木质双翼飞机也正在改装，准备进行夜间自杀式袭击。

另一个威胁是，长崎附近的佐世保（Sasebo）海军基地的人员正在两班倒地加紧制造特殊的自杀式船只，准备撞击载有美国兵的登陆舰。日本人认为他们准确地知道美军会从哪里进攻，因此正在海滩后方建造大量地下洞穴，并在里面储备了食物和弹药。所有平民都被迫从朝南的沿海地区搬离，这样铁丝网、炮台、地雷和反坦克防御设施就可以在那里部署并伪装起来。

麦克阿瑟接着读这份触目惊心的报告，他意识到敌人的“战术和战略形式正在发生急剧的变化”。日本不会再用在贝里琉岛、硫磺岛和冲绳岛使用过的复郭阵地战略，再也不会静静地等在隐秘的防御地堡中以待打退敌人进攻了。现在麦克阿瑟清楚地明白，日本人会比诺曼底登陆日的时候德国人在法国守卫登陆地带时更加疯狂地守卫自己的海滩。九州岛的沙土很可能成为葬送美国人的墓地。

按照麦克阿瑟的想法，美国可以用 3 种方式打败日本：先海上封锁再进攻；先海上封锁再大规模空中轰炸；直接进攻海滩。作为一名指挥了史上最大军队的陆军军官和将军，麦克阿瑟绝不容许把战争成败交由海军和陆军航空兵来决定。他生性多疑，喜欢无事生非，现在他认为这两个军种已经合起伙来谋划如何把打胜仗的荣耀从他陆军手里抢走。

麦克阿瑟公开与和他军衔相同、权力相当的海军将领上将切斯特·尼米兹（Chester Nimitz）作对，说尼米兹的战术策略“就是糟透了”。麦克阿瑟认为，海军想要“在战后控制所有的海外阵地，而让陆军给他们看家”。

虽然如此，他仍然需要水兵和飞行员的帮助。“奥林匹克行动”的基石是地面进攻前对日本工业部门进行持续的空中轰炸，并出动快速航母特遣部队消灭日本海军。然后，麦克阿瑟的第六军再登陆九州岛，挥出决定性的一击。

麦克阿瑟将军不是那种指手画脚的人，他通常只用静默而强大的气场指挥军队。他向朋友吐露，他相信日本人到 9 月 1 日会投降的，但这份新的报告表明，敌人竟一心想着打仗。

这也使得“奥林匹克行动”的时机极端不利。麦克阿瑟最快也得四五个月后进攻，这就给了日本人更多时间来准备。[①]

最近截获的其他日军官方声明中，敌人的语气非常自信，这说明有一件事是确定无疑的：敌人干掉美国人的决心在这暴风雨来临前的片刻宁静中只增不减。

★

表明日本决心杀掉美国人的证据无论如何也能在太平洋水下100英尺深、离马尼拉600英里的地方找到。桥本以行少佐一边吃着香喷喷的晚餐——新鲜洋葱和甜土豆罐头，一边谋划着他的潜艇下一步该怎么做；这位日本军官虽然遭受了打击，却远没有被打倒。厨房就像拥挤的潜水艇上的其他地方一样，有男人的汗味，食物坏了的味道，以及煮熟的鱼的气味。蒸笼般的湿热填满了这艘赤道水域中的船，于是为了凉快点，桥本以行的手下都干脆在米袋子上裸睡了。

桥本以行故意把潜艇停在关岛和菲律宾群岛之间繁忙的海运航线上。但是，虽然他每天都对着他那个简易的神道教圣坛祈祷，却还没有得到神明的保佑。昨天貌似走了运，伊–58观察到一艘美国货船及护航的驱逐舰，然后发射了两枚“回天”鱼雷。但美军那艘武装货船“荒野猎人”（Wild Hunter）用甲板炮开火，第一枚鱼雷被击沉了，驾驶鱼雷的日本兵也死了。第二枚鱼雷撞上了驱逐舰“洛利”（Lowry），自己炸成了碎片，而美军这艘军舰却没怎么受损。

更重要的是，错失这个机会让桥本以行从猎人成了猎物。美军驱逐舰“阿尔伯特·T.哈里斯（Albert T. Harris）”正和伊–58在同一航道航行，并搜

---

① 攻占不仅仅是让士兵登上岸那么简单；士兵们需要吃饱喝足，需要全副武装，万一受伤了也需要得到照顾。麦克阿瑟在等欧洲战场的部队过来，同时也在储备武器、弹药、登陆舰、食物和医疗物资。

寻着“荒野猎人”目击到的潜望镜的来源。

伊 –58 一个月的任务进行到了一半，已经耗尽了燃料和食物，桥本以行知道他必须尽快返回日本。每天都以失败而告终，桥本以行越来越绝望，觉得自己无法捕获猎物了。

★

离日本潜水艇 13 英里处，在黑夜中，“印第安纳波利斯”号快速驶向菲律宾。她在 3 天前已经把那批原子弹组装材料放在了提尼安岛上。海水剧烈翻腾起来，薄云遮月。虽然天色已晚，甲板下严丝合缝的船舱内仍然热得让很多船员受不了。300 名水手在坚硬的钢甲板上睡觉，暴露在空气中，面对可能到来的威胁毫无防护。

累了一天了，舰长查尔斯·麦克沃伊睡前再最后巡视一下“印第安纳波利斯”号。3 小时前，他很高兴他的船和船员没有遇到迫在眉睫的危险，于是下令不再为了反潜艇而之字形前进，以便增加航行速度。他也下令打开舱门，让夜间空气能够进来。一旦遇到攻击，船舱就会快速进水，不过麦克沃伊没有收到称敌人潜水艇在太平洋的这片水域潜伏的情报。而且，上面没有给他这两天的航行派护航驱逐舰，这更让他确信自己的人无虞。

胸围宽阔、身材高大的麦克沃伊俯身钻进他那位于驾驶台正下方的小船舱，脱掉衣服躺下。3 天前，“印第安纳波利斯”号才卸下那批船员完全不知道是“小男孩”原子弹的货物，然后立刻收到了下一个命令：尽快赶往菲律宾莱特岛进行两周的训练。

麦克沃伊本人不会因为对他隐瞒原子弹之事而生气。因为这样一来，他永远不会陷于这个关乎道义的窘境：到底要不要把人类历史上最致命的武器越过太平洋运送 6000 英里？这件武器将被放在世界上最厉害的飞机的炸弹舱里，然后投向一座有着 35 万男人、女人和孩子的城市。

在黑暗中浑身是汗的麦克沃伊舰长尽全力睡着。船应该于 11 时在莱特岛靠岸。他脑子里想的全是在菲律宾等着“印第安纳波利斯”号的 17 天训练。

舰长已经四个月没参加战争了，手下将参加一系列复习训练课程为打仗做准备。训练一结束，“印第安纳波利斯”号就要向冲绳岛进发，等待“奥林匹克行动”的开始。

午夜。

星期日退去，星期一来临。

甲板下方深处的厨房里，盘子已经洗净叠好，准备盛早餐。难以置信的是，准备早餐的响动竟然传到了13英里以外的日本潜水艇伊-58上。

当麦克沃伊舰长在他那简陋狭小的船舱里时断时续地睡觉时，“餐盘叮叮当当”的声响引起了一位日军声呐操作员的警惕，“印第安纳波利斯”号成了日军的目标。

★

桥本以行少佐迅速下令装上6枚致命的鱼雷。海面状况太恶劣，没法发射“回天”自杀式鱼雷，所以他选择发射传统的九五式鱼雷。这样其实更好，因为在波涛汹涌的情况下，“回天”有很大不确定性。而九五式鱼雷是世界上最好的鱼雷，它的首尾两端都装有最大的弹头，有效射程超过6英里。

桥本以行命令潜艇上浮，好让他观望一下，并让艇上闷热潮湿的小船舱装一些新鲜空气。令少佐惊讶的是，目标完全没觉察出不对，还在直线航行，而且竟然没有护航舰。桥本以行没有急忙攻击，而是耐心地把潜艇升到水下60英尺，并减慢了速度。在惊心动魄的20分钟内，伊-58渐渐向“印第安纳波利斯”号逼近。桥本以行以为他们随时会被敌船的声呐装置发现。

但实际上，尽管“印第安纳波利斯”号在旧金山新翻修了一次，装上了最先进的设备，但却没装上能够听到水下声音并探测到即将来临的威胁的设备，而这对她来说恰恰是致命的。[①]

桥本以行将伊-58的速度减缓到每小时3海里。

---

① 人们对于这艘船为什么没装声呐有许多不同的观点。最具有说服力的观点是，当时海军很着急，想赶紧让“印第安纳波利斯”号起航。

桥本以行镇定自若。他知道自己只有一次机会来击沉这艘美国军舰，于是把潜艇开到距目标1500码[①]之内。

战时潜艇水手的工作就是要无情地击沉敌船，但在残酷的现实中，猎手也可能会被埋葬进水底深渊。潜艇战是世界上最致命的战争，比如德国海军80%的潜艇水手会战死他乡，日军的死亡率要低，但也只略低一点。另外，攻击的潜艇没有义务救人，这项工作由当时可能在附近的其他船只执行。鱼雷一旦朝敌船发射出去，潜水艇就要迅速逃走，越快越好。

半夜12时02分，桥本以行决定出击。“全弹齐射，”他下令，“两秒间隔——开火！”

通过潜望镜，他看到“印第安纳波利斯”号仍然没采取任何规避措施。6枚鱼雷闷声从水中发出，朝美国军舰的舷侧打去。

桥本以行守着潜望镜，保持警惕，猜想这次攻击会成功还是又一次失败。时间一分一秒过去，除了如墨般的漆黑，他什么也没看见。

接着，突然，天空变成了明亮的橘黄色。

“打中了，打中了。”桥本以行向围在潜望镜边的手下大叫道。艇上所有的船员都高兴得手舞足蹈。今夜他们将尽情享用白米饭和煮鳗鱼，吃一顿庆功宴。

桥本以行少佐终于捕到了猎物。

★

震惊席卷了“印第安纳波利斯”号。

领头的鱼雷把船首右舷炸出了个洞。不过，给船上巨大的推进器——也就是海军们常说的“螺旋桨”——提供动力的引擎室尚未受到攻击，船仍然以每小时17海里的速度前进。海水灌进了裂开的口子，如湍急的河流般冲进敞开的舱室，立即淹没了船的前部。无线电操作员马上发出SOS求救信号，

① 约1400米。——译注

提醒任何在附近的船只都能注意到“印第安纳波利斯”号需要帮助。“我们被鱼雷击中，正在快速下沉。”绝望的无线电操作员除了发送常规的SOS莫尔斯电码外，还加了一句，“我们此刻就需要帮助。”[①]

这通绝望的求救呼告戛然而止，因为第二枚鱼雷在第一枚击中目标后立刻打了过来，在船的右侧撕开一个大洞，引爆了3000磅的航空燃料，船上立刻断了电，求救信号也就发不出去了。

几百人立时死亡——很多人都被烧得面目全非。

在他那正好位于驾驶台下方的船舱里，舰长查尔斯·麦克沃伊飞快地穿上一条短裤，出去查看损毁情况。浓烟滚滚，周围几乎一片漆黑，他根本看不见什么。起初舰长松了口气，以为这次打击比在冲绳岛水域遭受的要轻。而当毁伤控制官上尉K.C.摩尔（K. C. Moore）告诉麦克沃伊，前部的舱室全部被淹，船正在下沉时，他还不相信。

过了3分钟他就不那么想了。副舰长约瑟夫·福林（Joseph Flynn）大副一语中的道出残酷的现实：“我觉得我们完了，”他告诉麦克沃伊，“我建议弃船。”

舰长目瞪口呆——这对他这样一个有着光辉履历的海军军官来说无异于毁灭性的打击。“印第安纳波利斯”号是一艘功绩卓著的军舰，她被盛赞为美国海军第五舰队的旗舰船。虽然上面没同意派本该能减轻打击的护航驱逐舰护送麦克沃伊一行从关岛到莱特岛，但他自己仍要负责，他不仅不让船继续之字形前进，还在这险恶的水域里打开了所有的舱室，真是错上加错。

但现在，舰长查尔斯·麦克沃伊三世必须把个人情感抛在一边，集中精力拯救船员性命。

遭遇鱼雷攻击后8分钟，“印第安纳波利斯”号向右舷倾斜18度，而且每过一秒就越向那一侧倾斜。

---

① 莫尔斯电码里，求救信号为“嘀嘀嘀，哒哒哒，嘀嘀嘀”。

麦克沃伊被迫命令指挥员福林：“下令弃船。”

但这条命令却永远没能传达给手下，因为“印第安纳波利斯”号断电了，而且喇叭手没有大声宣告这一指令。

12 时 17 分，“印第安纳波利斯”号已经倾斜 60 度，离第一枚鱼雷攻击仅仅过了 10 分钟。船首已经脱落了，“好比你拿了一把锯子把它整个儿锯掉了。”一位下级军官说。很多水手都十分恐慌，忘了穿上救生衣就跳进覆盖着厚厚一层油的水面。他们疯狂地游动，不顾一切地想要远离那正在下沉的船，他们知道，如果自己离得太近，那么“印第安纳波利斯”号在下沉的同时会把他们吸进地狱深渊。

“我往前走，看到船首约 60 英尺的部分被砍掉了，完全没了。”水手伍迪·詹姆斯（Woody James）后来回忆道，“在一分半钟内，也许最多两分钟内，船首就开始下沉。里面装满了水，下沉得很快。甲板下面每间舱室都开着，水漫进来，我们还在下面，还在把水舀出去。当时船上简直一塌糊涂，混乱不堪。大家都难以置信地大叫起来，没有人知道到底发生了什么。”

1196 名船员中，800 多人成功地从船上逃到海里。在旧金山，军方因疏忽大意给“印第安纳波利斯”号多送了一箱救生衣，现在看来像是天意。但是船的 35 个救生筏中，只放出了十几个，因为船向一边倾斜的时候，另一侧的救生筏就拿不到了。

舰长查尔斯·麦克沃伊是最后几个离开“印第安纳波利斯”号的人之一。他站在船上一个之前和海面垂直的地方，然后直直走进海水里，就像走下马路牙子走到街对面一样。

麦克沃伊回头看到他的船完全竖了起来。她的螺旋桨缓慢转着，月亮映着她的剪影。然后这艘一万吨重的巡航舰如刀一般直直插入太平洋底。

活下来的人完全不知所措。不久前，他们还在睡梦中，就像那些在战争快要结束的时候以为自己肯定能回家的人一样做着美梦。而此刻，很多人因为爆炸而被烧伤，成了残疾。他们在黑夜中绝望地漂着，身体随着汹涌的海浪起起伏伏。他们不再集体行动，而是三三两两顺流而下。他们知道自己本应该第二天早上到达菲律宾，而现在既然他们肯定要迟到，所以很多人相信一定会有人发现异常而赶来营救他们。

但本该拯救他们的SOS信号却没人听到。没有人知道“印第安纳波利斯”号已经沉了，也没有人对幸存的船员进行搜救。

看来情况一塌糊涂。

雪上加霜的是，鲨鱼来了。

★

“印第安纳波利斯”号沉船后两天，绰号叫“图伊”的卡尔·斯帕茨（Carl “Tooey” Spaatz）将军到达马尼拉，秘密与道格拉斯·麦克阿瑟将军会面。这位新上任的美国陆军战略空军司令部（USASTAF）在太平洋的指挥官过去5天的大部分时间里都在飞行，从华盛顿飞了8500英里到马尼拉。斯帕茨不是自愿来这儿的，而是奉代理陆军参谋长托马斯·汉迪（Thomas Handy）之命，向麦克阿瑟简要说明情况。[①]

54岁的斯帕茨中等身高，留着埃罗尔·弗林（Errol Flynn）那样的胡子。德国人在1945年5月7日投降的时候，他在法国兰斯（Reims），如今被调到了太平洋，帮助敦促日本投降。但上面要求他完成的第一要务是确保原子弹的部署。汉迪给了斯帕茨口头上的命令，但斯帕茨拒绝接受任务，除非收到书面指令。“听着，汤姆。”斯帕茨告诉汉迪，他知道自己可能会因战争罪而受审，因为原子弹爆炸导致的生灵涂炭可能要唯他是问。“如果我要杀10万人，我不会只听一个口头命令就去做的。我要一纸文书作凭证。”

汉迪反对说，用书面形式写下这个命令会有损保密性。连哈里·杜鲁门都拒绝在任何把他和投放原子弹联系起来的命令书上签下自己的名字。但斯帕茨坚持要求。最后汉迪妥协了。“我想我同意了，图伊，”代理总参谋长

① 当时由于陆军参谋长乔治·C. 马歇尔（George C. Marshall）将军随杜鲁门总统去了波茨坦，因此汉迪代任此职。

说，“如果一个人认为他可能会把整个日本都炸没的话，他理应得到要求他这么做的书面证明。”

汉迪签署了命令，但这命令书事实上是曼哈顿计划司令莱斯利·格罗夫斯将军写的。

这可能是史上最重要的一条命令。

★

没有了后顾之忧，斯帕茨便欣然接受了命令，他搭乘军机从华盛顿到火奴鲁鲁，再到关岛，现在又去马尼拉麦克阿瑟的办公室，这段旅程让人十分煎熬。坐那些又笨又重的军用运输机飞来飞去可真是折磨人，发动机轰隆隆地震天响，说话只能大声喊叫；睡觉只能坐着，而且只能睡几分钟，别想舒服地睡上几个小时。

然而斯帕茨将军到达关岛的新司令部后却没怎么休息，虽然豪华的别墅和舒适平坦的床在等着他。这位职业飞行员抓紧时间，又增加了两天的旅程，好亲自见到麦克阿瑟。他这么着急是有原因的：他想在原子弹投放前让麦克阿瑟知道这件事。格罗夫斯后来评论道：“如果天气条件允许，那么不等麦克阿瑟从斯帕茨那知道原子弹这件事，原子弹就会被投放，这会让（麦克阿瑟）大吃一惊的。”

斯帕茨说话直截了当，行事实事求是。见到麦克阿瑟的时候，他非常疲惫。他的身体不适应热带高温，制服都透出了汗。然而他要告诉麦克阿瑟的事情至关重要，不得不一直紧绷着弦，马不停蹄地赶路直到把投放原子弹的命令交到这位很快会获得“太平洋上的凯撒大帝”名号的传奇将军手上。

两人先是闲聊了一会儿。然后斯帕茨把命令递给麦克阿瑟。“我没有试着解释，”斯帕茨后来回忆道，“我只是把东西给他，我想他肯定有一大串问题要问我，但他只谈了那封命令书5分钟，剩下的时间都在跟我说关于原子能的理论。”

命令书开门见山：“如果天气状况适合目视投弹的话，第一颗‘特殊炸弹’将大概很快于 1945 年 8 月 3 日投向下列目标之一：广岛、小仓、新瀉、长崎。”

第二：“其他炸弹将在工程人员准备就绪后立即投向上述目标。关于除上述目标以外的其他目标，会进一步发布指示。”

第三条是警告：“仅美国战争部长和总统可以讨论对日本使用这种武器的任何事宜。战场上的作战指挥官在事先没有得到具体批准的情况下，不得就该事项发表声明或披露信息。任何新情况将报告给战争部做专项处理。”

第四条也是最后一条指令是特别针对斯帕茨的要求：“你最好亲自将一份命令书交给麦克阿瑟将军，另一份交给尼米兹将军，供他们参考。”

尼米兹的太平洋舰队总部位于关岛，他已经看过这份命令书了。

所以，道格拉斯・麦克阿瑟将军是最后一个知道日本要遭受灭顶之灾的人。他在页面右边写下自己名字的缩写“MACA”，表示自己已收到这一页纸。

当初反对投弹的不只麦克阿瑟一个人。哈普・阿诺德将军和德怀特・艾森豪威尔将军在最高机密圈里公开表示反对，此外，威廉・D. 莱希（William D. Leahy）上将、路易斯・L. 斯特劳斯（Lewis L. Strauss）少将、战争部助理部长约翰・J. 麦克洛伊（John J. McLoy），以及海军助理部长拉尔夫・A. 巴德（Ralph A. Bard）也表示反对。这些人都认为，原子弹毁灭性太大了，会造成太多无辜平民死亡。

而那些支持用原子弹攻击的，比如战争部长亨利・史汀生和陆军总参谋长乔治・C. 马歇尔，他们更在乎白宫的利益，而不是更多地顾及战场上的实际作战情况。

但是相比其他反对者，麦克阿瑟的不赞同意愿更加强烈。

这位将军是杰出的谋略家。他对日本文化也有很深刻的理解，认为这个民族永远不会完全接受投降以及随之被侵占的屈辱，除非裕仁天皇在战争结束后还能掌权。

但真相更加残酷。

麦克阿瑟坚决要执行“奥林匹克行动”，因此他向马歇尔谎报了预计的伤亡数。在6月17日给作为杜鲁门总统眼线的马歇尔的电报中，他向他们保证，美军死亡数将不超过10万人。

“还剩30分钟的时候收到了你的消息。”马歇尔给麦克阿瑟回电，他在与杜鲁门开大会之前已经收到了这份错误的估计，“你这个消息能决定‘奥林匹克行动’能否获得总统的正式批准。”

然而现在“奥林匹克行动”再也不可能发生了。道格拉斯·麦克阿瑟明白，他通过领导陆上进攻而征服日本民族的梦想破灭了。

这对麦克阿瑟来说无异于迎头一棒。他对自己的军事天才非常自信，曾公开藐视过同为陆军将军的德怀特·艾森豪威尔和乔治·巴顿，称他们“犯了每个所谓的聪明人都会犯的错误”。在1944年11月接受《纽约先驱论坛报》采访的时候，麦克阿瑟还说，“欧洲战场的战略是愚蠢地打击敌人的优势之处。”他还吹嘘道，虽然派给自己的军队数量只有给巴顿在北非的军队数量的“一部分”，但自己“能够在三个月内收复菲律宾”。

道格拉斯·麦克阿瑟将军不希望用原子弹轰炸日本——他想亲自用近距离攻击的方式把他们碾碎。

在他看来，这样的胜利才会让自己永垂不朽。

★

道格拉斯·麦克阿瑟在消化关于原子弹的消息时，“印第安纳波利斯”号的船员正奄奄一息。在海里已经泡了4天了。由于白天的强烈日光，他们的眼睛都瞎了，极度渴望食物和水。许多人被烧伤了，另一些人裹在油里，这是因为太平洋上蔓延了20多平方英里的大面积浮油。翻腾的波涛让几乎所有人都吞了好多油和海水。缺水让他们开始出现幻觉，以为自己看到了船只、飞机、岛屿，甚至是酒店，然而这一切都不过是海市蜃楼。由于实在太渴，一些人不顾一切地喝起海水来。大量盐分让他们神志不清，最终陷入昏迷。

美国飞机几次飞过“印第安纳波利斯”号遇难者上空。虽然船员尽全力挥手好让自己被发现，但没有一个人看见他们。

舰长查尔斯·麦克沃伊还算幸运，他在一个救生筏里留有一席之地，不用穿着救生衣在海上漂。他曾指挥过1200人的军舰，但现在他只掌管着一个长方形小筏子，只有几个仍然把他尊为船长的人还听他的。

沉船后不过几小时，饥肠辘辘的大鲨鱼更加剧了这种恐怖。

“时间一点点过去，鲨鱼还在我们周围，几百条那么多，”水手伍迪·詹姆斯（Woody James）后来回忆道，“经常听见别人惨叫，尤其在下午晚些时候，似乎那时的鲨鱼是最厉害的，比白天厉害。然而那些家伙晚上也加餐。一片宁静之中，要是听到有人大喊大叫，那你就知道一定是鲨鱼抓住了他。”

一条有着白色背鳍的大鲨鱼盯上了舰长查尔斯·麦克沃伊的筏子，它游到筏子下面，转着圈圈。麦克沃伊没有理会，仍然用应急箱里的一个小钩和一段绳子来钓鱼，并用信号枪发射信号来引起过往飞机的注意，同时尽力安慰救生筏上的每个人，也给自己打气。

至于水里的船员，麦克沃伊无能为力。他们或三三两两，或独自一人，在开阔的海面上散开几英里。第一天晚上，轻风把筏子上的人吹向东北方，吹离了菲律宾，而水流把穿救生衣在海水里漂的人推到相反的方向。现在，距沉船已经第4天了，漂着的人中三分之二已经死了。

而活下来的人却备受折磨和煎熬。起初，一些人在争抢救生背心的时候自相残杀。但现在死的人太多了，救生衣反而多了出来。

水流把船员带到远离“印第安纳波利斯”号沉没的地方。一些水手漂了50多英里。整个海面上都漂着死尸。许多尸体仅剩躯干，因为四肢早被鲨鱼给吃了。还活着的人中，一些人失去了希望，觉得不会有人来救他们了。少数脱掉救生衣沉到水中自杀了。

一个水手算了算他们那队人一共遭到25次鲨鱼袭击，而另一个算的是88次。由于离陆地很远，海水是清澈的蓝色。白天，水手向下看就能清楚地看到掠食者在底下盘旋。鲨鱼袭击可没有规律，只有一个例外：吃应急箱里配额午餐肉的水手最先遭到袭击，因为鲨鱼被腌肉的气味所吸引。但事实上没有一个人是安全的。发现鲨鱼过来时完全保持不动的战术似乎跟乱动着溅水试图把它赶走一样都没什么效果——鲨鱼无情，无论吓坏了的水手做什么都无济于事。

海里第四天，已经没多少时间了。只有天意才能救余下的人。

事实的确如此。

★

“印第安纳波利斯”号消失在波涛下 4 天后，比尔·里奇（Bill Ritchie）在道格拉斯的办公室里徘徊，又一批来自华盛顿的代表团刚刚结束访问。麦克阿瑟的日程安排员含糊不清地跟他们上司说，里奇会来跟他简短地谈一会儿。

43 岁的里奇是阿肯萨斯州人，毕业于西点军校，刚刚在德国波茨坦开完会就飞了 6000 英里来到菲律宾。和两天前斯帕茨将军一样，他也因长途旅行而非常疲惫，因为乘坐运输机飞了环球四分之一的里程。

很快麦克阿瑟的办公室里就只剩他和里奇两人。由于曾共事过，两人对彼此都很了解。门关着，一股热带的微风从阳台上吹来。

随和的里奇用平静、清晰的语调向麦克阿瑟确认他是否知道原子弹的事。

他还确认轰炸是否可能最快明天就进行。

★

“印第安纳波利斯”号的救援行动是偶然开始的。PV-1 轰炸机飞行员威尔伯尔·G. 格温（Wilbur G. Gwinn）在 8 月 2 日早上离开了在贝里琉岛的基地，去寻找敌方潜水艇。然而，震惊的格温中尉给基地发回无线电说他发现“海里有很多人”。一架 PBY-5A“卡特琳娜（Catalina）”立刻被派出调查。飞行员是 28 岁的中尉 R. 阿德里安·马克斯（R. Adrian Marks），他自太平洋战争开始的第一天就参战了，当时他在日军偷袭珍珠港中幸免于难。

马克斯和他的 8 人小队迅速发现了海里的幸存者。他惊讶地看到鲨鱼直接就这么袭击这群人。飞机给水手们放下 3 个救生筏，但马克斯敏锐地意识到这起不了什么作用，因为他清楚地看到那些受伤的人把胳膊和脸都埋在油里避免太阳直射，在 12 英尺的海浪里浮浮沉沉。而鲨鱼似乎不去管聚成一堆的水手，而是只攻击独自漂流的人。

马克斯中尉明白他必须采取行动了。

根据海军规定，他不得把“小飞象”（Dumbo）——他的水上飞机的昵称——降落在除平静水面的任何地方。但马克斯无论如何都要降落。他让机组人员投票表决，因为如果飞机坠毁，那他就要为他们的生命负责。虽然波涛汹涌，但每个人都同意降落。

一开始，小飞象避开了一个浪头，在空中上升 15 英尺，然后重重降落在波谷。马克斯马上指挥飞机穿过海面，首先救援孤身一人的幸存者。每次他的飞机接近水中一人，机组人员就扔下一个系了绳子的救生圈，然后把这个人拉上来。

马克斯和手下积极地行动。飞机里很快装满了救上来的人。消息传到驾驶舱，这些人原来是“印第安纳波利斯”号上的船员，这让马克斯心里一酸，因为他就是在离印第安纳州“印第安纳波利斯”城很近的一座小镇上长大的。

夜幕降临，由于马克斯和机组人员的勇敢行为，56 人得救。然而，小飞象却再也飞不了了，因为在降落到海面的时候受了严重损伤。现在它成了逃离鲨鱼和有毒浮油的避难所，让“印第安纳波利斯”号的船员终于可以断断续续睡一会儿——一些人被降落伞绳系在机翼上。

海洋又一次咆哮起来，马克斯担心过载的飞机是否会沉没。

“几十个受重伤的人又渴又痛，在轻轻啜泣，”马克斯后来回忆道，“然后，在远处的地平线上，出现了一道光。”

美军“塞西尔 · J. 道尔”（Cecil J. Doyle）号军舰来了。

★

舰长查尔斯·麦克沃伊和筏子里的人没被马克斯中尉或“塞西尔·J. 道尔”

号军舰救下。第五天早上太阳升起时，麦克沃伊他们可以看到远处的救援行动，但他们绝望地认为自己离得太远了，根本不可能被发现。

8月3日星期五，上午11时30分，麦克沃伊发现了另一架飞机。

这次，它看到了他。

他筏子上的一个空弹药罐奇迹般地被一艘搜救船的雷达发现，然后救援飞机立刻被派出了。

在海上5天了，一滴雨都没下，一口水也没喝，舰长查尔斯·麦克沃伊和筏子里的其他人终于都被救了。“印第安纳波利斯”号沉没的那天晚上，800多人跳海逃生。而现在，只有总共317名将士幸存。

实际上，还多算了一个。

23年后，由于无法忘却那可怕的记忆，而且认为自己是造成近900人死亡的罪魁祸首，舰长查尔斯·麦克沃伊用他那把海军左轮手枪抵着自己的头，扣动扳机。[①]

---

① 被救仅一周后，麦克沃伊舰长就被要求向调查组说明“印第安纳波利斯”号沉船的情况。据调查，麦克沃伊有过错，因为在夜幕降临后不久，他就下令不再沿着反潜艇的之字形规避路线行进。太平洋海军总司令切斯特·尼米兹上将反对把麦克沃伊交由军事法庭审判；然而，他的想法遭到了华盛顿海军领导人的否决。1945年，麦克沃伊被认定有罪，但“印第安纳波利斯”号的许多幸存者都认为他被迫当了替罪羊。后来，在尼米兹上将的要求下，麦克沃伊的定罪被搁置了。麦克沃伊于1949年以少将军衔退役。

第17章

日本广岛

1945年8月3日

上午7时30分

B-29轰炸机引擎嗡嗡怒吼，对这个人口稠密的港口城市来说绝非寻常。在一个阴云密布的早晨，空袭警报又一次宣告银色巨兽的到来，这些巨兽在头顶两万英尺的上空肆意吼叫。由于广岛在战争中还没被轰炸过，许多市民认为这次警报肯定又是虚惊一场，因此没有蜂拥狂奔到防空洞避难。

但这次的警报有所不同，是在广岛的早高峰时段响的，上班的人正坐着有轨电车、骑自行车或乘公交车去上班，他们可以清楚地看到炸弹在战机外晃荡，很快就会像在日本其他各个主要城市那样给广岛带来恐怖的毁坏。

直到今天，这座位于太田川（Ota River）三角洲上的城市从没遭到过轰炸，虽然B-29空袭已经系统性地摧毁了日本大部分城市。东京等主要城市首当其冲。现在柯蒂斯·李梅将军正指挥着他的轰炸机攻击二级目标，如富山（Toyama）——滚珠轴承和铝业的中心。4天前，182架B-29投下1466吨常规炸弹和燃烧弹，把富山市夷为平地，据估计，富山的99.5%被从地图上抹去了。

8月1日，美军重点打击日本运输人力物力的能力，铁路枢纽八王子市

（Hachioji）被陆军航空军第 58 轰炸团（Army Air Corps's 58th Bomb Wing）毁灭殆尽。此外，第 313 轰炸团剿灭了铁路枢纽长冈（Nagaoka），第 314 团让铁路中心——小城水户（Mito）人间蒸发。

自 3 月的东京大轰炸以来，李梅空袭的全部后果已经显现：66 座目标城市中 100 万日本人死亡。1000 万人流离失所。

但当 B-29 今天早上向广岛打开炸弹舱时，炮弹没有从天而降，相反，500 磅没装备任何武器的罐子砸向地面。在海拔 4000 英尺的空中，由于电荷的变化，这些罐子自动打开，成千上万张 4 英寸宽 8 英寸长的纸片——“李梅轰炸传单”，洒满天空，飘落在地。

“庶民！”纸上用日语写着，“即刻撤离！”

“今以此文为告，汝之城已为我强军择定，必遭轰炸。”

“为免汝难，发此预告，与汝军方充裕之时间，以行必要之事。如此，汝便知其何其无能也。汝军方酿祸致灭顶之灾，殃及汝等，然，若汝仍唯其马首是瞻，则我必将依计逐城狂轰滥炸。伐汝军方之专政，救汝江山于水火，汝之责也。”

“又，庶民务必即刻撤离！”

一周前，在波茨坦会议上，哈里·杜鲁门总统发表了一个简短的警告，如果日本不立刻投降，就会面临“迅速而彻底的毁灭”，这份警告很快被称作《波茨坦公告》（*Potsdam Declaration*）。日本许多市民通过国内播放的美国广播得知了这一最后通牒。[①]

传单飘落地面，广岛市民打开一看，只见 5 架 B-29 正在向日本投放几十颗炸弹的航拍照片。页边画着很多小圆圈，每个圆圈代表一座已经成为轰

① 哈里·杜鲁门因有原子弹助力，并坚决要打压苏联在战后太平洋的影响力，于是不向苏联说明就发表了《波茨坦公告》。于是苏联在外交上被扇了一耳光，不被允许签署决定战争结局的命令。作为报复，苏联加速攻占“满洲”，以便能在战争结束前在日本控制的领土上占据一席之地。

炸目标的城市。一周多的时间里，B-29 在日本所有城市都分发了这种传单。

无论怎么算，广岛都是完美的攻击目标。日本当局非常相信这一点，于是他们已经把差不多 10 万市民撤离到安全地带。

广岛整个城市都是平原，只在海面几英尺以上，意味着爆炸效果能够会最大限度、最大幅度地扩散。该市也是日本陆军第二军（Second Army）总部所在地，第二军的 25000 名战士将对阻挠美军进攻发挥至关重要的作用。另外，广岛拥有大规模武器库。这是一个欣欣向荣的港口和通信枢纽——就像美国情报部门在 7 月 30 日放心地报道那样——没有一个盟军战俘被羁押在广岛方圆 26 平方英里的土地上。[①]

6 小时后，美军 B-29 轰炸机飞出广岛市，经日本海回到马里亚纳群岛的基地。广岛市里，民众还在疑惑这些传单到底是什么意思。

●

在广岛东南 1500 英里的提尼安岛上，为投放原子弹所做的最后准备已经就绪。就在今天，8 月 3 日，B-29 很可能投放名为“小男孩”的原子弹，而不再是警告传单了。但由于台风正向日本靠近，飞机飞行条件不太理想。

小男孩已经准备好了 3 天的飞行。这个 5 吨重的爆炸装置放在一个特制的拖车上，上面盖着帆布，不露真容。要激活“小男孩”，还缺 4 包将引爆炸弹的无烟火药，这些火药要等把原子弹运输到广岛的 B-29 起飞以后才会在空中装配到原子弹上，以防万一飞机在跑道上就撞毁了。

执行轰炸任务的飞行员是保罗·W. 蒂贝茨（Paul W. Tibbets）上校，一位 30 岁的职业军官，来自伊利诺伊州昆西市（Quincy）。战争初期，他在欧洲担任乔治·S. 巴顿将军的私人飞行员。他曾奉命在第三帝国（Third Reich）上空进行了 40 多次作战任务。自 1943 年 B-29 问世以来，他就一直驾驶这种飞机。此刻，他要驾驶的飞机没有什么吸睛的名号，机头上也没有

---

① 后来的报告中称，八名美国战俘被关在广岛城堡。

华丽的装饰，只能通过涂在机身上的数字 82 来认出它。

蒂贝茨是由莱斯利·格罗夫斯将军亲自挑选出来率一批精英飞行员去执行对日投放原子武器的任务。他已经练了几周如何进行轰炸——带着假“小男孩”飞到太平洋上空，投向海洋。现在蒂贝茨正等着天气转好。广岛上空必须足够晴朗，这样他才能看清楚目标，准确投弹。

最后的指令将由柯蒂斯·李梅将军发布，然后他会通知华盛顿自己已经下令蒂贝茨起飞了。“预期李梅会在 8 月 4 日 04:00 定下决心。”发给战争部的最高机密电报说。

蒂贝茨上校知道差不多是时候了。“实际和预报的天气几乎一样。”他后来回忆道。

“所以我们有的忙了。”

●

东京。裕仁天皇一点也不担心。杜鲁门总统说的什么“迅速而彻底的毁灭”对他来说毫不在意。和首相铃木贯太郎一样，他认为这些话不过是重复之前盟军领袖会议上的说辞。所以天皇不理会杜鲁门的最后通牒，仍然坚信苏联会从中斡旋帮助自己同西方讲和——完全没觉察到苏联领袖约瑟夫·斯大林仅仅 5 天后就要攻打日占“满洲”了。

此时此刻，国家迫切需要裕仁表现出智慧和谨慎，而这位天皇却像个上当受骗的傻瓜一样。

同时裕仁的内阁和最高战争指导委员会的联合会议正在讨论着是否允许任何形式的投降。会已经开了一周多了，眼下却还没得出结论。

和他们那神圣的天皇一样，政客和军方领袖也认为，杜鲁门总统不会坚持要求日本无条件投降。他们仍然觉得，自己和敌人比有的是时间。7 月 28 日，在向全球媒体发布的声明中，日本领导层正式驳斥了所有称他们将向杜鲁门让步的说法。当天，日本首相铃木贯太郎举行新闻发布会重申上述观点，称“我们唯一的选择是坚持作战到底”。

日本领导层和他们的天皇一样沉浸在幻想中，相信他们仍然掌握着自己的命运。

正如海军大臣米内光政（Mitsumasa Yonai）就杜鲁门承诺要消灭干净日本一事所言：“美国正走在被孤立的道路上，因此我们政府是不会理会他们的。”

“没有必要着急。”

第18章

北机场

马里亚纳群岛提尼安岛

1945年8月4日

1500

小保罗·沃菲尔德·蒂贝茨上校从不迟到。

左手架着梅花（Kaywoodie）石楠根烟斗，这个核武攻击队队长大步越过武装警卫的警戒带，迅速走进一间半圆拱形活动板房，这是今天吹风会的会议室。蒂贝茨每次都非得踩着点不可，今天也不例外。会议定于下午3时整开始。他推门进到已经坐满人的房间时，时间正好，一秒也不晚。

30岁的蒂贝茨在伊利诺伊州、爱荷华州和佛罗里达州长大，生得短小精悍，年纪轻轻就获得了上校这个高级军衔。他两鬓剪得很短，因为军队有纪律。但撇去这一点，其余外貌特征无一不显示出此人极具个性：浓密、黑色的头发都没理过；卡其制服T恤皱皱巴巴，领口没扣上，一撮蓬松的胸毛飘了出来；而且，与这样严肃的场合不一致的是，蒂贝茨在这炎热的周日下午穿了一条短裤，让人觉得十分随意。

保罗·蒂贝茨上校和迪克·帕森斯(Deak Parsons)海军上校在轰炸广岛前向B-29机组人员简要说明情况。

蒂贝茨上台的时候打开了监控。一位摄影师在胶片上捕捉到了这一刻。每架B-29需要11个机组人员。[①]7架飞机已经准备好起飞。台下机组人员都穿着轻便的卡其制服，坐在坚硬的木头椅子上。这些人都是蒂贝茨亲自挑选出来的，都二三十岁，是精英中的精英，马上要对他们所称的“帝国”执行一场改变世界的任务了。

蒂贝茨直言不讳。“这一刻已经来临。这是我们一直为之努力的。就在

① 机组人员包括飞机指挥员、副驾驶员、领航员、投弹手、电子对抗员、尾炮手、机械师、助理机械师、军械专家，以及两名雷达操作员。在广岛任务中，蒂贝茨的飞机上还会增加一名机组人员作为武器手，负责装备原子弹。

不久前，我们即将投下的武器在祖国试验成功。现在我们已经收到命令，要把它投向敌人。”

蒂贝茨身后有两面黑板，都盖着厚厚的布。两名情报员上前掀掉帘布，把广岛、小仓和长崎的地图展示给大家。蒂贝茨说，这些就是打算攻击的目标。[①] 然后他给每批机组人员分配任务：上尉查尔斯·麦克奈特（Charles McKnight）驾驶名为“最高机密（Top Secret）”的 B-29，飞到硫磺岛，在那里待命，作为紧急情况的后备；少校小拉尔夫·泰勒（Ralph Taylor Jr.）驾驶“满屋（Full House）”，上尉克劳德·伊斯利（Claude Eatherly）驾驶“同花顺（Straight Flush）”，少校约翰·威尔逊（John Wilson）驾驶“杰比特三号（Jabit III）”，在轰炸前一天飞到日本上空检查天气状况；上尉乔治·马夸特（George Marquardt）驾驶“必要之恶（Necessary Evil）”负责拍摄爆炸场面；少校查尔斯·斯维尼（Charles Sweeney）驾驶“大艺术家（The Great Artiste）”，投放科学仪器来测量爆炸效果，这些器材会通过降落伞飘落地面进行测量，然后用无线电将具体细节返回到关岛和提尼安岛。

蒂贝茨将驾驶装有原子弹的领航飞机。不过这架飞机至今还没有名称。

自 1944 年 12 月“第 509 混合部队”（509th Composite Group）设立后，其成员就在完全保密的环境下接受训练。在这儿，提尼安岛上，他们并不讨喜，别的轰炸机队对他们的许多特权和高度机密的组合冷嘲热讽。但他们完全不在乎，因为他们知道自己是为了执行一项可以结束战争的高级任务。上级给蒂贝茨 15 架 B-29，并派他去犹他州沙漠的一个高度机密训练场所开展训练。一个月前，蒂贝茨亲自挑选的机组人员飞到提尼安岛后，就立即开始模拟一种最独特的轰炸任务：不是练习投放几十颗炸弹，而是练习只投放一颗圆滚滚的“南瓜弹”。这颗南瓜弹重 5 吨，长 12 英尺，直径 5 英尺，体积和“胖子”原子弹差不多，为的是让飞行员到时候能够感受要用的炸弹从前部炸弹

① 新潟最终从轰炸名单上去掉了。该城位于本州岛西北部，离提尼安岛太远，这就要求 B-29 燃油供应方面一点差错都不许出。

舱投放后会如何落下。

“小男孩”的外形和“胖子”不同，有10英尺长，而直径只有2英尺多。509部队于7月23日成功试投了一颗仿“小男孩”的非原子弹。

蒂贝茨请43岁的海军军官，绰号叫“迪克”的威廉·S. 帕森斯（William S. “Deak” Parsons）上讲台。作为资深军械专家，帕森斯上校在战争中做出了自己最为独特的贡献，他在洛斯阿拉莫斯待了很久，不仅与罗伯特·奥本海默共事设计并研发“小男孩”，而且和格罗夫斯将军共同参与了目标委员会。一个多月前，他甚至还旁观了“三位一体”的试爆。

自那时起，帕森斯就成了“小男孩”的忠实伙伴，监督了把“小男孩”运送到提尼安岛的过程。是帕森斯在旧金山亲自会见“印第安纳波利斯”号舰长查尔斯·麦克沃伊，向他传达命令，让他的船带着炸弹的各部分“高速前往提尼安岛”。

帕森斯上校在洛斯阿拉莫斯待了两年，他想要设计原子弹的初心是为了结束战争。但这个愿望后来融进了个人感情，那是在“印第安纳波利斯”号从旧金山出发不久，帕森斯突然绕路去看望在圣地亚哥海军医院的弟弟。

鲍勃·帕森斯（Bob Parsons）是硫磺岛之战中两万受害者之一。这个海军陆战队士兵曾是英俊美少年，现在却遭永久毁容：右半边脸凹了进去，下巴没了，右眼眶里没了眼珠，只有一个粉色的人造球体。

迪克·帕森斯知道自己对弟弟什么忙也帮不上，只能相信投放原子弹会阻止同样的噩运降临到别的美国青年头上。

讲台上，帕森斯上校看着拥挤的活动板房里这些飞行员的面庞，告诉他们关于这个将带来胜利的武器的一切。

“你们将要投放的这颗炸弹是战争史上的新事物，”帕森斯开口道，“这是有史以来人类制造出的最具杀伤力的武器。”

然后帕森斯告诉他们“三位一体”试爆的事，这场爆炸“如同10个太阳那样光芒万丈”。因为要遵守保密爆炸物的命令，他没有用“原子”或“核”

这样的字眼。[①] 他用粉笔在黑板上画了一朵巨大的蘑菇云，向士兵们描绘道，这朵蘑菇云卷起地面千层沙，直上空中好几千英尺。

“我们认为这会摧毁方圆3英里内的一切。”帕森斯告诉他们，还说“小男孩”可能比“三位一体”的力量更强：“没有人知道这颗炸弹从空中落下后会发生什么。”

B–29机组人员目瞪口呆。这样一种武器对他们来说简直高深莫测。

蒂贝茨再次上前走到讲台处。

“到目前为止，无论谁，包括我，做了些什么，跟我们即将要干的事相比简直不值一提。”他向手下的兵说道，“我很自豪能够与你们共事。你们士气很高，过去你们不知道自己在做什么，或许觉得自己只是在浪费时间，觉得‘小玩意儿’纯属某人不切实际的幻想，我知道你们能坚持下来是很困难的。”

“我个人倍感荣幸——我确信你们每个人非常荣幸——为自己能够参与这场将使战争缩短至少6个月的空袭而感到万分荣耀。”

蒂贝茨最后一次望向窗外。

“天气允许的话，任务将于8月6日开启。”[②]

---

① 只有蒂贝茨、帕森斯和投弹手托马斯·W. 费瑞比（Thomas W. Ferebee）才被允许知道即将投向广岛的炸弹是原子弹。

② 蒂贝茨的讲话是经过转述的，摘自当时会议的非法记录，是由无线电操作员阿比·斯皮策（Abe Spitzer）记录的。

第 19 章

日本广岛

1945 年 8 月 5 日

晚上 11 时

现在是周日晚上睡觉时间。全广岛市民都在休息，准备迎接下一周的工作。在宇品（Ujina）县，32 岁的消防员三上与作（Yosaku Mikami）24 小时的值班时间已经过去一多半了，如果一切顺利，他就能在夜班的时候睡个觉，第二天早上 8 时下班，然后搭电车回到在郊区荣町（Sakaemachi）的家，与早上从家去单位上班的人正好走相反的方向。

大多数早上，三上与作一回家就能闻到煤炉子上早饭的香味。他妻子热情地欢迎他回来，两个孩子准备去上学。

但 1945 年 8 月 6 日的早上，一切都不一样了。

广岛市里很多人都用 bukimi[①]——意思是奇怪或不现实的——来描述近几日的不安感，因为美国人没有把他们的城市夷为平地。一些人开玩笑说只是时间问题，他们总有一天会倒霉的，这听起来真让人心惊胆战。身为消防员，三上与作赞成把全市的隔火路都打扫干净。隔火路是市中心的开阔地带，那

① 日语是“不気味”。——译注

里拆除了木质房屋和建筑，地上也没有碎石子，可以防止大火像在 1944 年 3 月东京大轰炸那样从一间屋子窜到另一间。

三上与作知道噩运将临后十分伤心，但同时也因为政府正采取预防措施保护妇女和孩童而舒了口气。几千人正被撤离到乡村；其中就有他的妻子和孩子，他早上才刚刚和他们分别。家人最终的命运现在还没有定数。如果没有亲戚接济，他们就不得不在寺庙或公共大厅里和其他几千人挤在一起休息，这些人都是被送到这里避难的。

明天早上，三上与作将孤身一人。因为他将回到空空的家中，思念不知身在何处的家人。

●

突然的空袭警报惊醒了正在家中的 16 岁少年大野木明（Akira Onogi），他家在一个小仓库附近。这声音已经频繁出现在很多个夜晚，通常是因为美国轰炸机从广岛上空飞过前往其他目标。因此，大野木明觉得没必要着急去防空洞。日本 1937 年的《防空法》就是为这样的夜晚而制定的，但连年战争以及美国迟迟不轰炸让广岛市民都麻木了。接着，解除警报响起，表明一场虚惊，但 B-29 轰炸中队的隆隆声还在不断接近，意味着无论老少最好马上躲进防空洞。尽管有遭袭的风险，大野木明和家里其他 4 个人还是宁愿在床上舒服地躺着。

今夜，588 架 B-29 空袭日本 5 个城市，广岛不是其中之一。不过美军的飞机已经所向披靡，一架也不会被打落，看来似乎美国人可以想炸哪就炸哪，想什么时候炸就什么时候炸，想炸什么就炸什么。

很快，一切照旧。大野木明翻了个身又睡着了。他现在上初中二年级，非常爱学习，但再也不能上课了。和同学一样，他被动员到工厂劳作以支援战争。每天早上都得早起去三菱（Mitsubishi）造船厂工作。这是他的爱国义务，但却不是他喜欢的工作。

8 月的夜晚一片漆黑，但温暖宜人。大野木明听到的唯一声音是爸爸妈妈轻微的鼾声。男孩并不担心清梦被扰，因为8月6日周一早上他不用早起，而是有别的计划——待在家里看书而不是去工作，以此来小小的抗议一下。

然而大野木明一点也不知道，他很快会在一个真实故事里扮演一个角色，这个故事根本无法用文字来确切地描述。

●

高仓亚纪子（Akiko Takakura）周一要早起。她希望有一天成为一名幼儿园老师。但这个20岁的女孩现在是个银行职员。每天早餐她吃玉米片、豆粕和米饭，然后搭电车到八丁堀（Hatchobori）站，再走路去工作的地方艺备银行（Geibi Bank）。往单位走的时候正是早高峰的高潮，街上挤满了通勤的人。但这段路程也十分美好，沿途可以欣赏到太田川的美景，日本士兵晨练的操场，当地敬仰的标志性建筑、可追溯到16世纪的广岛城（Hiroshima Castle）等。如果一切顺利，亚纪子就会爬上九级石阶，在上午8点15分准时来到艺备银行这座三层建筑的双扇门门口。

银行是石头建成的，一层和二层都装上了防盗铁门。女员工必须要比男员工提早30分钟到，因为要打扫办公室。进去以后，亚纪子就会在签到本上盖个章，走到出纳窗口后面开始擦桌子，再稍微归置归置东西，她每天的工作都以此开始。

她是模范员工。上司都知道她喜欢早早地就来上班。

这个习惯马上会救她的命。

●

“三位一体”原子弹三周前在新墨西哥州沙漠试爆后，曼哈顿计划成员英国物理学家威廉·潘尼（William Penney）测量了爆炸效果，报告说，另一场类似的爆炸“会使一座30万到40万人的城市满目疮痍，哀鸿遍野，生灵涂炭”。

试爆产生的威力相当于一万吨炸药。先是一个明亮炫目的火球，接着一朵炽热的放射性紫云升入平流层。爆炸区内所有的一切都蒸发了。

如果一个人站在爆炸区内，那么一眨眼的工夫他就会毙命，但首先他的骨髓会煮沸，血肉真的从骨骼爆裂而出。下一毫秒，这个人将尸骨无存，.只剩下一堆压缩气体，而这气体也会被立时吸进那巨大的、直冲上天的紫云中。

“三位一体”原子弹试爆没造成一人死亡。但现在，战争史上新的篇章即将开启。

第20章

北机场

马里亚纳群岛提尼安岛

1945年8月6日

0130

死神坐在一辆军用六轮卡车的前座上，向他亲自挑选出来执行任务的B-29开去。上校保罗·蒂贝茨身穿连体式飞行皮衣，头戴鸭舌帽。为了接下来12小时的任务，他带了雪茄、香烟、散装烟草以及一根烟斗。为防万一他的飞机被击落，他也准备了一把手枪，还带了12粒氰化物药片，给12个机组人员一人一粒，万一被俘，宁可自行了断，也不会因不堪酷刑折磨而供出原子弹的秘密。

蒂贝茨知道今晚任务开始之前场面会有些混乱。但他从来没想过会发生眼前的景象：探照灯使漆黑的热带夜晚亮如白昼。闪光灯在蒂贝茨和其他机组人员到达起飞线时频频闪烁。科学家和技术专家围着轰炸机走来走去，纠结于最后的细节。前部炸弹舱内安全地隐藏着8900磅的球状“小男孩”，马上要从5英里高的空中投向广岛了。目标点是钢筋混凝土的相生桥（Aioi Bridge），其T型外观很容易在空中看清楚。

就在几小时前，机身尾部涂着数字82的B-29终于有了绰号。蒂贝茨在一张废纸上写了几个字，在下午三四点钟交给一个绘画员。过去，他偏好给自己的战机取一些富有攻击性的名字，如“屠夫铺子”（Butcher Shop）、“红色鬼怪”（Red Gremlin）等，但这架飞机是会在历史上占据特殊地位的，所以他更愿意以不同寻常的方式表露自己的情感。

下午 4 时，飞机正式起名为“艾诺拉·盖伊”（Enola Gay），以纪念蒂贝茨 54 岁的母亲。多年前，这位上校为追寻自己的飞行梦而辞掉了性病诊所医生助理的工作，惹得父亲大发雷霆，是母亲艾诺拉·盖伊化干戈为玉帛。“如果你要自寻死路，”他父亲生气地说，“我可一点也不在乎。”

对此，当时的艾诺拉·盖伊·海格德平静地说，“保罗，如果你想去开飞机，那么你一定会没事的。”

现在，“艾诺拉·盖伊”的名字用黑色粗体字写在银色的机身上，在历史上，她和她儿了的名字将永远联系在一起。[1]

“‘艾诺拉·盖伊’站在那儿，”蒂贝茨后来写道，“沐浴在探照灯的光亮下，仿佛一个好莱坞电影明星。摄像机已经架好，摄影师带着他们

即将出发向广岛投弹的保罗·蒂贝茨上校

① “Enola（艾诺拉）”是个罕见的名字，其实是“alone（孤单）”的字母反过来拼写而成的。据说，艾诺拉·盖伊·蒂贝茨的父母是从 1867 年劳拉·普莱斯顿（Laura Preston）的小说《束缚》（*In Bonds*）中获得灵感，艾诺拉是对主角有特殊意义的一个地方的名字。当艾诺拉·盖伊·蒂贝茨后来得知她的名字被写在向广岛投弹的飞机身上，她脸上看不出什么表情，但她遇到高兴的事时肚子总会颤动。“你应该看看老太婆的肚子颤抖得多厉害。”蒂贝茨的父亲告诉儿子他们从广播中听到这个消息时的情形。

的设备站在一旁。任何一个潜伏在附近山头的日本人——还有一些人没被抓到——都会知道，一件极其特殊的事情正在发生。”

很快，2200 马力的 B-29“莱特飓风”（Wright Cyclone）发动机在四周嗡嗡作响，前方侦察天气的飞机“杰比特三号”“满屋”和“同花顺”沿着 8500 英尺的东西向跑道“裕仁高速（Hirohito Highway）”隆隆前进。一个接着一个，飞机起飞升入夜空，开始了 12 小时往返“帝国”的飞行。

时间是半夜 1 时 37 分。

保罗·蒂贝茨上校和“艾诺拉·盖伊”计划在一小时内起飞。

★

准备紧锣密鼓。下午 2 时，“小男孩”被从拖拉机上抬下，放到一个特制的装载坑里。由于体积巨大，它无法像常规炸弹一样挂在 B-29 机身翼下。于是，地上挖出了一个混凝土坑，2 时 15 分，“艾诺拉·盖伊”被架在坑上，一台水力起重机把这件原子武器吊起来放到炸弹舱。迪克·帕森斯上校于 3 时 30 分进入炸弹舱，练习如何在空中装备这颗炸弹的 11 个必要步骤。他以前可从没这么干过。

“小男孩”正被放到“艾诺拉·盖伊”的炸弹舱

就在今天早上，4架出发执行常规轰炸任务的B–29起飞时撞毁，引爆了机上装备好的所有炸弹。帕森斯公开表示，害怕“艾诺拉·盖伊”也会发生相同的事故而把整个提尼安岛从地图上抹去。

下午5时30分，驾驶室下部写着粗体大字“艾诺拉·盖伊”的B–29准备进行飞前测试，测试顺利完成了。

晚上8时，蒂贝茨上校进行了最后的讲话。除了强调飞行路线、飞行海拔、起飞时间外，他还详细说明了救援军舰和潜艇的精确位置，以便在飞机不得不海上迫降时得到救援。这一信息尤为重要，因为美国海军刚刚警告所有船只，至少要在广岛50英里之外。这减少了潜在救援船只的数量，意味着只有精确的水面迫降才能救蒂贝茨和手下脱险。

晚上10时做了天主教弥撒，接着马上在10时30分做了新教祷告。几乎所有人都参加了其中一次祷告。而蒂贝茨这个唯一信仰飞行物理学的人一次也没参加。飞行员们看上去轻松，实则心情沉重，虽然他们都是经受训练的专业人士，已经执行过几十次作战任务了。蒂贝茨也不例外，起飞前他在绰号为“多帕奇饭店（Dogpatch Inn）”的食堂吃香肠、蓝莓馅饼和鸡蛋作为最后一顿午夜餐，尽管他极力表现得不紧张，但实际上他非常紧张。他几乎没怎么吃，更愿意喝清咖啡，抽烟。任务时间几乎要到了。

★

提尼安岛西南300英里处，快速攻击运输舰“奥奈达（Oneida）”号刚刚抵达乌利西环礁（Ulithi）繁忙的停泊处，乌利西是位于帕劳（Palau）东北400英里的环礁岛。这艘船在8月5日15：00抛下锚，也就是“小男孩”正被装入“艾诺拉·盖伊”炸弹舱的时间。“奥奈达”号上载着一批陆军新兵，他们从珍珠港前往冲绳岛接受进攻日本的训练。

“奥奈达”号是一艘新船，去年12月刚服役。它长455英尺，梁宽62英尺，最高速度可达每小时17.7海里。虽然下水时间短，但它差不多已经去过太平洋上所有地方了，几乎是马不停蹄地把人员和货物从各战斗地区送进送出。

自1月30日离开旧金山后，“奥奈达”号已经到过19个港口或停泊处。[①]

一位来自纽约布鲁克林的年轻海军少尉是这艘船上乘载的56名军官之一。他21岁，头脑灵活，是纽约市一位警察的儿子。他要在“奥奈达”号上服役9个月，这位刚从海军圣十字学院V-12海军学院训练班（V-12 Navy College Training Program at the College of the Holy Cross）毕业的新兵参加过冲绳岛之战，近距离接触到被打败的日本兵。上个月“奥奈达”号把1050名战俘运往珍珠港，其间经历了各种天气——大多数时候下雨、高温、热带的潮湿天气。在接下来的一个月，这位海军少尉在“奥奈达”号上甚至还将经历台风。

和这些陆兵和水手一样，这位年轻军官仍然不知道前路如何。当然，有谣言称，美国将大举进攻日本本土。所有美国军人都知道这会给双方都带来灾难性的伤亡。

无论发生什么，少尉都会履行自己的职责，但他希望能活着回家，因为有个姑娘在等着他。

★

蒂贝茨上校做事有条不紊，他最后一次绕着“艾诺拉·盖伊”走一遍，检查一下是否有出问题的迹象。装了7000加仑燃料和4吨的炸弹，她几乎有7吨重，所以再小的故障也会是致命的。

“我确保机罩都合上了，轮胎都打足了气，状态良好。我也检查了跑道，看看有没有明显的液体泄漏的迹象，还拿探照灯察看了引擎罩底部，确保没有过多油滴。”

蒂贝茨爬上前轮起落架尾部的梯子进入驾驶舱，另外11名机组人员也

---

① 奥奈达是居住在纽约郊区的一个易洛魁人（Iroquois）的部落，他们把自己部落的名字给了纽约、威斯康星和爱达荷的一些县以及这艘军舰。二战中的“奥奈达”号是叫这个名字的第三艘军舰，第一艘是1812年战争（War of 1812）中的双桅横帆战船。第二艘是单桅纵帆船，在1862年到1865年的美国内战中英勇作战，1870年因与一艘英国汽船相撞而在日本横滨离岸沉没，船上七名船员因英勇壮举而被授予荣誉勋章。

上机就座，做好长途飞行的准备。

蒂贝茨坐在左边飞机指挥员的专座上，副驾驶员鲍勃·路易斯（Bob Lewis）坐在右边。这两人之间有摩擦，因为“艾诺拉·盖伊”原先是路易斯的飞机，蒂贝茨后来才选中它出任此次任务，并更改了名字。

外面，观众在“艾诺拉·盖伊”即将起飞的柏油路面上耐心等待。蒂贝茨并不着急，不在意观众在等待或路易斯上尉对他的不爽，自顾自又进行了一次设备和系统的检查。

四个引擎都发动起来的时候，蒂贝茨最后一次检查了油压、燃料压和转速表。随着螺旋桨的嗡嗡声，“艾诺拉·盖伊”震动起来，只有起飞以后震动才会停止。“整个检查和启动程序需要大概35分钟，现在是2时30分。”蒂贝茨后来回忆道。

“我向周围站着的约100人挥了挥手，然后加大马力，开始滑行。”

“目的地：广岛。”

第21章

日本广岛

1945年8月6日

上午7时10分

潮湿的空气中充满了不祥的预兆。防空警报再次将广岛市民从睡梦中惊醒。破晓的广岛天气温暖，晴朗的天空中只飘着几缕云彩。一架美国B-29正朝这座城市飞来，所以才响起了防空警报。警报声打乱了这个工作日的开始——这时人们正在准备早餐或是乘坐有轨电车去上班。虽然广岛市民经常会被防空警报打扰，但现在都到战争尾声了，看来美国人也不太可能会来轰炸。因此，只有一些居民老老实实躲进防空洞时，其他人都还照旧忙着自己的事。

在广岛市的港口里，捕虾的渔民正在整理渔网，就像他们的祖先几个世纪以来一直做的那样。他们选择忽视这些防空警报，因为反正也没地方躲藏。在靠近港口的城市南部，宇品县消防站内相对比较平静，消防员三上与作目不转睛地盯着钟表。他24小时的值班还剩下最后不到60分钟了，但如果发生空袭的话，难免会有地方起火，这就意味着他要立刻投入工作。

虽然三上与作的家人昨天已经被迁离了，虽然下班后等待他的将是一个空荡荡的家，但他还是急切地想回家。他耐心地等待着解除空袭警报的汽笛声，终于在 7 时 32 分的时候听到了。这意味着危险已经过去了——至少看起来是这样。

●

在城市的另一端，16 岁的大野木明正在进行自己从三菱造船厂的工作中歇息一天的计划。大野木明是一个好学的男孩，他为自己因为战争而不能再去上学而愤愤不平。不过现在他正心满意足地躺在家里的地板上，手里捧着一本书读着。他非常享受这一天的悠闲——没有任何工作等着他去做。

●

解除空袭警报的汽笛声告诉那些躲在八丁堀电车站台的人们现在可以出来了。20 岁的高仓亚纪子是个非常谨慎的年轻姑娘，但是现在也继续踏上了去往艺备银行的路。她在这家银行做一份秘书工作。这家银行的石头墙壁和防盗窗几乎完全阻拦了透进房间内的光线。离它不到半英里外就是太田川上的 T 型相生（Aioi）桥——这座大桥即将成为爆炸中心。

3 天前，广岛大学的钟楼停止了工作，时间正好停在 8 时 15 分。因为广岛市里没有修理它所需要的备件和材料，所以这座俯视着整个广岛市的巨大钟表上的时间静止了。

当亚纪子走进银行大厅时，她注意到大厅里的钟表马上就要到 8 时 15 分了。

这个预兆，亚纪子一辈子都不会忘记。

●

“艾诺拉·盖伊”号轰炸机飞到日本上空时的高度是 30700 英尺，这架超载的轰炸机已经不能飞得再高了。今天早上刚刚触发广岛防空警报的“同花顺”号天气侦察飞机报告称，当地天气状况良好，适合目视轰炸。当这条信息从“同花顺”号上发出时，这座城市的命运就已经注定了。

“目标广岛。”保罗·蒂贝茨上校向“艾诺拉·盖伊”号的内部通信设备喊道。

6 小时前，刚刚从提尼安岛起飞后不久，迪克·帕森斯海军上校和他的助手莫里斯·杰普森（Morris Jeppson）中尉费了好大劲才从把炸弹舱和机身隔开的狭窄密封口挪进了炸弹舱。这枚外表丑陋的原子弹呈球形，装有四个控制降落方向的方形尾翼。想必这种设计只考虑了原子弹的性能，并不在乎它的外表有多么难看。

“小男孩”被一套装置固定住，两边的支架使得它不能左右晃动。帕森斯站在这个装置后面的狭小通道上，他需要照明才能看清自己手头的工作。给他照明的杰普森是一位物理学家，曾在哈佛、耶鲁还有麻省理工学习。

帕森斯上校正在麻利地进行启动“小男孩”所需要完成的 11 项步骤。他打开一个小面板，将 4 袋用丝绸包裹着的无烟火药粉装了进去。这些推进剂可以在“小男孩”内部的枪膛一端将铀“弹头”引爆。这一小块浓缩的铀 –235 将飞速穿过枪膛，然后撞击到另一端的环形铀。在弹头撞击到环形铀后的万亿分之一秒内——用专业术语来说就是 1“皮秒”——一个原子裂变为两个小原子，引起核裂变反应。随即会产生巨大的爆炸，向外释放出致命的热量和放射性伽马射线。

正当帕森斯在“小男孩”身上忙碌时，后面板子上被机器加工得锋利无比的边缘划破了他的手指头。帕森斯面不改色，在 25 分钟内完成了自己的工作。他的最后一步是将 3 个绿色的保险塞插在“小男孩”的电池与击发机构之间。

“小男孩”已经整装待发，但十分脆弱，无烟火药一被触发就会引起爆炸，“艾诺拉·盖伊”号上的人将无一幸免。所以得在导电连接间插上这 3 个绿色保险塞。只要这 3 个保险塞不出问题，“小男孩”就不会引爆。

●

就在他们将要进入日本领空的时候，迪克·帕森斯派莫里斯·杰普森最后一次进入炸弹舱。这名一头金发的中尉用 3 个红色的解脱保险塞替换了那 3 个绿色的保险塞，因此接通了电池与炸弹间的电回路。

现在，“小男孩”已经有生命了。

●

一个小时后，“艾诺拉·盖伊”号上的投弹手托马斯·费瑞比（Thomas Ferebee）用手直指着前方气泡观察窗的外面说道：“我看到那座桥了。”

相生桥被选为“小男孩”的瞄准点，一是因为它位于广岛市的中心，二是因为它那独一无二的T型结构可以很明显地从空中看到。

从飞机上向下看去，蒂贝茨上校能看到广岛市中心一幢幢白色的建筑，他甚至还能看到许多活动的小点，看起来是走路去上班的人们。“我的双眼紧盯着市中心，那里因为清晨阳光的照射而闪闪发光。”他后来回忆道。

“艾诺拉·盖伊”号在飞到广岛上空之前的最后几英里没有遇到丝毫抵抗，没有任何敌机或是防空炮火来迎接到访的美国人。日本那些负责防空的官员们在夜里已经拉响了3次防空警报，因此他们对B–29轰炸机的到来选择了忽视，以为它只不过是来执行简单的侦察任务。

时间还剩下90秒，投弹手托马斯·费瑞比的左眼一直盯着诺登投弹瞄准器的望远目镜。如果他操作得当，为“艾诺拉·盖伊”号每小时330英里的对空速度和会使炸弹偏移的微小风速留出余地，那么“小男孩”就会以极高的精确度落到地面。

“还剩一分钟。”蒂贝茨宣布道，打破了无线电静默。

费瑞比扳动了一个开关，“艾诺拉·盖伊”号和跟在后面的两架科考飞机上全体成员的耳机里都响起了尖厉的声音，这是在提醒他们接下来将有什么要发生。听到这声音后他们应当戴上特制的深色护目镜来保护自己的双眼。这三架飞机之前都接到了命令，尽可能迅速地逃离该区域，以躲避原子弹爆炸产生后的余波。

“还有30秒。”蒂贝茨说道。

“20秒。”

炸弹舱的舱门在8时15分准时打开——这正是三天前广岛大学的钟楼

停止工作的时刻。

“10……9……8……7……6……5……4……3……2……1……”

上午 8 时 15 分 17 秒，“小男孩”从自己的固定装置上被释放出来。

一瞬间，“艾诺拉·盖伊”号终于摆脱了机鼻下的 4 吨额外重量，突然朝上倾斜。蒂贝茨猛然让它右转，离开了广岛市的方向。这时，飞机的机翼几乎与地面垂直了。他只有不到 50 秒的时间来尽量远离接下来发生的爆炸。如果距离不够远的话，“艾诺拉·盖伊”号就会葬身在冲击波中。

虽然机身的倾斜角度达到了 60 度，这种对轻盈的歼击机来说还不算问题的飞行动作并不适合大型的轰炸机，但是投弹手费瑞比的左眼一直紧盯着诺登投弹瞄准器，观察着俯冲向地面的“小男孩”。它在刚被投下去的时候摇晃了几下，但在弹身后部 4 个方形尾翼的作用下很快就保持头部向下的姿势朝广岛的市中心冲去。

费瑞比呆呆地看着，他知道自己正在见证历史的发生。10 秒钟过去了，20 秒，30 秒。突然他想起原子弹爆炸时释放的亮度会弄瞎任何盯着它看的人的眼睛。费瑞比赶紧把眼睛从投弹瞄准器上挪开，不去看“小男孩”落下。

在被释放 43 秒后，在广岛市中心相生桥上空 1890 英尺处，“小男孩”的雷达空炸引信起爆了。在炸弹内部的枪膛中，4 包无烟火药粉的爆炸使铀弹头猛冲到枪膛的另一端，撞到了那里的另一块铀 -235。这条链式反应在一瞬间就完成了。在随后的爆炸中，目标区域的上空腾起一大团蔓延开来的火球。因为火球的蔓延速度是声速的 100 倍，因此在这过程中一直是无声的，百万分之一秒后，广岛市的市民就开始被烧成灰烬。

大约 20 英里之外，爆炸产生的冲击波狠狠地撞击到了“艾诺拉·盖伊”号，以至于蒂贝茨以为飞机是被地面火力击中了而大喊道：“高射炮！”他感觉到自己嘴里有一种奇怪的“麻刺感”，这种感觉其实是由于他的唾液正与在几千英尺高空翻腾的放射性元素发生相互作用。

但“艾诺拉·盖伊”号至少是安全的。飞机上的12名成员全都活了下来。6个小时后，他们将在离他们刚刚造成的人间炼狱之外很远的地方用威士忌和柠檬水来庆祝此行的成功，并度过一个愉快的晚上。

●

“小男孩”爆炸的地方离初始靶之间有300码远。在核裂变的瞬间，炸弹内的温度超过了100万华氏度，炸弹发出的白光是太阳亮度的10倍。百万分之几秒后，炸弹正下方的地面温度骤升至6000华氏度，随之而来的还有致命的放射性伽马射线。

青山（Aoyama）太太是一位35岁的寡妇，她年轻的儿子已经出门去参加强制性的工作了。按照她每天的生活习惯，她正在户外与附近一家寺庙的和尚们共有的菜园子里面劳动。这个菜园子正好位于爆炸的“小男孩”的正下方，以后这个地方将会被称为“爆心地”。

青山太太被蒸发了。

死亡到来的速度是如此之快，以至于她身体的神经末梢甚至都没有时间来对疼痛做出反应，也来不及感受到光芒和热量的存在。在热量下，她的骨头瞬间被液化，大脑也以5倍于沸水的温度汽化了。

在青山太太周围半公里范围内，成千上万的男女老少瞬间化为一块块木炭。在他们烧焦的尸体内，内脏器官已经蒸发。广岛市中心的这些人，刚才还活生生的，转眼就成了一堆堆黑色物体。站在广岛市中心广播电台前方的一位妇女试图逃离，却被烧焦成一个逃跑的姿势，怀里还紧紧抱着自己的孩子。

但这只是刚刚开始。

3毫秒后，空中爆发了一个300码宽的巨大火球，火球周围的空气燃烧起来，将四周的一切生命都液化掉了。

紧接着是威力相当于两万吨TNT炸药的爆炸，汹涌而来的蘑菇云升到5万多英尺的空中，席卷了爆心地的灰尘、泥土以及那些被杀死的人的尸体所液化成的气体。

几秒之内就有 7 万人的生命被夺去。

距爆心地一英里的范围内，几乎所有的生命和建筑都人间蒸发了。

宠物、鸟、老鼠、蚂蚁、蟑螂——消失殆尽。

房屋、渔船、电话线杆，以及有几个世纪历史的广岛城——不复存在。

随着太阳被蘑菇云遮住，白天变成了黑夜。在爆心地一英里的半径之外，有一些人幸存了下来，但代价惨不忍睹。强光将所有当时正在朝爆炸方向看的人的眼睛都闪瞎了，在强烈的高温炙烤下，成千上万的人不是残疾就是毁容，当时其中大多还是在几英里之外。一队日本士兵被烧伤得面目全非，他们的脸真真正正地是被融化了；人们甚至无法分清他们的脑袋哪边是正脸，哪边是后脑勺。

没有一个人免遭痛苦。广岛市女子商学院（Hiroshima Girls Business School）的一群学生们"背上、脸上、肩膀上还有胳膊上都冒出了足球大的水泡。随着水泡一个个爆开，她们的皮肤就像毛毯一样挂在身上"。日本摄影记者松茂义人（Yoshito Matsushige）后来回忆道。

广岛市中心废墟中的一辆有轨电车

超高的热量把许多受害者身上的衣服焚为灰烬，其中就包括广岛市郊区一辆有轨电车上的15名乘客。他们死去的尸体赤裸着堆在一起。因为深色可以吸收热量，而浅色则可以反射热量，所以有些赤裸的女性尸体上还有花朵形状的烧伤，这是她们死去时身上穿的和服上的图案。

●

如果说“小男孩”的设计者曾想象到一颗原子弹的爆炸就能让成千上万的人在瞬间失去生命的话，那么他们的想象实现了。实际上，不需要多高的想象力就能预测到那些爆炸后在空中飞舞的玻璃和木头碎片所造成的穿刺伤。原子弹爆炸后的冲击波以每秒两英里的速度向外扩散，将所到之处尽皆夷为平地。接下来还有可怕的辐射——带放射性的灰尘将在之后的数月乃至数年内将广岛市的居民慢慢杀死。但是，可怕的杀伤力远不仅于此。

还有成千上万的日本人死在了火海和水里。首先到来的是火焰，在“小男孩”爆炸的一瞬间各处就起火了。不到5分钟，爆炸周围两英里内的所有建筑物都燃起了熊熊大火，汹涌的火焰形成了威力强大的火风。火借风势，风助火威，风力很快就达到飓风那样的强度，将广岛市大部分燃为灰烬。

许多居民都被埋在自家房屋倒塌后的废墟里。他们深埋在厚重的木头房梁和屋顶瓷瓦之下，眼看着火苗越来越近而疯狂喊叫，呼救声在广岛市的每条街道上此起彼伏。

为了逃离火焰的风暴，或者是为了冷却一下身体上的烫伤，许多日本人跳进广岛市各处的消防水池里。但等待他们的还是残酷的命运：原子弹的爆炸把水也煮沸了，任何人只要一跳进消防水池就会立刻被活活烹死。

还有些人为了试图逃离汹涌的火舌而跳进穿过广岛市的7条河流，但他们跳进去后就发现河流已经被尸体堵塞了。许多人其实是被后面试图逃离火焰的汹涌人潮给推进河里的。一旦进入水流当中，就会发现河里的尸体实在是太多了，根本没有办法游泳。“我看到水里还有几个幸存者，他们随着水流漂荡着，不时撞到河里的尸体。”一位目击者后来回忆道。“从火海中逃生到河里的人得有几百几千人最后淹死在河里。”

整个广岛一片混乱。一些不明就里的市民几乎是默默承受着“小男孩”带来的恐怖。很多人茫然地在街上游荡，支棱着双臂以免蹭到身上的烧伤，瞪大眼睛看着街上一堆堆烧焦的残骸，在废墟中择路而行，感受着刚刚发生的难以置信的惨剧。还有很多房屋被毁的人也走上街头，蜿蜒成长长的队伍，发了狂似的朝乡下的安全地方逃去。

●

“小男孩”爆炸后不久，东京的日本广播公司发现广岛电台停止了广播。调度员以为是发生了什么故障，就拨打电话想问问能不能帮上忙，可是没有人接电话。

人们很快发现，广岛市的火车站、报务员和卫戍部队的通信全都中断了。日军总参谋部认为广岛恐怕是遭到了美军的轰炸，于是从东京派了一名年轻军官去广岛调查情况。这名军官接到的任务是立即飞到广岛，看那里是不是遭到了美军的空袭。

第二天，日本的广播中描述了这位年轻军官从空中看到的可怕景象：“几乎所有生命，不管是人还是动物，都被烧焦而死。”

●

那些从广岛原子弹爆炸中幸存下来的人们今后将会在日本被称为“被爆者”（hibakusha）——意思就是“核爆炸幸存者”。

这些人能从死神手里捡回一条命往往靠的是运气：或者是置身的混凝土建筑物阻挡住了冲击波，又或者是在房屋倒塌时幸运地没被压在巨大的横梁之下。

“原子弹对于所有人都是一视同仁的，”广岛市气象员北村功（Isao Kita）后来回忆道，“无论是襁褓中的孩子，还是耄耋老人，原子弹一并夺去了他们的生命。而且死亡的过程并不好受。那是一种非常残忍非常痛苦的死亡。”

●

消防员三上与作也是“被爆者”之一。他在下班回家的路上幸运地与死亡擦肩而过，因为原子弹爆炸时他乘坐的电车正好在一条隧道内而躲过了冲击波。

“电车经过了美雪桥（Miyuki Bashi），正在驶向火车站，这时我看到了窗外的蓝色闪光。与此同时，电车内弥漫起了浓烈的烟雾。在浓烟下，我甚至都看不见就站在我对面的人。”

三上与作返回消防站，然后和同事们一起登上消防卡车。他们所到之处无不是彻底的混乱和难以想象的恐惧，数十位幸存者“咒骂、哭喊、哀号、大声求助”。三上与作和同事们立刻投入到紧张的工作当中，并寻找医院来安置那些情况最为糟糕的幸存者。“我们试着拨开那些伤者的双眼，然后就发现他们居然还活着。我们接着抬动他们的胳膊和腿来把他们放到消防车上。但此举非常困难，因为当我们一挪动他们时，他们身上的皮肤脱落下来……但他们一声疼也没抱怨过，甚至是当他们的皮肤脱落下来的时候。”

三上与作和其他消防员们一起穿梭在市区，照顾那些受伤的人，还到其他消防站去看看其他消防员兄弟的命运如何。他们发现很多消防员都活了下来，而且正在顽强地与汹涌的火焰做斗争。但他们也目睹了很多死亡的惨状。

在一座消防站，三上与作发现一名消防员被烧焦在自己的消防车里：“他看起来就像是正在发动消防车，准备去灭火一样。”

●

16 岁的大野木明被原子弹爆炸时产生的冲击波抛到了空中，然后被撞击得人事不省。苏醒过来后，大野木明走到外面，看到自己家邻居正赤身裸体地站在房屋的废墟之中。这位邻居正在发疯似的搜寻自己的家人，浑然不顾自己身上还吊着烧焦的肉。

“我开口和他说话，但精疲力竭的他并没有回答我。他正绝望地寻找自己的家人。”大野木明很久之后回忆道。

“我们还看到一个哭泣的小女孩，她乞求我们帮忙救救她的母亲……她母亲的下半身被困在塌落的房梁之下。”大野木明和其他一些旁观者合力试图把那块木头抬起来，但却没能成功。

“然后就燃起了大火，我们随时都有被火苗吞噬的危险，所以不得不把她母亲留在那里。那时她母亲还有意识，我们在离开前双掌合十向她深深地鞠躬，以示歉意。”

在接下来的十年当中，每次电车发出的火花都会吓大野木明一跳，让他想起原子弹爆炸瞬间的闪光——幸存者们往往把这叫作是“pikadon”，意思是“火花和爆炸”。从那之后，他再也没有在窗户边上坐过，因为他目睹了太多被破碎的玻璃穿透的尸体。

但最真切的一幅场景，也是大野木明余生当中挥之不去的记忆，是那个小女孩和她难逃一死的母亲的画面。原子弹爆炸30年后，大野木明将自己的悲痛表达在画布上，动情地把那幅场景画了下来。画作当中右下角是他自己，双手带着懊悔紧紧地合在一起，而那个哭泣的小女孩正在苦苦哀求他救自己母亲一命。①

艺备银行雇员高仓亚纪子也是侥幸存活下来的人之一。在8时15分发生爆炸时，银行大厅的钟表被定格在那个时刻，那时她刚刚走进工作的地方开始忙碌。“我正在忙早上的杂事，打扫桌子什么的，那时候原子弹就被扔下来了。我只记得自己当时看到什么东西突然闪起了光。”

虽然艺备银行距离爆炸的中心只有300码，但它的石头墙壁和钢铁防盗窗起到了非常好的保护作用。如果高仓亚纪子是在墙外台阶上的话，那么她将在瞬间被烧成一堆炭灰。

高仓亚纪子也被冲击波震得暂时失去了知觉，但很快就苏醒过来。她跟

---

① 大野木明的这幅画作成了广岛原子弹爆炸的标志性画面之一，经常在广岛的和平纪念资料馆里展出。

大野木明这一关于广岛原子弹爆炸的真切记忆在多年之后一直萦绕着他

踉跄跄地走到街上，映入眼帘的是一幅惨绝人寰的景象：“街上的许多人几乎都在一瞬间失去了生命。那些尸体的手指头上着起了火，而且火苗慢慢地从指尖蔓延至他们的全身。他们的手掌上滴落着一种浅灰色的液体，灼烧着他们的手指。我实在是太震惊了，没想到人的手指和身体能像那样地燃烧和变形。”

高仓亚纪子精神恍惚地游走在广岛市里，她的脚步很慢，因为要时不时迈过那些数不尽的尸体。她走到之前当地驻军的地方，一个小时前那里的士兵们还在光着上身做早操。

“在操场上，四处散布着的满是死去的士兵留下的痕迹。”

她躺在地上休息。“我不知道时间过去了多久，但黄昏的时候我突然呕吐起来，吐出的想必是早餐的残留物……我吐了两次带血的痰。那时的我意识到自己也将死在那个地方。”

虽然高仓亚纪子后背上被飞散的玻璃等碎片割开了102处伤口，而且还有两处严重的烧伤和不计其数的瘀青，但是她还是鼓起了求生的勇气。“我一定要活下去。我必须得活下去。”她这样对自己说。半个世纪之后，为了让日本的新一代不要忘记她此时此刻经历的恐惧，高仓亚纪子写下了一首诗——《致那些不知道原子弹的孩子们》（*To Children Who Don't Know the Atomic Bomb*）。这首诗用充满画面感的语言描写了那个早晨的景象。诗的最后是这样一幅令人难忘的场景。[①]

一个走在路上的女人，
倒下之后，
她的手指燃起了火，
像冒着蓝色火焰的蜡烛，
越燃越短。

东京当地时间晚上7时50分，离“小男孩”扔向广岛已经过去了11小时又35分钟。日军高层当中很多人相信扔下来的这个炸弹是原子弹，但是这些将军们整整一个下午都没把这个消息告诉他们的天皇。

现在已是黄昏时分，裕仁正趁着8月间夜晚的温暖在皇宫的花园里散步。此时的他对广岛所发生的事情一无所知。

突然，大日本帝国陆军的一位侍从武官走了过来，这只可能意味着不好

① 《目击者的证言：原子弹爆炸幸存者的呼吁》由广岛和平文化基金会出版。原子弹爆炸的数十年后，高仓亚纪子45岁时被诊断患有脊柱肿瘤，后来被成功切除。2012年，她在86岁时又被诊断患上了骨髓增生异常综合征（MDS），这种血液异常往往是白血病的前兆。这两种症状在原子弹爆炸幸存者当中都非常普遍。现在高仓亚纪子已经89岁高龄，还在履行着广岛市安佐北区法音寺（Hoonji Temple）庙主夫人的职责。

的消息。除非遇到灾难，否则没有人敢打扰天皇的宁静。这名侍从武官用低沉的声音告诉裕仁，广岛被“一架美军轰炸机扔下的特殊炸弹袭击了”。侍从武官接下来说，负责调查这次袭击的海军省认为“广岛市的大部分”已经不复存在了。

侍从武官告退了，留下裕仁天皇陷入了对刚刚听到的消息的深思当中。6个星期前，当冲绳岛被攻占之后，他就知道日本已经打不赢了。裕仁只需在皇宫内随处一看，便能明白美军到底占了多大的优势：尽管美军的作战命令明确规定不能轰炸天皇的皇宫，但是B–29轰炸机的空袭引发的大火还是越过了这座避难所的高大石墙以及护城河，将裕仁的木质寝宫焚为平地。裕仁和他的家人们现在只得住在他现在散步的大花园旁边的帝国图书馆。这位天皇的一切办公事务都是在帝国图书馆下面60英尺的地下掩体里处理的。从这一点来看，他和他那位已经死去的盟友——德国领导人阿道夫·希特勒——倒是相似。

也正和希特勒一样，裕仁也拒绝了投降。他一直坚信苏联会帮他争取到与美国议和。他现在也还是如此相信。然而，广岛传来的消息还是让他犹豫了。

裕仁知道，如果关于广岛的报告属实，那么只有无条件投降才能让日本免于完全毁灭。这将意味着这个2500年历史的皇朝走到了尽头——也可能是裕仁自己生命的尽头，如果他被判战争罪的话。

但5个小时后，当美国总统哈里·杜鲁门再次要求日本无条件投降时，裕仁的回应还是完全的沉默。

当他那可怜的子民痛苦地死去时，这位“现人神”[①]还在继续散着步。

---

① 这个词一般用来指天皇，表示皇祖神灵附于御体，相当于后世的“活神”。——译注

第22章

美国“奥古斯塔”号重型巡洋舰

大西洋中部

1945年8月6日

中午

哈里·杜鲁门感觉自己充满了力量。午饭前，在美国军舰“奥古斯塔”号重型巡洋舰的士兵餐厅里，他正与桌上6名水兵谈笑风生，打听他们的家乡在哪里，询问他们在海军的日子过得怎么样。在德国历时3个星期的波茨坦会议之后，杜鲁门本可以乘坐飞机回国，但安保人员建议他花5天的时间乘船横跨大西洋，因为在空中有可能会遭到袭击。

此次航行一路狂风大作，大西洋的海面上波涛滚滚，白浪纷纷。但是杜鲁门每天都早早起床，然后在露天甲板上散散步。船员们惊奇地发现，虽然太平洋战场上战事不断，但总统每天早上散步时脸上都挂着明朗的笑容。他们当然不可能知道，杜鲁门在波茨坦的世界舞台上坚守住自己的立场是一种多么强烈的成功感。然而更重要的是，他们也不知道杜鲁门正等着确认向日本投下原子弹的消息。

这位总统之前独自保守这一高度机密的日子可谓煎熬。现在“奥古斯塔”号上有少数的新闻记者。在这艘军舰从英国普利茅斯港起航当天，杜鲁门就约见了这些记者，告诉他们现在美国手里面已经有了原子弹。他敢于说出这个令人震惊的消息是因为，他知道这些媒体人被禁止使用这艘军舰上的无线电，因此他们绝不可能把这个消息传到外界。在这个特殊的隔离条件下，健谈的杜鲁门得以尽情向别人解释原子弹是怎么回事，同时还能继续保证事情的保密性。

正当杜鲁门和年轻水兵们在午饭前谈笑风生的时候，舰长弗兰克·H. 格雷汉姆（Frank H. Graham）走到桌前，手上拿着一张日本的地图和一份电报。在地图上，广岛被用红色铅笔圈了起来。电报上说："对广岛进行了目视轰炸……各方面效果都明显成功。可见的效果比任何试验的威力都要大。轰炸机投弹后情况正常。"

杜鲁门面露喜色。"这是历史上最伟大的事情，"他激动地握住格雷汉姆的手说道，"现在我们是时候回家了。"

杜鲁门总统接着命令格雷汉姆将这个秘密的消息转告给几张桌子外的国务卿詹姆斯·F. 伯恩斯（James F. Byrnes）。过了没多久，美国战争部长亨利·史汀生发来电报确认了上一份电报中的内容。"于华盛顿时间 8 月 5 日晚上 7 时 15 分向广岛投掷了一枚大炸弹。初步报告显示完全成功。"

杜鲁门难以掩盖自己的喜悦：他从座位上一跃而起，用叉子敲了敲手里的水杯。开始的时候人们有些困惑。士兵们迅速立正，因为他们意识到当总统站着的时候自己却坐着显得不太合适。但是杜鲁门挥手让他们坐回座位上，"请大家坐下，我有一件事要宣布。我们刚刚在日本投下了一枚新型的炸弹，这枚炸弹的威力比两万吨 TNT 炸药还要巨大。这对于我们来说是一个压倒性的胜利！"

士兵餐厅里立刻响起了一阵嘈杂声，欢呼声在军舰的通道里面回响。杜鲁门洋溢着笑容，手里高举着电报，快步从士兵餐厅沿着通道去和"奥古斯塔"号上的军官们分享这一消息。"我们赌赢了。"杜鲁门兴奋的呐喊盖过了人们庆祝的欢呼。

当时，在场的所有人都以为这场战争就要结束了。

可是他们错了。

★

过了不久，杜鲁门总统身着褐色的双排扣西装和黑色的领带，在“奥古斯塔”号上他的特等舱里向美国人民讲话。他坐在桌后，右肩膀上方还能看到舷窗。讲话稿其实早就已经准备好了，但到了这个时候才由白宫公布给全国媒体。但是，正在无线电直播的杜鲁门讲话比起打印好的讲稿有着更为强烈的影响。因为这个看起来是针对美国人民的讲话，实际上是对日本领导人的一个警告。

“16 小时前，一架美国飞机在广岛市上空扔下了一枚炸弹，让那里变成了一片废墟。”杜鲁门开头这样说道。他的声音虽然沉重，但他当时无疑认为自己所做出的投下原子弹的决定是合理的。就在他发表讲话的时候，美军在日本空投了许多传单，鼓励日本人民起来反抗，让他们的领导人选择投降。

“日本人首先用偷袭珍珠港的方式挑起了这场战争。他们已经为此得到了沉重的报应。但这场战争还没有结束。现在我们有了原子弹，这将为我们军队的战斗力带来新的革命性的提升。现在这样的炸弹仍在继续生产，而且威力更大的炸弹也正在研发之中。”

“这是一枚原子弹。这是我们对宇宙基本能量的利用。现在这种太阳的能量之源已经被用在那些将战争带到远东的人身上。”

接着，杜鲁门介绍了原子弹的研发历史，然后在结尾毋庸置疑地表示这项工作远没有结束。只要日本还没有接受《波茨坦公告》以及无条件投降的条款，美国人的轰炸就不会停止。

“我们现在已经准备好了用更为迅速更为彻底的方式摧毁日本任何一座城市的任何一家仍在运转的战争机器。我们将摧毁他们的码头，摧毁他们的工厂，摧毁他们的通信设施。毋庸赘言：我们将彻底摧毁日本发动战争的能力……如果他们不接受我们的条件的话，那等待他们的将是来自空中的毁灭之雨，前所未有的毁灭之雨。”

终于，杜鲁门的广播结束了。他并不需要下达向日本投掷第二枚原子弹的命令，因为这道命令早在两周前他批准轰炸广岛的当天就已经给出了。实际上，根据那条命令，只要有原子弹，就可以继续轰炸。

当杜鲁门结束自己的演说时，“奥古斯塔”号正在百慕大的北方。海面上的空气终于开始变得温暖。杜鲁门总统知道，明天抵达美国的时候迎接他的将是铺天盖地的新闻采访，于是他决定先好好享受一天的阳光，并等待着日本投降的消息。

★

在马尼拉的道格拉斯·麦克阿瑟将军震惊了。周二的午夜刚过，一位副官就把麦克阿瑟叫醒，告诉他广岛原子弹轰炸的消息。麦克阿瑟对他所感觉到的和真实存在的怠慢都非常敏感，而在原子弹这件事上他受到的两种怠慢都不少。过去三年当中，麦克阿瑟一直在按照他自己的方式来进行战争，想打哪里就打哪里，想什么时候打就什么时候打。根据自己在太平洋地区几十年的生活，他对日本文化非常了解，并坚信日本人已经到了投降的边缘。

尽管麦克阿瑟肩上挂的是陆军五星上将的肩章，但是杜鲁门总统很少就太平洋战争的情况征询他的意见。而乔治·马歇尔和德怀特·艾森豪威尔则一直向总统提出对战争的建议。然而，马歇尔早就知晓关于原子弹的计划，艾森豪威尔在“三位一体”爆炸后不久也得知了，可他麦克阿瑟直到一周前才知道原子弹的存在。

关于原子弹在他的战区里面的这次战术使用，麦克阿瑟从来没被问起过。他认为这种情况就好比是在欧洲战场上扔下原子弹，但艾森豪威尔却事先一无所知一样。

麦克阿瑟知道，后者那样的事是绝不会发生的。

现如今，除了这些冒犯之外，麦克阿瑟紧接着震惊地发现，原来哈里·杜鲁门并不信任他。

8月5日星期日，这位将军得到了口头上的确认，说原子弹将会在第二天被投下。然而，这一出于礼节性的通知中也包含着一个重要的误导：那位华盛顿来的信使告诉这位将军，核爆点将会是东京南部的一个人口较少的工业区，而不是广岛。

看来，某个地方的某个人认为道格拉斯·麦克阿瑟这人不能保守秘密。

不幸的是，麦克阿瑟的行为印证了这个关于他管不住自己嘴巴的看法。在广岛核爆炸的当天早上，虽然麦克阿瑟并不知道原子弹投掷的地点以及这项任务是否已经成功了，但他还是把记者召集到自己在马尼拉市政厅的办公室，并在一段不留记录的评论中含糊其辞地预测道："这场战争可能会比我们预计的要更早结束。"

事实上，麦克阿瑟赞成轰炸的是东京的那个人口较少的工业区，因为将这种强大破坏力的炸弹用在几乎没有平民的地方符合他的军事道德观。几个月前，撤退的日军对马尼拉居民的残忍屠杀仍然在麦克阿瑟脑海中历历在目；即使在这些毫无人性的屠杀发生之前，麦克阿瑟将军就曾公开反对把平民作为目标。当日军的指挥官指责麦克阿瑟的部队炮火袭击了新不列颠岛腊包尔（Rabaul）[①]的一所医院时，麦克阿瑟立即否定了这一指控，并通过东京一家中立使馆转告这位日本将军说，其实炮火袭击的目标是这所医院旁边的一个炮兵连。但是麦克阿瑟的立场也有前后不一致的地方：如果轰炸平民符合他的目标的话，他也会支持的，比如说在"奥林匹克行动"中为了削弱九州岛的抵抗力而进行的航空轰炸。

如今都到了军事生涯的这个时候，作为一名军人，麦克阿瑟虽然不会公开批评自己的最高统帅，但是他后来会私下里提到自己对1945年8月6日所发生的事的看法。"麦克阿瑟曾对我意味深长地说起过。"理查德·尼克

① 现属巴布亚新几内亚。——译注

松后来对记者回忆道。（这位后来的美国总统曾于二战期间在太平洋战场上作为海军军官服役一年。）“他认为那枚原子弹的爆炸就是一场惨剧……你们要知道，麦克阿瑟是一位战士。他认为军事力量只应该用于军事目标，这就是为什么原子弹的事情让他感到厌烦。”

其他人也曾提起，说麦克阿瑟认为“投掷原子弹没有什么正当的理由”。[①]

麦克阿瑟的专机飞行员，外号叫“灰尘”（Dust）的威尔登·罗德斯（Weldon Rhoades）中校后来更为具体地记录了麦克阿瑟关于原子弹的看法。他在自己的日记中写道：“麦克阿瑟将军对这个弗兰肯斯坦的怪物肯定感到震惊和沮丧。”

准确地说，麦克阿瑟认为对广岛的原子弹轰炸并不会导致日本的投降。因为日本人承受不了这么大的羞辱。

按照麦克阿瑟的观点，要想让日本投降，除非杜鲁门总统能让天皇在战后继续掌权。“保留天皇制度的话……日本人民才可以有尊严地停战，因为他们知道他们的神圣天皇会继续引领他们。”

★

但是，大多数美国人眼中的情形并非如此。

“感谢上帝带来了原子弹”这样的话是美国陆军和海军的士兵经常说起的。如果美国军队在日本本土海滩进行登陆作战的话肯定会造成惨重的伤亡，他们对此其实心存恐惧。对他们当中的大多数人来说，对平民的轰炸算不上什么——这是对日本人偷袭珍珠港的血债血偿。如果广岛的这场毁灭可以迎来和平的话，想必美国大兵几乎会全体一致地认为这是值得的。自从穿上那身军装以来，这些陆兵和水兵终于可以开始计划遥远的未来了。“尽管我们表面上是那么的有男子汉气概，”一位21岁的陆军中尉后来写道，“那一刻我们还是带着解脱和喜悦的心情哭泣了。我们终于能活下去了。我们终于

---

① 这句话引自记者诺曼·考辛斯（Norman Cousins）在战后进行的采访，被收入在《权力的病理》（*The Pathology of Power*）一书中。

可以在人生道路上继续走下去了。”

★

在新墨西哥州的洛斯阿拉莫斯，罗伯特·奥本海默面前的观众席上坐满了参与原子弹设计与生产的科学家。他两手抱着自己的头，就像进入拳击场的拳击手一样。他对着欢呼的人群说，虽然现在“确定这场爆炸的结果如何仍为时尚早，但我敢确定日本人肯定不喜欢这场爆炸”。

奥本海默很快就走下了台，但他临走前的一席话让整个大厅陷入了沸腾：“我现在唯一的遗憾就是，没能早点把原子弹造出来，然后把它用到德国人头上。”

★

盖洛普民意测验显示，85% 的美国人认为原子弹的使用是正当的。大多数的媒体也支持这一决定。整个美国的报纸都在用通栏大标题来大肆宣扬原子弹。《纽约时报》甚至用 6 篇头版文章来报道这一事件。

然而，《纽约时报》在社论专页的评论则带有不同寻常的警告意味，认为未来其他国家也会把使用原子弹作为正当手段。“昨天，人们用原子弹毁灭了另一些人，自此人类历史翻开了新的一章。在这新的一章里，那些超自然、陌生与可怕的东西变得平凡与明显。我们在太平洋战场上取得了胜利，但却为今后种下了恶果。”

“美国人已经成为毁灭的同义词。现在我们成为第一个使用这一效果未知的武器的人，这武器虽然能给我们带来更快的胜利，但也为我们埋下了前所未有的广泛仇恨的种子。”①

还有其他人也表达了忧虑。曼哈顿计划的一位物理学家路易斯·阿尔瓦雷茨（Luis Alvarez）在“大艺术家”号上亲眼见证了这场爆炸，他开始从道德上对原子弹提出了质疑。他在返回提尼安岛的途中给自己的儿子写了一封

---

① 这篇社论出自记者汉森·鲍德温（Hanson Baldwin）之手，他是《纽约时报》的一名军事编辑。

信，信中提到了自己对刚刚所见的思考："我很抱歉自己参与了今天早上这场杀死致残成千上万的日本平民的这场浩劫，但也希望我们创造的这个可怕的武器能让世界各国团结起来，从而阻止今后的战争。"

大卫·劳伦斯（David Lawrence）是《美国新闻》的创始人，也是一名保守派，他写下了当时对于杜鲁门的决定最为严厉的批评之一："我们不能轻易地摆脱这种普遍存在的负罪感。面对批评的声音，我们可以常常用军事上的必要性来作为回应。但这也不可能抹掉那个简单的事实：即我们作为一个文明国家，虽然在使用毒气上犹豫不决，但却毫不犹豫地将迄今最具毁灭力量的武器无差别地用在了男人、女人和儿童身上。且不论我们为今后其他国家开了一个怎样的先例，看看我们为今后的道德良知和理想做了怎样的示范！"①

★

日本彻底震惊了，但还是没有人提到接受《波茨坦公告》和投降。相反，就在385架B-29轰炸机对东京的4个目标进行新一轮的轰炸时，首都的日本军方仍在收音机里进行目中无人的广播。广播里要求日本人民在美国的轰炸面前保持镇静，并继续发誓将战争进行下去。

8月8日一次针对北美听众的英文广播谴责了美国发动的"残暴战役"，并称此举"会让世人以为所有的日本人都是残忍的家伙"。尽管日本一直对《日内瓦公约》（*Geneva Conventions*）以及《海牙公约》（*Hague Conventions*）置之不理，但是现在日本人反倒指责美国犯下了战争罪。"《海牙公约》第22条已有明确规定，因此对不设防的城市和手无寸铁的市民使用这种武器是不可饶恕的罪行。"②

这条广播问道："美国军事领导人将怎样向其他国家人民以及美国人民为自己的堕落开脱呢？那些有正义感的美国人民将会怎样看待本国军事领导人所进行的这种反人类反上帝的罪行？"

---

① 《美国新闻》后来更名为《美国新闻与世界报道》。

② 《海牙公约》第22条为：交战方在损害敌人的手段方面，并不拥有无限制的权利。

“他们会认为爱情和战争中一切皆是公平的，从而宽恕这种行为呢？还是从美国人民的荣誉、传统以及声望出发，愤怒地谴责这一暴行呢？”

为了博得欧洲人民的同情，日本人罕见地也用法语进行了广播。“这一新型炸弹于8月6日在广岛爆炸之后，这座城市大部分已经被彻底毁灭了，死伤不计其数。”

“这种炸弹的毁灭力量无法用语言来描述。爆炸之后的场面是如此的残忍，那些在火海中丧生的人们根本无法被分辨出是男是女。尸体的数量如此之多，根本无法计数。”

“这个新型炸弹的毁灭力波及甚广。爆炸发生时，户外的人们被高温活活烧死，而室内的人们则被倒塌的建筑物压成碎片。”①

★

东京的无线电广播清晰地传到了在1500英里之外的提尼安岛。而这里，第二枚原子弹已经被装载上一架B-29轰炸机。这是一枚威力更为巨大的钚弹，绰号“胖子”。

美军的机组人员正在做出发前的准备，他们将前往如今已经没有防御能力的日本制造另一个更为惨烈的地狱。与此同时，约瑟夫·斯大林已经准备好攻打中国东北的日占区了。斯大林这一偷袭计划一直没让杜鲁门和美国知晓，因为斯大林准确地看出了日本的弱点。在短短的三天时间里，这个世界就已经改变了——而且接下来还会发生更大的改变。

第二枚原子弹的目的地即将揭晓。

---

① 关于广岛市的伤亡人数，准确的数字很难获得。因为有军队人数的流动性以及在原子弹爆炸前被疏散到乡下的平民，所以无法获得精确的人口数量。但据估计，原子弹爆炸时广岛人口为25万5千。一般认为有五万多人在瞬间死亡，另有七万人受伤。后来有项日本研究发现，在所有死亡的人中，约60%被烧死，30%死于倒塌的建筑物以及飞散的各种碎片，伽马射线辐射致死人数约占10%。至1945年11月，也就是原子弹爆炸三个月后，估计的死亡人数已增至13万，这是因为由烧伤导致的感染以及核辐射。70年后，原子弹残留的影响——比如白内障、白血病以及其他癌症等——仍在折磨着广岛市的市民。广岛和平资料纪念馆给的数据资料得出的死亡人数为20万。

第23章

日本东京

1945年8月9日

上午10时30分

裕仁天皇满脸阴郁，又在大花园里的榆树和松树林间散步。他知道这场战争的失败已成定局。他被广岛的毁灭搅得心神不宁——他知道广岛的原子弹爆炸已经摧毁了日本人民的意志。可是又传来了更为可怕的消息：苏联人正在攻占“满洲”。①

虽然裕仁天皇自己有着地下掩体的保护，但他明白，子民们就没这么幸运了。美国对日本的轰炸已经持续了好几个月，摧毁的城市如此之多，以至于美国人都快没有轰炸的目标了。东京也遭受了好几次的轰炸。就在前一天晚上，裕仁天皇又听到了在这座首都城市上空响起的防空警报，那是6架B-29轰炸机在对附近的一家飞机工厂进行轰炸。日本人民虽然已经有了厌战情绪，

---

① 苏联对“满洲”的进攻是第二次世界大战最后一场大规模战役。尽管被很多人所忽视，但这场冲突的规模足以比拟1944年6月6日联军的诺曼底登陆。150万苏联士兵面对713 724名日军。在短短的几周时间里，苏联军队一直对日军穷追不舍，约有12000人阵亡，24000人负伤。日军方面，阵亡人数为22000，负伤人数为20000，而且还有历史上少见的行为：大量的士兵开了小差，这也极大地削弱了日军的战斗力。就像苏联人在欧洲战场上战胜之后常做的那样，随之而来的就是强奸与掠夺。许多中国人刚刚感到被解放的喜悦，但很快取而代之的就是对苏联人的恐惧与憎恨。

但他们仍然在忍耐，希望不使他们神圣的天皇蒙羞。

苏联对“满洲”的进攻使得日本只剩投降一条路可走。4年前，苏联曾与日本签订了一份互不侵犯条约[①]，但现在斯大林却撕毁了条约。裕仁知道苏联是个攻击性很强的民族，他们在欧洲战场的战事结束后3个月就开始不断占领东欧地区，这就充分地表明了这一点。苏联加入太平洋战场可能意味着他们也想进攻日本。到如今，裕仁的日本既没有足够的军队，也没有足够的武器，怎能同时抗衡美国和苏联的进攻？

裕仁顾不得天气的炎热，继续深思投降的可能性。但这条路危险重重：日本的军方可能不会合作，有些军队和政府的领导人甚至期待着即将到来的侵略，因为这样就给了他们一个与他们眼中的野蛮人背水一战的机会，尚能留名青史。“如果决战是在日本本土进行的话，”陆军大臣阿南惟几（Korechika Anami）认为，“我们至少能暂时将敌人击退，甚至还有可能置之死地而后生。”

就当裕仁天皇还在消化苏联进攻“满洲”的消息时，日本内阁成员正在首相铃木贯太郎官邸之下的混凝土防空掩体里开会，商讨是否接受《波茨坦公告》以及迈出投降的第一步。

裕仁知道，想要向美国人投降的话必须得到军方的完全支持。虽然裕仁在日本被敬若神明，而且日本也是帝制，但是真正掌权的其实是军方。1936年的政变虽然已经过去将近10年，但裕仁仍然记得很清楚，在那次兵变中，有数名政府高官被暗杀，东京市中心也被占领。

当时，忠于裕仁的派系成功将叛乱镇压下去。但倘若再发生一次这样的政变，结果如何可就说不准了。

●

在马尼拉的简朴办公室里，道格拉斯·麦克阿瑟将军听到苏联进攻“满洲”的消息时非常高兴：“我非常高兴得知苏联对日本宣战。我们可以形成

---

① 即《苏日中立条约》，又称日苏中立条约、苏日互不侵犯条约、日苏互不侵犯条约。该条约是苏日两大帝国主义的分赃条约，严重损害了中国主权。——译注

巨大的钳形攻势，此举必将摧毁敌人。在欧洲战场上，苏联在东部战线，盟军在西部战线。现在东部方向是盟军，西部是苏联，但结果将会是一样的。”

正如其他许多美军高级将领一样，麦克阿瑟仍将约瑟夫·斯大林当作盟友，而不是敌人。他之前就对其他军官讲过：“如果苏联军队事先不承诺在‘满洲’采取行动的话，我们就不适宜对日本本土发起进攻。”麦克阿瑟此言是认为，苏联对“满洲”的进攻将会牵制可能增援对美作战的日军。他还认为苏联占领中国和朝鲜大量地区将是“无法避免的”——他可没想到，将来有一天他会被任命来对抗这些地区共产主义的扩张。

此时，第一颗原子弹被投下已经过了 3 天时间。日本人的选择是不投降，麦克阿瑟仍然有望指挥世界历史上规模最大的一次两栖登陆作战。在这位将军眼里，第二枚原子弹并没有必要。

因为，美国有他足矣。

●

在广岛，人们还在寻找失踪的家人，此时整个城市仍然弥漫着人肉烧伤和尸体腐烂的恶臭。幸存者晃进各个急救站，大声呼叫着自己失散亲人的名字。这样的场景一遍又一遍上演，可惜他们的呼叫很少能得到回应。

晓部队（Akatsuki Corps）幸存的士兵负责起救灾的工作。他们分发大米，用木头烧掉死尸，并安排把幸存者运送出这座已沦为一片废墟的城市。

“微微南风吹过城市，带来的气味就像是被烤煳的沙丁鱼一样。我正纳闷这气味从何而来时，另一个注意到这气味的人告诉我，卫生队正在火化那些死去的人们的遗体……成百上千的死尸被一起烧成灰烬。”一位幸存者后来回忆道。

原子弹爆炸时担任广岛市长的是粟屋仙吉（Senkichi Awaya），一个滴酒不沾的基督徒。他的官邸在广岛市加古町区（Kakomachi），正位于爆炸区。原子弹爆炸时，他正在和自己的儿子以及 3 岁的孙女一起吃早餐；他们 3 个都在瞬间被夺走了生命。粟屋仙吉的妻子，也是他 7 个孩子的母亲，保住了一命，但还是在一个月后死于辐射中毒。[①]

广岛市配给部门的负责人是浜井新庄（Shinso Hamai），他后来也当上了市长。早在原子弹投下之前，为防止广岛市民在发生重大灾难后无饭可吃，浜井新庄就做好安排，一旦发生这样的事，就将饭团运到城里。因此，原子弹爆炸后，附近乡下的村民做好饭团后就马上送到广岛市区那些饥肠辘辘的幸存者手里。

几天之内，广岛市幸存者已经全部转移出去。15 万多名幸存者通过军用卡车或火车被转移到临时安置所。距离广岛海湾 5 英里的似岛（Ninoshima）没有受到原子弹爆炸的影响，这里原来是医疗用品的仓库，现在成了该地区最大的救灾中心，收容了一万余名烧伤患者。伤者人数很快就超过了可用病床的数量，那些烧伤和残疾患者只好睡在马厩或其他容身之处。

原子弹爆炸造成的浓烟和残骸所引起的细菌感染大行其道。医生夜以继日地做手术，等着救治的病人实在太多了，以至于他们都来不及在手术的间隙把手术台擦一擦。做得最多的手术就是截肢。岛上这个医疗设施其实并不算是医院，只是一个为从国外执行任务回来的士兵以及马匹准备的检疫站。这里也没有处理医疗垃圾的规定，所以医生在做手术时处理截下来的四肢的方式就是把它们扔到窗外。很快，手臂和腿就堆得比窗户还高了。

但是，这些被截肢的患者还算是运气好的。至少他们捡回了一条命，可以为崭新的未来作打算了。跟他们比起来，很多到似岛来寻求医疗救助的原子弹爆炸幸存者在几天内就因感染和烧伤而失去了生命。刚开始的时候，他们的尸体被一个个摞起来烧掉。但很快死尸的数量实在是太多了，连集体火

① 铀裂变产生的放射性对爆炸中心两英里内的影响最为严重，导致呕吐、腹泻、掉发、骨髓受损（影响人体造血功能），以及皮肤上叫瘢痕疙瘩的肿块。受影响的患者白细胞缺乏会导致败血症和感染。高剂量辐射导致的缓发效应包括胎儿的高死亡率，存活下来的婴儿中心智发育不全的概率也很高。辐射中毒不仅是由原子弹爆炸时产生的，还有 20 分钟后开始下的高辐射性黑雨。那些在原子弹爆炸几周内到过广岛的爆心地的人们也遭受了极强的辐射，并开始出现症状。绝大多数（90%）的辐射中毒患者在一开始的 60 天内就死亡了；那些活到 5 个月的人们仍然面临比常人更高的癌症死亡率。

化都不可能了。所以人们只好把那些死尸运到防空掩体和防空洞里，让它们在那儿慢慢腐烂。几十年后，这些临时的掩埋场得以重见天日，从那里挖出来的不仅仅有骨头碎片和骨灰，还有那些尸体身上的戒指或鞋子等遗物。这些遗物则被用来帮助人们确定这些死者的身份。

正当裕仁天皇在自己花园里散步的时候，广岛的现实情况已经到了此般境地。尽管正在发生着前所未有的惨剧，但这位“现人神”仍然犹豫不决。

第 24 章

北机场

马里亚纳群岛提尼安岛

1945 年 8 月 9 日

1030

保罗·蒂贝茨上校仍然没有亲眼看到他和机组人员给广岛带来的可怕毁灭。不过现在这也不是他主要关心的事情了。与前往日本执行第二次原子弹轰炸任务的“博克斯卡”号间的无线电通信已经中断；曾有报告称这架飞机与机上人员在海上失踪。蒂贝茨不知道这是意味着他们在太平洋上迫降了，还是说这架飞机上携带的新型钚弹在他们飞往目标的路上爆炸了。担心最坏的事情发生，他只能寄希望于那条“博克斯卡下去了”的无线电信息是被断章取义了。

虽然柯蒂斯·李梅（Curtis LeMay）将军想让蒂贝茨负责第二次原子弹轰炸任务，但是蒂贝茨还是决定把这份工作交给他的密友查克·斯维尼（Chuck Sweeney）少校，让斯维尼也有机会名留青史。斯维尼 25 岁，波士顿人，曾在广岛轰炸任务中驾驶“大艺术家”（Great Artiste）号。在“大艺术家”号上的科学仪器测量原子弹爆炸时产生的放射性以及威力时，斯维尼目睹了广岛上空腾起的巨大蘑菇云。斯维尼被认为是执行第二次原子弹轰炸任务的理想人选：他曾担任 4 个月的中队长，并参加了 5 次模拟原子弹轰炸的任务。蒂贝茨还知道斯维尼是一个遵守规则的人，不管接到什么样的命令，他都会完全依令行事。

"博克斯卡"号的机鼻。"博克斯卡"号对日本的大规模轰炸将长期受到审视。

斯维尼履历里唯一的缺陷就是，他之前从未执行过战斗任务。

★

查克·斯维尼上校和他驾驶的"博克斯卡"号并没有坠机。此时此刻，斯维尼正在日本上空搜寻自己的轰炸目标，可是目力所及之处除了暴雨云就是防空炮火。

此时距离第一枚原子弹的投掷已经过了 3 天，而马上美国又将投下第二枚。小仓被选为原爆点，这座绿树成荫的古城距广岛西南方向 130 英里。这里聚集着众多的钢铁厂和弹药厂，是日本防卫最为森严的目标之一。很多在第一次原子弹轰炸中幸存下来的广岛市民都跑到这里来避难。

斯维尼驾驶的飞机上，炸弹舱的舱门早已打开，叫“胖子”的钚弹已经做好被释放的准备。但是，根据斯维尼接到的命令，如果不能从天上看清楚轰炸目标的话，就不能把“胖子”投下去。由于乌云浓密，下面的小仓市根本看不清楚。因为工业密集而被称为“日本的匹兹堡”的八幡市就在小仓附近，那里昨天晚上刚被常规炸弹轰炸过。八幡市那些仍然在阴燃的地方冒出来的浓烟现在飘到小仓上空，与那些低沉的灰色夏季风暴云纠缠在一起。

灰心丧气的投弹手科密特·比罕（Kermit Beahan）上尉将自己的左眼凑到诺登投弹瞄准器的望远目镜上，竭尽全力寻找自己的目标。今天正好是他27岁生日。在瞄准器里，比罕只能看到零星的建筑物，怎么也看不到那个巨大的武器工厂——“胖子”的瞄准点。

查尔斯·斯维尼越来越生气，他以一个很大的倾斜角将“博克斯卡”号转了个弯。他下定了遵从命令的决心，因此决定再到小仓上空兜一圈，可是此举冒了很大的危险，因为现在敌军的抗击火力非常强。当斯维尼驾机直直地飞过小仓市时，四周都响起了日军的防空炮火声，飞机上的美国机组人员没有想到日军居然还有隐藏的防御力量。军衔比斯维尼要高的弗雷德里克·阿什沃思（Frederick Ashworth）海军中校是这项任务的首席武器专家，他爬到驾驶舱找斯维尼谈话。阿什沃思有最终的权力命令斯维尼终止这项轰炸任务，飞回提尼安岛。

“博克斯卡”号的机腹中装着一枚全副武装的原子弹。可是它现在不仅落后于原定计划，而且燃料也所剩无几。这项任务里所有可能出问题的地方都出了问题。

“少校，”绰号叫“帕皮”的尾炮手阿尔伯特·德哈特（Albert “Pappy” Dehart）中士看到防空火力的爆炸朝他们的方向接近时用无线电说道，“高射炮火正在逼近。”

“收到。”斯维尼回答道，他的声音平静又冷酷。

德哈特的声音又在无线电中响起，这次他的声音又高又紧张：“高射炮火就在我机正后方，且越来越近。”

“机长，”爱德华·K. 巴克利（Edward K. Buckley）上士大喊道，“日军零式战机正朝我方赶来，目测约有 10 架。”

可是到现在比罕上尉仍然没有看到任何目标。

“我们换个角度试下。”斯维尼对着内部通信设施喊道，并准备第三次飞过小仓上空，完全无视日军逐渐逼近的战斗机。

但是比罕仍没能发现目标，这时阿什沃思中校终于接管了这架飞机，让它向远离小仓的方向飞去。

“目标长崎，”阿什沃思中校对斯维尼说出了次要轰炸目标的名字，“不管是用雷达还是目视，我们一定要投下去。”

“博克斯卡”号炸弹舱的舱门随即关闭，即将投弹的警报声戛然而止。日军零式战机虽然还没赶到，但是斯维尼仍然操纵着“博克斯卡”号全速逃离现场。

本来提心吊胆的机组人员欢呼道：“长崎，我们来啦。”

★

其实“博克斯卡”号早在起飞前就遇到了麻烦。那时，核工程师在组装“胖子”点火装置时将一条电线装反了，差点就将这家伙给引爆了。两名工程师连夜奋战好几个小时，冒着冷汗对连接头进行重新焊接，生怕“胖子”会把他们两个炸飞，不过这个问题总算是解决了。

第二个问题就是燃料。由于日本上空的季风，“博克斯卡”号不得不比普通轰炸任务飞得更高一点，这样就会消耗更多的燃料。可是在起飞前的系统检查中，人们发现负责将副油箱中的 640 加仑汽油输往主油箱的电器开关不能正常工作。这无疑是雪上加霜。如果这样的问题发生在“艾诺拉·盖伊”号上的话，轰炸任务肯定会被叫停。但是根据天气预报，恶劣天气马上就要降临日本，因此留给美国人扔下第二枚原子弹的时间不多了。现在只有两种选择，要么就是现在，要么就是一个星期后。因此，这次轰炸任务不得不按原计划进行。

★

所以，1945 年 8 月 8 号深夜 2 时过后不久，“博克斯卡”号就起飞了。和“艾诺拉·盖伊”号一样，等“博克斯卡”号跑完了提尼安岛的飞机跑道，斯维尼才驾驶它飞升到厚厚的热带空气中。此时此刻，在西方 2000 英里之外，苏联军队正好发动了对“满洲”的进攻。

起飞后，斯维尼上校早已筋疲力尽，为了在后期的飞行任务中保持清醒，他立刻把驾驶交给了副驾驶员查尔斯·唐纳德·阿尔伯里（Charles Donald Albury）中尉，自己抓紧时间睡上几个小时。受遥远的季风影响，当时的天气状况非常恶劣，夹杂着雷电、暴雨以及狂风。“博克斯卡”号费了好大的力才从恶劣的天气状况中上升到 9000 英尺的高度，在此过程中消耗了大量燃料。在炸弹舱里，阿什沃思中校和他的助手菲利普·M. 巴恩斯上尉移除了原子弹的绿色保险塞。

现在，“胖子”已经整装待发。

3 小时后，日出后不久，核武器专家控制面板上的红灯开始急促地闪烁，这意味着原子弹随时都有可能发生爆炸。被吓坏了的巴恩斯上尉赶快去通知阿什沃思，结果却发现阿什沃思正在炸弹舱枕着“胖子”睡觉。

“喂，”巴恩斯把阿什沃思摇醒后说道，“我们这儿出了问题。控制面板上的红灯一直在闪烁，好像这枚原子弹马上就要爆炸了。武装好的，这家伙可是武装好的，全副武装好的。”

“哦，我的天哪。”阿什沃思惊呼道。

这两个人谁也没告诉。在紧张的十分钟里，他们研究了这枚原子弹的设计图，寻找问题可能的所在。最终，为了看看“胖子”里面的情况，他们拆开了这枚原子弹的外壳，随即他们发现自己在装配这枚炸弹时犯了错。解决的办法很简单：他们将两个小开关扳动了一下。

红灯的闪烁停止了。

阿什沃思继续把头枕在原子弹上，又睡去了。

但“博克斯卡”号的麻烦远不尽于此。按计划，它与负责测量与拍照的两架飞机将于上午9点在3万英里的高度会合。蒂贝茨上校明确命令斯维尼，在会合地点的等待时间不得超过15分钟。仍然装有科学仪器的“大艺术家”号准时出现了，但另一架负责拍照的飞机却毫无踪影。

“哈皮（Hoppy）在哪儿呢？”斯维尼问道，指的就是那架不见了的B-29轰炸机的飞行员。“哈皮他妈的在哪儿呢？”

斯维尼并没有遵从蒂贝茨的命令，而是在预定会合地点盘旋了50分钟之久，这无疑也消耗了更多的燃料。他是想让这次任务像上次“艾诺拉·盖伊”号那样完美无瑕。他在会合地点一直等到不得不离开。

最终，就要到10点钟的时候，斯维尼离开预定会合地点，向小仓飞去。

其实，在此期间，绰号叫“哈皮”的詹姆斯·I.霍普金斯（James I. Hopkins）少校和他所驾驶的那架在这次任务后就被称为“大刺针（Big Stink）”的B-29轰炸机一直就在预定会合地点。只不过霍普金斯所处的高度有误，比“博克斯卡”号以及“大艺术家”号高了九千英尺。

霍普金斯越来越担心，终于违背命令打破了无线电静默。“博克斯卡下去了吗？”他对提尼安岛的人员问道。

可是，提尼安岛控制塔上的人员只听到了“博克斯卡下去了”，由此才导致了蒂贝茨上校现在的焦虑，另外还有位将军走到餐厅外面把自己的早饭给吐了出来。那些准备参与救援任务的船只和飞机也都被取消了待命，因为人们认为“博克斯卡”号已经不复存在了。

可是“博克斯卡”号上的机组人员对此一无所知。他们现在只有靠自己了。

★

斯维尼紧紧地握住操纵杆，驾机向95英里外的长崎飞去。他转弯的幅度是如此之大，以至于“博克斯卡”号与一直跟在他们后面准备记录原子弹爆炸威力的“大艺术家”号差点在空中相撞。斯维尼满脑子都在盘算，如果想在返程时降落在450英里外的冲绳的话，自己飞机上的燃料只够完成一次轰炸飞行。即使这样的话也是满打满算——他甚至有可能得让“博克斯卡”号在投下原子弹后在太平洋上迫降。这个沉重的念头一直在脑海里压得他喘不过气来。

★

长崎是一座略带传奇色彩的城市。自从来自葡萄牙的水手在16世纪第一次到访这里后，这座城市一直深受欧洲游客的喜爱，甚至意大利作曲家吉亚卡摩·普契尼（Giacomo Puccini）的歌剧《蝴蝶夫人》（*Madama Butterfly*）就是以这里为背景。这里还是日军在战争中的一个重要港口城市，这里有三菱钢铁及武器集团（Mitsubishi Steel and Arms Works）和生产鱼雷的三菱－浦上军械厂（Mitsubishi-Urakami Ordnance Works）。

斯维尼在28000英尺的高度进入平飞状态，但是长崎和小仓一样也是被云层所遮盖。当斯维尼开始为时五分钟的轰炸飞行时，“博克斯卡”号上的投弹手科密特·比罕上尉已经做好违抗命令用雷达来锁定目标的准备。

“我看到了。”比罕突然激动地大喊道，因为他从云层的缝隙之间看到了地上跑道那毋庸置疑的形状。他立即由雷达投弹转换为目视投弹。此时“博克斯卡”号的对空速度仅仅才200英里每小时。

在45秒之内，比罕找到了目标并将“胖子”投了出去。

“原子弹已出舱。”他宣布道。5吨重的黑色炸弹从炸弹舱掉了下去，将在43秒钟后爆炸。

斯维尼立即下降“博克斯卡”号的高度并向右转弯，争分夺秒地向远离即将升起的蘑菇云的方向逃去。“大艺术家”紧随其后。这次原子弹爆炸产生的威力远超“小男孩”。这两架飞机在逃离的路上遭到了五次冲击波的重击，斯维尼感觉到就像是“被人用电线杆揍”一样。没过多久，两架飞机就已经离开日本上空。

“救命，救命。”斯维尼打破了无线电的静默喊道，他绝望地想通知该区域任何一架美国军机，“博克斯卡”号遇到了麻烦——燃料几乎已经消耗殆尽。斯维尼的无线电呼叫被提尼安岛上的人听到了，这时他们才知道这次任务并没有中途放弃，而且“博克斯卡”号的机组人员都还活着。但是，想要让“博克斯卡”号平安降落到冲绳岛只能靠斯维尼自己，别人谁也帮不上忙；早在人们担心“博克斯卡”号已经坠机的时候，所有的救援行动都被中止了。“博克斯卡”号上的随机工程师约翰·D. 库哈雷克（John D. Kuharek）军士长估计他们剩下的 300 加仑燃料将会使他们的飞行距离差上 50 英里。

在一个多小时的时间里，斯维尼和“博克斯卡”号上的人们都在祈祷。他们一边在辽阔的海洋上飞行，一边关注剩下的燃料，深知没有任何犯错的余地。每个人都穿上了可充气救生背心，以免在海上迫降之后在海里淹死。[①] 斯维尼减慢了推进器的转速，以延长燃料能保证的飞行距离，并逐渐降低飞行高度，让重力转换成对空速度。飞机上的许多人都不敢相信他们能平安降落。“博克斯卡”号上的领航员弗雷德·奥利维（Fred Olivi）少尉已经在考虑海水会不会太冷了。

冲绳岛终于出现在“博克斯卡”的视野范围之内。在这座岛被美军攻占后的短短几个星期内，里面的飞机跑道一直非常拥挤繁忙，一列列准备起飞的轰炸机在停机坪上停得满满当当。因为不能通过无线电来通知控制塔，斯维尼命令从飞机上方的舷窗释放紧急信号火焰，希望地上的人能把跑道给清理出来。

万幸如此。

“博克斯卡”号在下午 1 时 51 分降落，刚开始的速度是如此之快，以至于它在第一次触地后被弹起了 25 英尺。飞机的引擎因为燃料耗尽而一个

---

① 可充气救生背心是一种穿在飞机机组人员衣服外面的漂浮装置。在海上迫降的情况下，需要向一个小管子里吹气，将救生背心撑起来以增加浮力。这种可充气救生背心用非常显眼的黄色橡胶涂覆织物制成，它的绰号“梅·韦斯特”（Mae West）本来是一位丰满的女演员的名字，因为穿上这件背心的人体态看起来就像她一样丰腴。

接一个熄火了。斯维尼费力地控制着脱缰野马一般的飞机，差点撞上一排装载着燃烧弹的 B-24 轰炸机。如果撞上的话，剧烈的爆炸无疑将会让他和他飞机上的机组人员丧命。

“博克斯卡”号终于停了下来，消防车和救护车马上赶到救援。这架轰炸机甚至连滑行完最后一段跑道的燃料都没有了。令人大跌眼镜的是，从没有人把“博克斯卡”号正在赶来的消息通知机场。

“你们是哪部分的？”基地指挥官吉米·杜立特（Jimmy Doolittle）中将问道。1942 年，正是杜立特对东京的大胆轰炸标志着美国对日本本土的第一次攻击。历史总是如此巧合，在二战当中对日本进行第一次轰炸的人面前站着的正是有望成为最后一个轰炸日本的人。

“我们是 509，‘博克斯卡’号，”斯维尼答道，“我们在长崎扔下了一枚原子弹。”

因为没浪费时间检查“胖子”所造成的后果，斯维尼对杜立特说，“我觉得我们有点偏离了目标。”

★

“胖子”确实偏离了目标，离预定的三菱鱼雷厂有将近 2 英里远。

不过这没什么关系。

“腾起的火柱像是有生命一般，”《纽约时报》记者威廉·劳伦斯（William Laurence）写道，他当时在“大艺术家”号上目睹了这次原子弹爆炸，“就像是一个难以置信的新生物在你眼前出生一样。它狂怒地翻滚沸腾，就像是同时喷发的 1000 座喷泉。”①

---

① 劳伦斯 1888 年出生于立陶宛，1905 年移民到美国。他虽然毕业于哈佛大学法学院，但却决定成为一名记者。1940 年 9 月，他写了一篇文章，讲述原子爆炸在作战中运用的可能。劳伦斯的这篇文章实在太有先见之明了，以至于莱斯利·格罗夫斯（Leslie Groves）将军后来下令调查每个从图书馆查阅这篇文章的人。正是由于他的这一专门知识，《纽约时报》得以与曼哈顿计划达成协议，让劳伦斯亲眼见证了“三位一体”的爆炸以及“艾诺拉·盖伊”号从提尼安岛的出发，最终还在第二次原子弹轰炸任务中随机飞过了长崎的上空。

在长崎，估计有 45000 人在瞬间被夺去生命，包括男人、女人和孩子；还有 6 万人伤势严重。这里并没有发生像广岛那样的爆裂大火，因为“胖子”爆炸的地方位于浦上山谷（Urakami Valley）陡峭而又树木茂密的丘陵地带，因此阻拦了向外扩散的爆炸力。但是，那些死去或正在死去的人们所受到的创伤性灼伤与烧焦却依然惨烈。

又一次，成千上万的人被困在自己家和工作地点的废墟当中。长崎的防空洞有着独特的结构，大多是从山坡上挖进去的山洞。当原子弹爆炸时，这些石头通道就变成了烤炉，瞬间将成百上千的人活活烧死。整个城市当中，许多被烧伤的人走上几英里后才倒地死去。还有人不仅遭受了烧伤的痛苦，还要忍受呕吐以及血性腹泻。这些人将在“胖子”爆炸后的一个星期内被这样的痛苦折磨而死。成千上万的幸存者眼睁睁地看着自己的皮肤变成黄色；这些人将在数周以及数月内死丁辐射中毒。由于长崎市没有足够的地方来安葬死者，因此只得在露天的火葬场里将尸体火化。

“胖子”在长崎爆炸后腾起的蘑菇云

其中有一个令人难忘的场景。一个不到10岁的小男孩走向一座火葬场的工作人员，他背后的一个小包裹里装的是他尚是婴儿的弟弟。那个婴儿的头懒洋洋地靠在一边，看起来就好像只是睡着了一般。

这个小男孩小心翼翼地把包裹打开，并将他的弟弟递到火堆旁的人手里。这时他们才看出这个婴儿已经死了。当人们把这个婴儿放在煤上火化时，他的哥哥一直像士兵一样肃立在旁边紧紧地盯着，为了强忍泪水紧紧地咬着嘴唇。很快他的嘴角就被咬出殷殷鲜血。

直到确定自己的弟弟得到体面的火化之后，小男孩才转身离开。

“当时人们除了身体上的感觉之外，还有一种无处不在的死亡气息，死亡即是终点，永不可能再重见天日。”一位目睹了长崎毁灭的目击者后来写道。

“这种气息无处不在，无所不及。”①

① 原子弹轰炸时，长崎市的人口估计有20多万。爆炸8个星期后，死亡人数达到14万。有165人成为“双重幸存者”——“被爆两次者”，因为广岛和长崎被原子弹轰炸的时候他们都在。除了日本人以外，约有两万名朝鲜奴隶劳工死在广岛，另有约2000名死在长崎。那些“被爆者”（即那些从原子弹爆炸中活下来的人）及他们的亲人现在仍在日本受到歧视，因为许多人认为辐射病是遗传的，而且可能还会传染。

第 25 章

白宫

华盛顿

1945 年 8 月 9 日

上午 10 时 46 分

美国首都此时正值又湿又热的天气。哈里·杜鲁门总统在办公室里与他精挑细选的原子弹顾问开了 90 分钟的会。[①] 前天夜里，长崎原子弹轰炸任务成功的消息传到白宫。现在可恶的夏季风暴正在日本肆虐，因此近期的轰炸任务都不得不推迟。杜鲁门必须要决定，当天气好转之后，美国是否应当再向日本投下第三颗原子弹。而这次的目标将会是东京。

杜鲁门并不想将日本人从地球上抹去，他想要的是他们投降。早先的报告显示，长崎市有大量的平民伤亡，正如广岛市一样。可是日本军方似乎愿意承受如此可怕的损失。

"就我个人而言，我并不想因为一个国家领导人的'愚昧顽固'就要灭绝他们整个民族，"杜鲁门后来在给自己的朋友，佐治亚州民主党参议员理

---

① 出席这次会议的有美国战争部长亨利·L. 史汀生(Henry L. Stimson)、科学家万尼瓦尔·布什（Vannevar Bush）和詹姆斯·B. 柯南特（James B. Conant）、战争部长特别助理乔治·L. 哈里森（George L. Harrison），以及负责曼哈顿计划的莱斯利·格罗夫斯（Leslie Groves）少将。

查德·罗素（Richard Russell）的一封信中写道，“我想要的是尽量挽救更多美国人的生命，但与此同时我又想让日本的妇女儿童少受痛苦。”

杜鲁门是在表达自己的同情心，但并不是在转变自己的立场。他是一名坚定的斗士，为了打败日本能够不惜一切代价。

当美国教会联合会（Federal Council of the Churches of Christ in America）的塞缪尔·麦克雷·卡维特（Samuel McCrea Cavert）要求杜鲁门总统给出投掷原子弹的理由时，杜鲁门就鲜明地表达了这一立场。

卡维特在发给杜鲁门总统的电报中写道：“原子弹的使用给人类未来开了非常危险的先例。”后面还呼吁“在下一枚原子弹给日本人民带去更多的毁灭之前，请给日本充分的机会来重新考虑最后通牒”。卡维特的电报激怒了杜鲁门，这位教士居然对总统威胁说他的教会将很快发表一份公开声明来谴责原子弹。

但杜鲁门是绝不会被吓倒的。通常情况下，他不会对这样的威胁做出回应，尤其是当他正全身心投入到这样高风险的战略决定之时。但就像打喜爱的扑克牌一样①，现在可不是虚张声势吓唬人的时候。于是杜鲁门口述了一份直接的回应。

“没人会比我对使用原子弹更感到不安，但更令我感到不安的是日本对珍珠港的偷袭以及对战俘的杀害。”杜鲁门写道，“似乎他们唯一能听得进去的就是炸弹的声音。要对付一头野兽，首先你得把它当成一头野兽。这样虽然让人感到遗憾，但事实确实如此。”

★

---

① 刻有杜鲁门那句名言“责无旁贷”（The Buck Stops Here）的那张牌直到 1945 年 10 月 2 日才送到杜鲁门总统手里，因此二战期间这张牌并没有出现在他的办公桌上。这张牌上，只有杜鲁门看过的另一面上写着“我来自密苏里”。“责无旁贷”（The Buck Stops Here）这种说法起源于美国边境地区的扑克牌游戏：桌上的玩家之间将一把鹿角柄的刀传来传去，拿到这把刀的人可以做庄家。如果玩家想放弃坐庄的机会，就可以把它传下去（“pass the buck”）。

在东京市，这头野兽的首领——裕仁天皇在他的地下掩体里正起身准备讲话。现在是深夜2时，而裕仁却穿着全套军装。一天一夜以来的殚精竭虑所带来的疲惫在他脸上一览无余。当时在场的人们回忆道，这位天皇衣冠不整、满面油光、头发凌乱。

在这间地下会议室里，天皇已经与日本战时内阁成员以及他们的秘书助手待了将近三个小时。厚重的木门紧闭，再加上空调也坏了，所以这个也就一个大卧室大小的房间里异常潮湿，每个人都汗流浃背。就连涂漆的墙面上也挂满了凝结的水珠。

这场午夜会议讨论的议题是无条件投降。在这之前还进行了一整天的高层战争讨论。会议都是紧接着苏联进攻以及长崎原子弹轰炸而召开的。大家都已经筋疲力尽了。这场讨论与房间里面的每个人的切身利益都相关，不仅因为投降将意味着日本帝国的末日，而且因为美国和英国在前一天就对战犯的适当处罚达成了协议。首先接受审判的将是德国纳粹，审判将于本年11月在德国纽伦堡进行。

如果日本投降，这个闷热的房间里的人就会是下一批接受审判的战犯——他们都非常清楚这一点。

所有与这场战争相关的人都意识到，他们极有可能受审并被定罪，甚至包括天皇在内。首相铃木贯太郎、陆军大臣阿南惟几、海军大臣米内光政、外务大臣东乡茂德（Shigenori Togo）、海军军令部部长丰田副武（Teijiro Toyoda）以及陆军参谋总长梅津美治郎（Yoshijiro Umezu）都意识到，他们本人犯没犯下暴行不重要——反正是他们指挥手下的陆兵水兵去犯罪的。

当然了，裕仁才是那个最高权威。

在整场战争当中，日本内阁成员引以自得的一件事是，十几个会说英语的日本女播音员——其中还有个叫户栗郁子（Iva Ikuko Toguri）的29岁的美国人，出生于洛杉矶，但战争爆发的时候滞留在日本——在无线广播里播送嘲弄美国陆兵及水兵的节目。这些女播音员被人称作“东京玫瑰”，她们在播音时告诉那些太平洋战场上寂寞的美国大兵，家里的女友正在红杏出墙。此外还说了成百上千条谎话，意在降低美军的士气。

但在许多美国大兵眼中，这些广播节目都是非常可笑的。而且日本内阁的不明智之举远不仅于此。

当初正是防空掩体里的这些人将权力交给了东条英机，丧心病狂的他在1941年10月到1944年7月间担任日本首相并一手策划了日军的侵略。外表谦逊但却善于操纵人的东条英机说服了裕仁天皇，让他相信有必要“在东亚建立一个新的稳定秩序”。

东条英机被世人看作是日本的希特勒，他参与策划了横跨太平洋的珍珠港偷袭，并由此引发了惨烈的太平洋战争——这场战争在太平洋和亚洲地区就已经夺去了2400万人的生命。东条英机不仅挑起了这场战争，还批准了一系列惨无人道的政策。日军在战争中任何战略上的辉煌都掩盖不住这些政策的灭绝人性。

而这些事情都是现在待在防空掩体里的那些人一手造成的。①

★

世人很快发现，日本领导人不仅残忍对待战俘，更批准在占领地区强迫妇女为日军提供性服务。这些无辜的平民被迫当起了性奴隶，成为慰安妇。约有20万名受害者被绑架或卖到为日本军队服务的妓院。而一旦这些妇女怀孕之后，等待她们的往往不是死亡就是剖腹，因为日军不想让混血儿来玷污日本人种的纯洁。

日军严密地管理着慰安妇被迫工作的地方——“慰安所”，不仅派遣岗

---

① 偷袭珍珠港的行动早在1940年东条英机担任日本首相之前就已经在计划中，但是东条英机是最后发动战争的人。东条英机不仅主张对战俘的虐待和屠杀，而且在日本学校里面开设鼓吹军国主义的课程，下令对智力低下的人进行绝育手术，并同时在不同方向推动战争——在中国与中国人作战，在缅甸和马来半岛上与英国和澳大利亚交手，在西太平洋上与美国人开战。在战争早期，东条英机特别受欢迎，但当局面扭转，美国人逐渐逼近日本本土的时候，东条英机也首当其冲遭到批评。1944年6月塞班岛失守之后，东京第一次进入美国人轰炸机的航程之内，因此东条英机被迫引咎辞职。

哨以防范她们逃脱，还定期检查她们是否患上了性传染病。这种做法早在日军侵略中国时就已经开始了，然后随着日军对太平洋地区的占领也扩展到了许多其他国家和地区。中国台湾，还有菲律宾、朝鲜、印度尼西亚、缅甸以及荷兰都有妇女被掳去，惨遭日军士兵的长期强暴和蹂躏。

“有时，12 名士兵强迫我和他们性交，完事后他们会让我稍微休息一会儿，但紧接着又会有约 12 名士兵来和我性交。”一名菲律宾妇女在约 50 年后回忆道，“我不能拒绝，因为他们肯定会杀死我的。早上的时候，会有一名警卫陪着我在慰安所里面散散步，但绝不可能离开。”

日军士兵与慰安妇的人数之比因所在地区的不同而存在差异，最高可达 150 : 1。日本军队的领导层甚至将这种强迫卖淫纳入自己的战争计划当中，因为他们认为此举可以提升部队的士气。

“每当有士兵从战场上下来的时候，从一大早开始就会有差不多 20 名日军士兵到我房间来，”另一名慰安妇后来回忆道，“他们还把那些仍在上学的小女孩们成批成批地抓来。那些可怜的小女孩的生殖器都还没有发育，但却被活生生地扯裂并遭到感染。除了一些预防性传染病的药物以及红药水之外，那里没有任何其他药物。那些小女孩生病后，伤口都腐烂了，但是却得不到任何治疗。”

更有甚者，并不是所有的“慰安所”都是在房子里面。

“日军士兵强迫中国劳工在壕沟里铺上干草，然后那些妇女就被放在里面，”一名妇女后来回忆道，“根本没有什么床褥……身下就是泥土。那个时候没有电，只有油灯，但就连油灯他们也不会给。那些女孩就在黑暗中哭泣，‘妈妈，我疼！’”

★

日本这帮领导人也知道自己曾经对那些斩首、焚烧、奴役甚至吃掉战俘的日军士兵给予表彰。在日军战俘营里被抓为奴工的约 15 万名美国、英国以及荷兰平民当中，大多数没有食物可吃，没有卫生治疗，没有衣物蔽体，被迫生活在肮脏污秽的环境当中。逃跑也是绝不可能的。

在丛林里，那些被日军关押的战俘睡的是 100 人住的竹制营房，因为痢疾发病率特别高，泥土地面上经常会有战俘排泄的粪便。被俘虏的军官和普通士兵很快就发现，日本人根本不把《日内瓦公约》当回事。日军手上的战俘就像奴隶一般在煤矿、工厂、船厂以及热带种植园里劳动。仅在修建泰缅铁路的过程当中，就有 12000 多名美国、英国以及荷兰的战俘再加上 150 万平民奴工死于劳累和疾病。①

日本首相东条英机甚至还下令说所有的战俘都是可牺牲的，他甚至制定了一项“杀光所有俘虏”的政策。

美国政府获取的一份文件中详细说明了东条英机的这条命令：“不管是单独还是集体处决，也无论是以什么样的处决方式，集中轰炸也好，毒药也罢，淹死也好，斩首亦可，其他什么方式都行，在需要的情况下要把所有的俘虏解决掉。不管什么情况下，决不许让哪怕一个人逃脱，把他们杀得一个不剩，而且不要留下任何痕迹。”

在一次臭名昭著的屠杀行动中，日军试图杀害被关押在菲律宾西部巴拉望岛（Palawan）一座战俘营里的 150 名美国士兵，以免他们被正在赶来的盟军救走。当美国士兵躲在防空洞中时，日军向防空洞灌满了汽油然后点燃。那些尝试从防空洞中逃出去的美国士兵一出洞口就遭到日军机关枪的扫射。尽管如此，虽然有 139 名战俘丧生，但仍有 11 名侥幸存活下来，因此这段故事才为世人所知。

在日军关押的 27465 名美军战俘里面，11000 多人死在战俘营里。与之

---

① 这条铁路又被人们成为“死亡铁路”，因为有太多的战俘和奴工在修建这条铁路的过程中丧生。这条从泰国曼谷到缅甸仰光的铁路始建于 1942 年，工期一年，全长 250 英里。盟军曾成功地轰炸了这条铁路上的一座重要的桥梁，其中三段被炸毁。1957 年上映的由亚历克·吉尼斯（Alec Guinness）和威廉·霍尔登（William Holden）主演的电影《桂河大桥》（*The Bridge on the River Kwai*）上映后，这个事件也成为经典。《桂河大桥》根据真实事件改编，被认为是历史上最为伟大的影片之一，后来还赢得包括最佳影片奖在内的 7 座奥斯卡奖杯。

形成鲜明对比的是，在被德军俘虏的93941名美国战俘里面，有92820人活了下来。[①]

★

裕仁天皇也亲自批准了这场战争中最惨无人道的行为之一——731部队。这支部队假借病理学研究的名义对活人进行试验，在不施加麻醉剂的条件下切掉人的胳膊和大腿，抽出人体的血液然后输入抗冻剂，将人从头向下劈成两半存放在六英尺高的福尔马林玻璃罐中，还对健康人注射黑死病和霍乱等病毒试剂。

731部队还是很多战地医生进行实战培训的地方——先用步枪或机关枪对活生生的受害者进行射击，然后那些外科医生就在不使用麻醉剂的条件下对这些受害者的伤口进行处理，以此来练习战场上的紧急处理程序。成千上万的亚洲平民以及盟军战俘死于731部队之手。

即使是在战局变得对日本不利的情况下，日军的暴行仍然在继续。1945年5月5日，一架美军B-29轰炸机在日本九州岛坠毁，飞机驾驶员被带走接受审讯，而其他10名机组人员则被押往福冈市（Fukuoka）的一间秘密实验室，遭受了731部队其他人体试验对象所承受的截肢和活体解剖。

每名机组人员死去的方式都令人毛骨悚然。

而这一切都得到了这位“神圣”天皇的许可。[②]

---

① 关于被日军俘虏的美军战俘数量，存有不同数据。本文所用数据来自新奥尔良市的第二次世界大战纪念馆。需要注明的是，日军在整个亚洲地区约有500座战俘营，从缅甸一直到太平洋上的菲律宾群岛。日军抓获的第一名俘虏是英国飞行员威廉·鲍登（William Bowden）空军上尉。这位飞行员于1941年12月8日在暹罗湾坠机后被日军俘虏，有幸活到战争结束。最后一名战俘也是一位英国皇家飞行员，弗雷德·霍克利（Fred Hockley）海军中尉。日本已经投降九小时后，他在日本上空被击落，然后被处决。为此负责的几名日本军官在1947年接受了战争罪的审判，定罪后被判处绞刑。

② 日军731部队很多惨无人道的医学试验都是在中国人身上进行的，但是东京也有一家医疗研究机构。直到2011年，人们才开始发掘这家研究机构外面所埋着的遗体，因为日本政府一直否认日本曾犯下731部队的罪行。在日本拒不承认历史的过程当中，美国与日本串通一气，因为美国曾给予731部队的部队长石井四郎将军及其许多下属免于被起诉的豁免权，让他们逃过了战争的审判，以换取他们在人体试验中获得的数据。这一交易由道格拉斯·麦克阿瑟将军亲自批准。

★

裕仁天皇终于准备对内阁成员说出自己的意见。房间里的每个人都起身向他们的天皇低头施礼。当他们坐下后，裕仁因为自己将要说出口的话而一度激动得不能自已，但他很快打起精神，开始讲话。“鉴于世界形势及日本国内之局势……若如今仍继续战争，则世界仍将面临暴行及虐杀，日本仍将遭受严重破坏。”

裕仁天皇说话声音高亢，用圆唇元音说出断断续续的句子。很难想象这些安静的词语是从这个从不以优美演讲著称的天皇口中说出的。当裕仁的情绪难以自持的时候，他开始哭泣，房间里面的很多人也被这种情绪感染了，他们也开始趴在桌子上啜泣。

裕仁继续说道：“每每念及我那在海外作战的忠诚士兵，那些在战场上失去生命或者受伤的人们，那些在国内遭受的轰炸中失去财产乃至生命的人们——每每想到这些牺牲，我都情难自禁，难过不已。”

“我无法承受那忠诚英勇的部队将被缴械，无法承受那些为战争负责的人即将面临惩罚。”

“现在只得去承受那些无法承受的了。”①

★

8 月 10 日早上 6 时 30 分，杜鲁门总统在白宫自己房间内接到了日本的投降书。自从日本偷袭珍珠港后，华盛顿就一直没有日本的使馆，所以裕仁天皇将这份照会送到中立国瑞士的大使馆，并由瑞士使馆转交给美国陆军部。

“谨遵天皇陛下圣谕，”文件开头写道，“日本政府已准备接受 1945 年 7 月 26 日由美、英、中三国在波茨坦签署及后来苏联加入的联合声明。”

看到这里，杜鲁门还没看到任何让自己对日本无条件投降失望的地方。这个一年前才被提名为副总统，在世界历史上最为关键的历史时刻接过美国

---

① 裕仁天皇的讲话是由铃木首相的首席内阁秘书迫水久常（Sakomizu Hisatsune）记录的，他事先知道天皇将要讲话。

总统衣钵的人，以为自己再往下读几句就可以看到第二次世界大战的结束了。5 月份时德国的投降是在所难免的；而日本这边的情况则复杂许多，这就需要杜鲁门展现出与美国军事实力相称的铁腕外交。他做出了许多艰难的决定，但一直不失风度和目标。他现在手里拿着的这张纸是他在总统位子上煎熬了 4 个月的转折点了。但他还是战战兢兢接着往下读，想确认整份文件是否符合美国所提出的投降条件。

然而并非如此。日本附加了一个重要的投降条件："公告应该不包含任何损害天皇陛下作为日本最高统治者君权的要求。"

杜鲁门早料到会有这一出，其实他也有点愿意让裕仁留在皇位上。战争部长史汀生一直主张保留天皇制对于日本战后秩序的恢复非常必要。当然了，道格拉斯·麦克阿瑟将军也对此表达了类似的观点。

但杜鲁门对此并不确定，他后来写道："我们能把一份带有如此大的'但是'的信息当作是我们努力争取的无条件投降吗？"这在他心里是一个非常沉重的问题。

杜鲁门总统在总统办公室自己的办公桌后向记者宣布日本投降的消息

本来，杜鲁门总统应该在今天——周五下午2时与自己的内阁成员会面，但是他急匆匆地召开了一次更为谨慎的会晤来讨论日本投降的条件。在场的有美国战争部长史汀生、国务卿贝尔纳斯、海军部长詹姆斯·福莱斯特以及总统参谋长威廉·莱西海军上将。

与会人员各执己见。贝尔纳斯认为应当继续要求日本无条件投降，史汀生则坚称天皇对于日本战后重建至关重要。杜鲁门之前已经下令，没有他的命令不能再投掷原子弹，现在他耐心听着双方的观点。福莱斯特则指出，《波茨坦公告》的条款存在漏洞，使得接受日本的投降条件成为可能。

因此，杜鲁门总统下令对日本提出的条件进行回复：裕仁能留下来，但他不得免于战争罪的指控。

杜鲁门在当天晚上的日记中写道："在自己办公桌上吃的午饭，然后讨论了日本投降的条件。他们想在投降前提出一个条件。我们之前给出的是'无条件'投降。他们想保留天皇。我们的答复是我们将告诉他们如何保留天皇，但条款由我们制定。"

美国做出的回复电报到了瑞士，接着到了东京。

电报内容如下："盟军收到日本政府接受《波茨坦公告》的电报，但是电报中提出了《公告》应该不包含任何损害天皇陛下作为日本最高统治者君权的要求。对此，我们的立场是：从投降时刻起，天皇以及日本政府统治国家的权力将隶属于盟军最高司令，该司令将采取他认为贯彻投降条款应有的步骤。"

一天过去了，日本方面没有传来任何消息。接着又一天过去了。

第三天也过去了。

杜鲁门已经怒火中烧。

第26章

中国牡丹江（MUTANCHIANG）

1945年8月3日

下午

大日本帝国陆军已经走投无路。远在距东京600英里之外，在中国两省交界的十字路口旁边树木丛生的小山上，日本关东军第五军以防御姿态准备对苏联军队做最后的抵抗。苏军占绝对优势，与日军兵力对比是29万对6万。苏军装备有4000门火炮及火箭炮，而日军只有100多门。苏军的虎式坦克和从美国“借来的”谢尔曼坦克加起来有1000辆，而日军则没有任何装甲车辆。[①]

对日军更不利的是，士兵已经到了饥饿的边缘；因为弹药稀少，很多士兵手里的武器只有一把刺刀（而且大多是由破铜烂铁铸成）。日军所处的境地是如此之惨，以至于他们连逃跑都逃不掉，因为没有装甲车辆。

就在苏军主力翻越海拔高达一英里的大兴安岭山脉时，西面1500英里外的苏军也在炎热的蒙古沙漠里急行。如果苏联占领“满洲”的东部，那么

① 尽管杜鲁门总统终止了对苏联的租借法案援助，但是苏联仍请求并获得了500辆谢尔曼坦克、将近100吨的干货（布匹、线、衣服等。——译注），以及二十多万吨燃油。具有讽刺意味的是，这些物资被苏联全部用到了攻打“满洲”的行动中，而美国对此基本不知情。

他们就可以进入日本海，从而为日后进攻日本本土创造条件。

到目前为止，苏军一路势不可挡。士兵中既有毫无作战经验的年轻新兵，也有经历了对德作战的经验丰富的老兵——这帮壮汉3个月前才攻占了柏林。反观那些年轻士兵，他们当中大多数都曾在苏联东部驻防，因为营养食物的缺少，一个个都瘦得皮包骨头。这些“东方人”当中许多连像样的衣服和靴子都没有，只能用布把自己的脚缠起来。

不过这都无所谓。苏联军队已经打开了一个20英里宽的缺口，并逼得日军退后了10英里。苏联一方面用毫不留情的地面进攻和无所阻拦的空中轰炸来摧毁敌军，另一方面还将空降兵部队空投至日军防线以后很远的地方，占据了重要桥梁和铁路隧道。苏军的这些进攻行动非常隐蔽——有些日军哨兵甚至连发生了什么都不知道就被切断了喉咙。

一如既往地，苏军所过之处也发生了一幕幕暴行。中国的乡下地区四处弥漫着战争带来的恶心气息。

苏军飞行员对溃逃日军的轰炸及炮轰留下的弹坑在地上星罗棋布，就像麻子一样。“满洲”东部的森林和沼泽随处可见浮肿的尸体，死者身上带的照片和信件随风四处飘散，人的尸体和战马尸体散发出的恶臭交织在一起。

苏联的战略目标是从3个不同方向进入中国，然后会师伪满洲国的长春——日本将这座城市改名为“新京”，意为“新的首都”。生活优渥的中国末代皇帝就在长春，39岁的他对英国的亨利八世国王有着一种匪夷所思的迷恋。[①] 当日本非法占据中国东北地区后，就把溥仪立为傀儡皇帝。现在约瑟夫·斯大林也想给自己找一个代言人。[②]

---

① 20世纪20年代初，溥仪尚在紫禁城中，他对英美文化极是醉心，还给自己起了个英文名亨利（Henry）。那时的溥仪和婉容虽然天天见面，却依然用英文通信，彼此用“亨利”和“伊丽莎白”（Elizabeth）相称。——译注。

② 溥仪两岁登基，之后随着时事风云的变幻，多次得到或失去皇位。他年少时享尽富贵，起居有妃嫔相伴，吃的是40道菜的御膳。后来彻底沦为平民，还当过园丁，最后在61岁时去世。1987年出品的由贝纳尔多·贝托鲁奇（Bernardo Bertolucci）执导的电影《末代皇帝》描述的就是溥仪的一生，该片一举赢下9座奥斯卡奖。

指挥苏军作战的基里尔·梅列茨科夫（Kirill Meretskov）元帅正在享受自己人生中最为快意的时刻。后来，梅列茨科夫因为指挥苏军在“满洲”作战的战功而获得了苏联最高军事荣誉——胜利勋章。这位元帅魁梧而又冷酷，曾在列宁格勒保卫战中击败德军。列宁格勒曾被德军围困数年之久，最后终于在 1944 年 1 月 27 日解围。这对梅列茨科夫来说可谓是人生的重大转折，因为两年之前他还因为被斯大林怀疑不忠而被关进监狱，受尽折磨。

现在那些不愉快的事都已经过去了。

牡丹江市是“满洲”重要的交通枢纽，现在已经到了苏军跟前了。苏军之前的作战计划曾预计需要 17 天才能抵达牡丹江市；可是梅列茨科夫仅用了 4 天。现在“满洲”东部正下着滂沱大雨，可是再大的雨也阻挡不住苏军前进的脚步。

作为即将发生的事情的前兆，就在这天早上，苏军坦克就摧毁了日军一列载有 30 节车厢援兵的火车。900 名增援的日军士兵现在已经死在泥土里。

第二次世界大战最后一场大规模战役即将上演。

★

远在半个地球之外的华盛顿特区，哈里·杜鲁门总统已经等得不耐烦了。他对日本投降的回复早在 8 月 10 日周五晚上就已被电报至日本，但是整个周末都过去了，仍没有收到日本的答复。

“我们都在焦急地等待日本的答复，”杜鲁门在 8 月 11 日周六的日记中写道，“今天过得糟糕透了。”

周日也一样的让人失望。杜鲁门通常在周日休息，但这一天他很早就穿上了西装，准备处理公务。负责记录杜鲁门行程的书记员在行程表中写道：“上午 9 时，（杜鲁门总统）到行政办公室等待日本投降的消息。”

可是什么都没有发生。

8 月 13 日周一，杜鲁门总统再次于上午 9 时到达总统办公室开始工作。他感觉到日本不会接受他给出的答复，于是下达了恢复 B-29 使用常规炸弹和燃烧弹进行轰炸的命令。下午，杜鲁门一直和道格拉斯·麦克阿瑟将军手下的参谋长理查德·萨瑟兰中将待在一起。他们讨论的议题是即将进行的对日本本土的进攻。但杜鲁门还想和51岁的萨瑟兰讨论一个自己想出的秘密计划，那就是任命道格拉斯·麦克阿瑟指挥日本的战后重建。

与此同时，正如过去将近一周一样，精疲力竭的新闻记者和摄影师又涌入白宫的新闻发布厅，等待着日本投降的消息。如果杜鲁门要发表什么声明的话，这帮记者团就会争分夺秒冲向总统办公室，像往常一样大声提出各种问题。

白宫外，华盛顿的各个街道都流传着日本即将投降的小道消息。白宫对面的拉斐特广场聚集着众多翘首以待的民众，他们都想在第一时间听到日本投降的消息。

然而，日本方面仍是一片沉默。

8月14日周二，依然如此。

往常的八月间，美国政府通常会关门放假来躲避华盛顿的炎热，但现在杜鲁门肯定是不能离开了。如果哈里·S. 杜鲁门不是在等待第二次世界大战的结束的话，他可能正在一个更为凉爽的地方度过夏天。①

在外人看来，杜鲁门的行为非常镇静，记者对他的评价是“步伐冷静”和“云淡风轻”。

白宫对面的拉斐特广场上聚集的民众已经有一万人。媒体仍然在24小时坚守，不敢离开白宫片刻。

★

在7000英里之外的“满洲”，日军和苏军正在牡丹江市外的一座小山上展开激烈的交锋。在日军的顽固抵抗下，苏军坦克一直没能登上山顶，于

① 1929年圣诞节前夜，白宫发生了严重的电气火灾，其中白宫西翼遭到严重损坏。因此时任美国总统的赫伯特·胡佛下令在白宫西翼和生活区域装上空调。两年前（1927年），凯利空调公司就给美国众议院装上了空调。这些简单的技术进步改变了美国首都的办公方式。在此之前，美国政府不得不在极为炎热与潮湿的八月间离开华盛顿。

是便在山坡上重整旗鼓，开始了一场持续 4 个小时的“火力覆盖”以摧毁日军的要塞。日军采用直接瞄准射击和单兵自杀式袭击共摧毁 21 辆苏军坦克。不过，日军还是很快失败了。到了早上，经过 5 天激战的日军撤退了，只有少数狂热者留下来，至死方休。[①]

★

日本东京，数十万传单由美国 B-29 轰炸机撒到街头，告诉日本人他们的抵抗已经不现实了。

几小时后，因为日本领导层一直保持沉默，由 821 架 B-29 轰炸机组成的大规模轰炸编队如入无人之境般再次飞到东京上空——只不过这次他们要投下的不再是传单。美国第二十航空队多此一举地又把曾经轰炸过的目标再次轰炸了一遍，又把已经摧毁的地方重新摧毁了一次。这次大规模的武力展示很快被人们戏称为“大结局”（The Big Finale）。

8 月 14 日周二下午 1 时，正当华盛顿民众翘首期待着这场战争的结束时，日本东京再次腾起了轰炸引燃的火焰。

★

裕仁天皇并没有看到那些腾起的火焰，他正蜷缩在自己那潮湿的地下掩体里，身上还穿着全套军装。在他的皇宫之外，一群日本帝国陆军青年军官发动了政变，正在造反。他们的目的是推翻裕仁天皇，从而阻止日本的投降。但现在已经太晚了。

3 小时前，裕仁对美国开出的投降条件的同意答复已经发送至中立国瑞典和瑞士，并请两个国家将日本接受投降的消息转交给美、英、中、苏。然

---

① 二战结束后，苏军留在“满洲”，以支持全世界共产主义的传播。“满洲”地区成为中国革命者毛泽东进行军事行动的基地之一。苏军于 1946 年开始撤出。毛泽东在 1946–1950 年的中国解放战争中取得最终胜利，如果不是因为毛泽东受到的支持以及对中国的控制足以取代苏联的地位，中国解放战争的胜利也将成为斯大林战略上的成功。最后，苏联人将“满洲”各个工厂整个拆除后搬到苏联，那些不能运走的都被苏联人摧毁了。苏联人这么做是因为不想让中国的经济超过苏联。

后，裕仁天皇史无前例地约见了日本广播协会的技术员，他们录下了天皇朗读《终战诏书》的录音。投降讲话的两张录音唱片现在藏在皇宫里皇后的私人保险箱中。[①]

谋反的青年军官以畑中健二少佐（Kenji Hatanaka）和椎崎二郎中佐（Jiro Shiizaki）为首。从前一天下午 4 时开始，他们控制了偌大的皇城中的一部分。因为近卫师团长森赳（Takeshi Mori）拒绝参与政变，他们便开枪将他杀死了。

他们二人还用森赳的个人印章伪造了师团命令，来愚弄保卫天皇的 7 个近卫团，这些伪造的命令意在劝说近卫团也参与政变。皇宫与外界的联系很快就中断了。然后畑中和椎崎就开始四处搜索两个重要目标：一是天皇本人，二是天皇《终战诏书》的录音。位于东京中心的日本皇宫及各个园林占地一英里宽；天皇能藏身的地方太多了。畑中和椎崎不遗余力地搜索，虽然他们并没有找到想要的东西，但却成功解除了皇宫守卫的武装，并且抓捕和关押了 18 名职员。不可思议的是，这 18 名职员都不肯向政变军官吐露裕仁藏身之地。

一切突然暗了下来。美军的轰炸切断了东京所有的电力，裕仁藏身的地下掩体变得更为阴森恐怖。裕仁知道，一旦为了逃离地下掩体彻底的黑暗而离开的话，自己将性命不保。于是他继续在这里躲着。

裕仁与外界被完全隔绝开来了。皇宫里那些一直保护着他的厚厚的石头墙壁，现在反倒成了关押他的监狱。在裕仁整整一生当中，这是第一次没有人在身边侍候或保护。就像那些死在太平洋各个岛屿上的洞里面的日本士兵一样，裕仁只得躲在自己的石头堡垒里，等待着，不知道自己是否还能活着见到明天的太阳。

凌晨 3 时，忠于天皇的部队冲进皇宫。畑中和椎崎趁夜逃走，他们并没有找到裕仁和《终战诏书》的录音。几小时后，他们为了逃避自己行为的后果而选择结束自己的生命。

---

① 日本广播协会日语为 Nippon Hōsō Kyōkai。

上午7时21分，杜鲁门在华盛顿收到日本投降的消息后不到15分钟，日本广播协会就开始播送一条特别信息：天皇陛下将在中午亲自对臣民讲话。

★

哈里·杜鲁门刚在白宫游泳池里游了一会儿，提了提神。现在是8月14日周二晚上，刚过7时。白宫的总统办公室有36英尺长，29英尺宽，现在每一寸地方都挤满了记者、强弧光灯和照相机。

杜鲁门总统身穿海军蓝双排扣西装和蓝色衬衫，站在自己办公桌后面向世界宣告："今天下午，我收到来自日本政府的消息，"杜鲁门开口讲道，右手拿着讲话稿，"日本政府宣布完全接受关于日本无条件投降的《波茨坦公告》。"

白宫外面，将近50万美国人开始在华盛顿街道上举行盛大的街道派对。"这座首都城市……放松了自己紧绷着的神经，开始庆祝战争的胜利。人们欢呼雀跃，举杯痛饮，撕碎纸张，纵情亲吻，看起来就像是新年和狂欢节加起来一样。"《美国佬》（*Yank*）杂志如此报道。

杜鲁门在夫人贝丝的陪伴下步出白宫，走到前面的草坪上。"我们要见杜鲁门，"排在白宫黑色铁围栏外面的人群齐声高呼，"我们要见杜鲁门。"

作为回应，杜鲁门伸手做出了代表胜利的剪刀手。

第二次世界大战总算结束了。

★

在日本，举国的哀痛也开始了。8月15日中午，正当华盛顿人民欢呼庆祝时，裕仁天皇的声音被广播到全国各个城市、镇子和村庄里，在国外的日军士兵也通过短波收音机收听。日本人民从未听过天皇的声音，因此他们听广播时的反应既有好奇又有震惊。录音对他们来说非常难懂，因为录音的质量本来就差，而且天皇使用的是日本古文。不过，天皇的信息最终还是能清楚地传达出来。

"朕之良顺子民，"天皇尖厉的声音从收音机中传来，"惟天下之大势，睹本朝之现状，欲取非常之措施，收拾时局。"

“今征伐已历 4 载，虽我将兵骁勇善战，百官有司励精图治，一亿众庶奉公体国，然时局每况愈下，失势之征已现。”

裕仁并没有提到“投降”的字眼。他只是说让自己的子民“忍所难忍、耐所难耐，以开太平于万世”。对于许多人来说，这其实是一个巨大的解脱：他们的父亲、丈夫和儿子终于可能从战场上回家了。但其他人则感到屈辱和愤怒。在裕仁讲话的结尾，日本人民听到了他们以为永远不会听到的话。

“今诚宜举国一家，子孙相传，信神州之不沉，保家国于不灭，念任重而道远，倾全力于建设，笃守道义，巩固志操，誓必扬国体之精华，期同步天下之进化。于嚱，咨尔多方，宜悉朕意。”[①]

★

整个日本都意识到事实的真相：战败。在听到裕仁承认投降的声音时，许多日本人震惊得瘫软在地。几百名官兵宁可剖腹自杀也不肯接受裕仁提出的投降。一群陆军和海军军官选择将自己的自杀展现在世人面前，他们跪在日本皇宫前面的砾石路上，然后举枪自杀。

在有些地方，日本人的回应则是愤怒。九州岛的战俘营里，十几名被俘的美军飞行员被拉到战俘营外面用刺刀处决。正因为日本犯下了太多这样的恶行，所以当裕仁天皇的“玉音放送”一结束，全日本的军事部门都开始焚毁文件和档案。因为这些文件和档案将会被美国调查员用来给他们定罪。

事到如今，曾经四处占领别国土地、不可一世的日本也将被占领了。就连神圣的裕仁天皇也不能阻止这一切的发生。美国人会报复吗？占领者会毁坏日本人的生活方式吗？

没人能确定，也没人能知道日本人将如何面对被征服的事实。

但明显的是，新的君主即将降临。

道格拉斯·麦克阿瑟将军万岁！

---

① 《终战诏书》的中文版本由铃木贯太郎内阁委托汉学家川田瑞穗起草。——译注

第 27 章

厚木机场（ATSUGI AIRFIELD）

日本本州岛关东平原

1945 年 8 月 30 日

1405

驻日盟军的最高司令到了。道格拉斯·麦克阿瑟将军乘坐的私人 C-54 飞机降落在坑坑洼洼的跑道上。美军飞机曾对这座机场进行过数周轰炸，跑道上许多弹坑都还没填好。

这天炎热又潮湿。麦克阿瑟的座驾正在跑道上向机库滑行，机库外面挂着一面美国国旗。通过飞机上的舷窗，麦克阿瑟审视着周遭的环境。他看到一排排新到的美军 B-29 轰炸机停在跑道边上；队列整齐的军乐队已经做好奏响行进曲的准备；一队日本公务车正等着将他和手下的参谋人员送至他们位于横滨新格兰德酒店的总部。现场还有两百多名摄像师和记者准备着冲到飞机前进行采访，其中大部分是日本人。

短短 3 天之后，日本领导层将在东京湾的美国“密苏里”号战舰上签署投降书。届时世界各国要员将齐聚“密苏里”号的甲板见证这一时刻，而麦克阿瑟将是最显眼的那个。

但今天也同样值得进入史册，而且主角只有道格拉斯·麦克阿瑟自己。

在历史上，日本从未真正被征服者的靴子践踏过。作为驻日盟军的最高司令，麦克阿瑟不仅要领导已经开始涌入日本的占领军,还将成为日本实际的统治者。日本的媒体和政治都将被他掌握在手中。与在德国南部即将被免去类似职位的乔治·S. 巴顿不一样，麦克阿瑟将拥有无限的权力。对于苏联认为自己也应该派一位将军来和麦克阿瑟平起平坐的要求，杜鲁门表示坚决的谴责。[①]

麦克阿瑟计划在接下来的几个月内给日本带来根本性的变革：赋予日本妇女投票权；决定哪几位将军将会被以战争罪起诉；取代裕仁天皇成为日本的领导人。后来，有许多日本人因为麦克阿瑟将军的治国之道而将其比作从1192至1867年间统治日本的幕府将军。

没有人能保证麦克阿瑟在日本的掌权一帆风顺。到时大量的日本帝国陆军仍然不会缴械。正如日本人在偷袭珍珠港时表现出来的那样，欺瞒之道深深植根于日本的军事文化之中。美国情报官员认为，这场正在等待麦克阿瑟的机场欢迎仪式很有可能是日本为谋杀将军设下的巧局。

因此，麦克阿瑟将军手下的参谋人员在排队等待下飞机的时候都是紧张不安的。他们每个人都穿着熨得笔挺的卡其布军装，但都没佩戴随身武器。飞机降落前，麦克阿瑟发现参谋人员正往身上佩戴武装带，便命令他们停下来。“把它们取下来，”麦克阿瑟命令道。“如果他们打算杀死我们的话，随身武器也没用的。只有拿出毫无畏惧的架势，才能给他们留下深刻的印象。如果他们还不知道自己已经被打败了的话，那么当我们毫不畏惧地走下去时，他们自然就知道了。”

所以，麦克阿瑟的这些他最信任的军官，在没有武器傍身，也不确定走下去的命运如何的情况下，就准备这么跟在他后面步下舷梯。考特尼·惠特尼（Courtney Whitney）少将后来对这一紧张时刻的描述是，“此时整个世界

---

① 巴顿将军一直公开批评美国的苏联盟友，他认为美国应当将二战继续下去，直到将苏联赶回自己的国境内。巴顿对苏联的言行与他之前的纳粹敌人类似，因此被解除美国第三集团军司令的职务。1945年圣诞前不久，就在他本来应该返回美国退役的那一天，巴顿将军因车祸重伤不治辞世。有些人认为巴顿将军遭遇的车祸是苏联采取的复仇谋杀，后来的《杀死巴顿》（*Killing Patton*）一书更是将这种说法描写得有板有眼。

都屏住了呼吸”。[1]

就在一周以前，厚木机场还是日军一个零式战斗机中队的基地，其职责是保卫东京并与前来轰炸的美国轰炸机作战。这里还是神风特工队飞行员的训练场。就在战争结束前一刻，成千上万的平民还在这里挥汗如雨修建地下通道和机库，以抵御美国入侵。裕仁天皇宣布投降的“玉音放送”一结束，很多战斗机飞行员发动叛乱，驾驶飞机在东京投下敦促日本人民继续战斗的传单。据传言，其中有些飞行员今天将驾机起飞上演自杀式袭击。“我的天哪，”理查德·萨瑟兰将军曾警告麦克阿瑟，“天皇被当作真神一样供奉，但就这样日本人还想着刺杀他。想想你会是一个怎样的目标吧？”

但是，当飞机停下后，麦克阿瑟无所畏惧地从第一排座位上站起。他将陆军元帅的帽子戴在头上，点燃玉米芯烟斗，走向飞机后舱门。他并不是不拿威胁当回事，只不过他之前在日本的经历让他了解到东方人的方式。如果麦克阿瑟显露出害怕的话，哪怕只是一丝紧张，他就会在日本人眼中露怯。他将自己乘坐的这架飞机命名为“巴丹”（Bataan），就是要挑衅性地在日本人面前纪念那些 1942 年菲律宾陷落后被日军屠杀的成千上万名美国和英国将士。[2]

麦克阿瑟明白，面对 3 万名奉长官之命排列在通往横滨的 15 英里道路两旁全副武装的日军士兵，前一天就赶到这里保卫他的美军士兵丝毫无能为力。日军士兵手上拿着上了刺刀的步枪。但是，为了表示尊重，他们觉得自己不配直视麦克阿瑟，于是都是背朝着道路立正站好。这种待遇通常只有日本天皇才能够享受到。

当麦克阿瑟步下舷梯的时候，一阵夏天的潮湿热浪从他身边吹过。看到摄

---

① 英国前首相温斯顿·丘吉尔后来写到自己在得知麦克阿瑟抵达日本时的震惊。麦克阿瑟身边没有强大的武装力量守卫，只有几名连手枪都没带的高级军官。丘吉尔写道：“在二战期间所有惊人的勇敢行为中，我认为麦克阿瑟将军在日本厚木机场的着陆才是最为勇敢的。”

② 巴丹死亡行军是第二次世界大战中日本制造的震惊世界的战争罪行与虐待俘虏事件。近 8 万名美菲战俘被强行押解到 160 公里外的战俘营，一路无食无水，沿路又遭日军刺死、枪杀，在这场暴行中约 1 万 5 千人丧命。——译注

影师后，麦克阿瑟一如既往地摆好了姿势。将军戴上了他的飞行墨镜，嘴里叼着玉米芯烟斗，并扬起了下巴。军乐团开始奏乐。这一切正如麦克阿瑟所料。

只要日本这个国家还存在，这一刻就不会被遗忘。

●

在离日本海岸约一英里的地方，另外一位厉害的美国强力军事领导人——绰号叫“蛮牛”的小威廉·哈尔西（William “Bull” Halsey）海军上将——及其率领的美国海军比麦克阿瑟早3天抵达了日本。哈尔西所在的旗舰“密苏里”号战列舰正航行在离东京南边不远的相模湾（Sagami Bay）。台风刚过，海面风平浪静，因此“密苏里”号上的舰炮可以平稳精确地瞄准日本海岸的方向。

哈尔西今年62岁，是一名好战的老海军。许多人认为他蛮勇的作战方式略显愚蠢，可是道格拉斯·麦克阿瑟却对他有着深深的尊敬。“他一心想的就是靠近敌人，然后和他战斗到死，”麦克阿瑟后来在自传中提到哈尔西时这样写道，“在美国海军历史中，没有人的功绩能超过他。”

这场战争对于哈尔西来说可谓漫长。在日本轰炸珍珠港时，哈尔西就在美国“企业”号（USS Enterprise）航空母舰上。作为美国海军第三舰队的司令，他在太平洋几乎每场大海战中都扮演了关键的角色。太平洋战争的胜利由麦克阿瑟和他指挥的陆军唱头牌，哈尔西和他的上司——太平洋舰队司令尼米兹将军都感到愤愤不平。旧金山与东京之间隔着8000英里，横跨八个时区；美国海军将士都深知，如果没有海军的话，美国是不可能在这样广阔的大洋上赢得战争的。

不过，最终美国海军还是得到了应有的肯定。杜鲁门总统最终决定，正式的日本投降仪式将不是在陆地上举行，而是在海上。舰队里有传言说举行这场仪式的地方已经选定在“南达科塔”号（USS South Dakota）军舰上。

现在，为了大规模炫耀武力，将近三百艘战列舰、驱逐舰、巡洋舰、轻型航空母舰、护卫舰、潜艇、供应船、医院船和扫雷舰排列整齐，准备驶过守卫着东京湾入口的雷区。除了美国舰队，还有英国、澳大利亚和新西兰的军舰。如果还有日本人对自己的战败有所怀疑的话，他们只需要站在相模湾的黑色沙滩朝海面上看一眼就足以信服。

在这众多军舰当中，最为强大的当属哈尔西所乘的旗舰——“密苏里”号战列舰。这艘战列舰上每座16英寸的舰炮都有67英尺长，每座舰炮都可以在50秒内向23英里之外的地方发射一枚2700磅重的穿甲弹。此外，这艘昵称为“大莫”的船还装有25英寸的舰炮，精确射程可达10英里。这是一艘军舰中的巨兽，长度几乎与足球场相当，有2000名船员，最高航速32节。“密苏里”号上巨大的舰炮曾对着硫磺岛、冲绳岛、菲律宾群岛以及日本本岛上倾泻炮弹。6个月前，该舰曾遭到日本神风特工队的自杀式袭击，但是不仅船没被击沉，而且没有任何人员伤亡。[①]

“密苏里”号的声望还包括许多象征性因素：这艘青灰色军舰是以哈里·杜鲁门总统家乡所在的州命名的。1944年1月，当“密苏里”号从布鲁克林造船厂下水时，杜鲁门的女儿玛格丽特曾在舰艏挥洒香槟，为它主持下水和命名仪式。那时玛格丽塔才20岁，而杜鲁门还是副总统。曾挂在华盛顿美国国会大厦之上的星条旗正安全地保存在“密苏里”号上，等待着在即将到来的周日被升起。[②]此外“密苏里”号上还存放着另一面旗帜：这面31颗星的美国国旗属于马休·佩里（Matthew Perry）海军准将，他曾在1852年率领舰队到达日本并打开了日本对美贸易的港口，这是历史上一件具有重大意义的事。

“密苏里”号也是美国建造过的最大的一艘战列舰。因此，在驶入东京湾之前不久，“南达科塔”号就将主持日本投降仪式这一殊荣让了出去。论资格和声望，“密苏里”号实至名归。

1945年8月29日早上，一名日本港口引航员登上“密苏里”号，引导

---

① 那架神风特攻队的飞机撞击到了“密苏里”号右舷主甲板稍微往下一点的位置。“密苏里”号船员在清理过程中发现了驾驶这架飞机的神风特攻队飞行员的尸体，死者是19岁的石野节雄（Setsuo Ishino）。“密苏里”号舰长威廉·M.卡拉汉（William M. Callaghan）认为这位年轻的飞行员只不过是在尽己所能完成军人职责，于是便下令对他进行代表军人荣誉的海葬。尸体上覆盖的日本国旗是由船员缝制而成的。丧礼仪式后还进行了步枪齐射，随后船员面对着被扔向海里的石野节雄的尸体敬了军礼。

② “密苏里”号上存放的这面美国国旗曾在1941年12月7日珍珠港遭到日本偷袭时挂在美国国会大厦上。

哈尔西手下的船员穿过雷区并通过东京湾海峡。这名港口引航员帮助舵手三等兵艾德·卡兰塔（Ed Kalanta）在主舰桥上的驾驶指挥塔上操纵着 44560 吨的“密苏里”号。一年以前，卡兰塔曾操纵着“密苏里”号穿过巴拿马运河，当时狭窄的船闸两边只有一英尺的余量。当 20 岁的卡兰塔在身边日本引航员的帮助下熟练地将“密苏里”号驶入东京湾去迎接等待着这艘军舰的历史使命时，哈尔西上将就在主舰桥下面那一层。

●

“密苏里”号于上午 10 时左右抛锚，紧接着就开始进行投降仪式的彩排。船员费尽心思腾出足够的空间来容纳来自世界各国的 200 名媒体人士以及数十位政要高官。历史性的一刻将于周日上午 9 时准时举行。船员当中还要选出 8 名个子最高的来充当日本投降代表团登舰时的欢迎队伍。此举意在向那些身材矮小的日本外交人员暗示，现在美国才是老大。

在几天的排练中，盟军的军舰排成长队蜿蜒进入东京湾，而在此期间，“密苏里”号上的巨大的舰炮一直瞄准东京方向。

战争虽然结束了，可危险还没过去。

●

时间刚过早上 9 时，道格拉斯·麦克阿瑟将军就经过哈尔西海军上将走到麦克风前的位置。麦克阿瑟和其他美国陆海军的将军穿的都是簇新的卡其布军装。日本代表团的 11 人则都穿着军礼服或正式的燕尾服，甚至还戴着大礼帽。但是麦克阿瑟认为：“我们跟他们作战时穿的是我们的卡其布军装，因此我们接受他们投降时也应该穿着卡其布军装。”[①]

---

① 日本代表团没有一名成员情愿出席这次仪式，因为他们认为这将成为个人身上洗刷不掉的耻辱。代表团成员是：永井八津次少将（Yatsuji Nagai，陆军）、冈崎胜男（Katsuo Okazaki，外务省）、富冈定俊少将（Sadatoshi Tomioka，海军）、加濑俊一（Toshikazu Kase，外务省）、宫崎周一中将（Shuichi Miyazaki，陆军）、横山一郎少将（Ichiro Yokoyama，海军）、太田三郎（Saburo Ota，外务省）、柴胜男大佐（Katsuo Shiba，海军）、杉田一次大佐（Kaziyi Sugita，陆军）、外相重光葵（Mamoru Shigemitsu）以及陆军参谋总长梅津美治郎大将（Yoshijiro Umezu）。

“密苏里”号上身穿白色军装的2000名船员挤在炮塔等地方，抢占见证这一历史性时刻的有利位置。甲板上挤满了媒体人士、各国政要，当然还有舰上的武器。今天上午，暴风雨袭击过后的天空灰沉沉的，而参加仪式的人都神情肃穆。

“今天，我们各交战国的代表，聚集在这里，签署一个庄严的文件，从而使和平得以恢复。”麦克阿瑟在麦克风前宣布，“涉及截然相反的理想和意识形态的争端，已在战场上见分晓，我们无须在这里讨论。”

仪式是在美国国歌《星条旗永不落》的歌声中开始的。佩里准将曾悬挂过的那面31颗星的美国国旗被固定在上层建筑上的一个画框里，因为这面饱经历史沧桑的旗帜已经禁不起在风中飞舞了。不过，今天早上在旗杆上升起的那面来自美国国会大厦的国旗正在风中潇洒地猎猎作响。日本代表团成员一个个愁眉苦脸，似乎想尽快完成这场仪式。他们当中的将军已经遭受了交剑之耻，而外交官所乘坐的公务车上的日本国旗也在今天早上被摘掉了。

“作为盟国最高统帅，我宣布按照我所代表的各国传统，开始以正义和容忍的精神执行我的责任，同时采取一切必要的处置，借以保证投降条件完全地、迅速地、忠实地得到遵守。”

麦克阿瑟手里拿着一叠笔记。在他挺立着发表讲话的时候，坐在签署投降书的桌子前的日本代表只得默默忍受。

“现在请日本天皇代表、帝国政府代表和日本皇军总司令代表，在投降书指定的地方签字。”

之前人们发现英国为投降仪式捐赠的红木礼仪桌太小了。于是今天早上，“密苏里”号餐厅里的一张折叠桌被搬到了甲板上，现在这张折叠桌上盖着一幅沾着咖啡渍的深绿色桌布。桌上放着两份投降书文本，一份是由美国保留的真皮封面文本；另一份是交给日本的帆布封面文本。

首先由战败国签字，然后才是战胜国。船员和媒体都在忙碌着记录这一时刻，一时间都是相机快门摁下的声音。这场全世界直播的仪式共持续了

23分钟。

道格拉斯·麦克阿瑟将军在桌子前一张简朴的木椅上，然后开始耐心地用好几只笔来签上两遍自己的名字。他将一支笔递给了绰号为“瘦皮猴”的乔纳森·温莱特中将。温特莱是麦克阿瑟亲密的朋友，在菲律宾陷落后被关在了日本战俘营里度过了战争时期。虽然麦克阿瑟曾认为科雷吉多尔岛失陷后温特莱不应该被授予荣誉勋章，因为他相信美军本可以在那里坚持得更久。但是当温特莱再次出现在麦克阿瑟面前时，他的瘦骨嶙峋显示了自己曾作为战俘遭受的毒打、折磨以及饥饿，目睹此等情形，麦克阿瑟再也没有理由怀疑他的勇气。

麦克阿瑟又将另一支签字用笔递给了亚瑟·帕西瓦尔（Arthur Percival）中将，这位英国将军在新加坡失陷后也在日本战俘营里遭受了百般折磨。为了不让盟军将温特莱和帕西瓦尔解救出来，日本曾将他们两位辗转数个战俘营。战争结束前，帕西瓦尔和温特莱都被关在“满洲”西安县[①]的一座战俘营里。麦克阿瑟特意邀请这两位骨瘦如柴、营养不良的幸存者站到签署投降协议的桌子后，让他们正对着日本代表团的成员。[②]

所有程序都完成了，麦克阿瑟起身笔直地站着，向在场所有人员宣布“现在仪式结束”。

当日本代表团成员在引领下走向将把他们带回岸上的小艇时，一个大规模美军飞机编队从上空飞过。他们抬头望去，仿佛看到这样一句话：美国人现在是你们的主人了。

---

① 即今吉林省中南部的辽源市。——译注

② 麦克阿瑟将其余的签字用笔分别送给了美国陆军军官学校（即西点军校）、马里兰州安纳波利斯的美国海军学院，以及妻子简。麦克阿瑟用送给简的这支笔签下了他姓氏里面的“阿瑟”。他知道简肯定会珍视这一礼物，因为“阿瑟”也是他们儿子的名字。在日本投降文件上麦克阿瑟的签字中可以看到“麦克”和“阿瑟”之间有明显的间隔。

第28章

日本东京

1945年9月11日

上午

对东条英机来说，这场战争还没有结束。

这位60岁的身材矮小的日本前任首相大摇大摆地在众目睽睽之下耐心等待以战争罪来逮捕他的美军士兵。东条英机本来可以逃走，但他行事缜密而细致，尽管人们都觉得他是个疯子。与那些偷渡到南美洲并在那里担惊受怕隐姓埋名了却余生的德国纳粹分子不一样，东条英机是世人最为熟悉的人物之一。他臭名昭著，人人都想除之而后快，而且他还是彻头彻尾的日本人。天下虽大，却不可能有他的藏身之处。

于是，东条英机一直待在他那东京郊区的农舍里，身边随时带着一把手枪。他甚至让医生在他胸膛上标出一个黑色的标记，以免在开枪自杀时错过心脏的位置。

成千上万的美国陆军和海军士兵不断涌入日本，他们解除了日本军队的武装，堵住了日本海军的舰炮，摘除了飞机的螺旋桨。这是消除美日分歧那漫长而缓慢的过程的开始。在中国境内，四万名美国海军陆战队士兵——他们当中许多人都曾在一年前参加了惨烈的贝里琉岛登陆作战，并从数月的可怕战斗中幸存下来——正在北上准备驻扎防守，并接受那些还没向苏联投降的日军部队的投降。许多中国战场上的日军部队在战斗中从未尝过失败的滋味；对他们来说，放下武器并将自己的团旗付之一炬将是莫大的痛苦和耻辱。[①]

●

战事虽然结束了，但亟待解决的事情还有太多。可以说，日本和美国以赢得战争为名义都犯下了可怕的行为。柯蒂斯·李梅将军就认为，如果是美国输掉了战争的话，他无疑会因自己做出轰炸东京的决定而被以战争罪起诉。但是，最后的惩罚是由胜者决定的。正如德国纳粹领导人将在纽伦堡接受审判一样，日本的将军和外交官也很快将为自己犯下的暴行而被追究责任。

8月间，日本近卫师团的总部曾给各野战部队下令，命他们销毁所有关于虐待战俘、慰安妇、生化武器以及非法毒品交易的文件。但这并不能将所有的罪证完全销毁。早在1942年，麦克阿瑟就预料到早晚有一天会用到日本战争罪行的证据，因此他下令美国陆军的盟军翻译部（Allied Translator and Interpreter Section，ATIS）整理获取到的文件作为日军暴行的证据。至1945年9月2日战争结束时，盟军翻译部掌握了35万多份此类文件。在一天后，盟军翻译部指挥官西德尼·马希比尔（Sidney Mashbir）上校就是拿着手上这些信息与日本外务省的冈崎胜男对质。有他手上拿着的照片为证，日军攻占菲律宾的马尼拉时，曾下令士兵烧死、致残成千上万名无辜的菲律宾人。

“那么，你手上有那些为这些暴行负责的士兵的名字吗？”冈崎胜男问道，想试探马希比尔是不是在虚张声势。

“还真让你说对了，”马希比尔上校愤怒地答道，“手上有了证据，我们很快就会要求你把这些士兵一个个交出来，让他们得到应有的惩罚。”

很难说到底会有多少日本外交官和军人将接受所犯下的谋杀、强奸和虐

---

① 在日军陆军，联队旗（团旗）为天皇亲自授予，每个联队的联队旗仅此一面，所以极为珍贵。而日本也有专门部队保护军旗。每面军旗均选联队中最好的少尉军官任护旗队长，日军战斗条令规定，当判断战局有全军覆没危险时，应焚烧军旗。——译注。

待战俘等战争罪行的审判。奇怪的是，日本最为十恶不赦的战犯头子却一直被盟军检察官忽视了。实际上，在投降书签署和占领开始后将近两周的时间里，东条英机还没碰到过哪怕一位美军士兵。

时间一天天过去，美国宪兵队还没找上东条英机的门，仿佛美国人已经把这家伙给忘了。

但是东条英机知道自己情况特殊：是他发动了太平洋战争，是他亲自过目了偷袭珍珠港计划的每个细节，是他鼓励手下的指挥官屠杀战俘。他是如此臭名昭著，肯定不会逃脱被起诉的命运。

但他是不会让自己走到行刑那一步的，他早已下定决心不能被活捉。

东条英机没有足够的勇气跪在地上，留好遗书，然后将一把锋利的刀刺进腹部。

但是“科尔特”0.32 英寸自动手枪则可以让死亡来得更快一点。

●

说来奇怪，如果不是前一天有两位美国记者突然来东条英机家采访他，美军可能还在四处寻找他。这两位记者是来自美国联合通讯社（美联社）的莫林·斯宾塞（Murlin Spencer）和罗素·布莱恩斯（Russell Brines），出乎他们意料的是，东条英机非常乐意接受他们的独家采访。对东条英机来说，这是在自杀前最后一个讲述自己故事的机会了。当两位记者向他不断提出问题时，他一支接着一支地抽烟，完全陶醉在这次采访之中。除了将来的战争罪审判，东条英机无所不谈。

“这个秃头曾一度是笼罩在整个亚洲的恶魔，”两位美国记者在共同署名的报道中写道，“但他现在愿意谈论许多事情……有时表现出钢铁般的冷酷，有时是发自内心的笑，谈话是在气氛不断变化中进行的。”

正如东条英机所预料，这段采访发表在全世界的报纸上。现在，东条英机从自己农舍的窗户看到其中一名记者又来了，还带来一名摄影师。他们看起来好像是在等待什么发生一样，因为这两个人都没有试图靠近东条英机的房子。

果不其然，两辆美国陆军军车很快停在农舍前面。东条英机数了数，来逮捕他的士兵共有五名，每个人都全副武装。其中一名士兵发现正在向窗外看的东条英机，因此他们赶紧向前门赶来。

东条英机把窗户打开，冲着外面的人喊道：“我就是东条英机！”

留给东条英机的时间不多了。他关上窗户，解开衬衫上的衣扣，将上膛的“科尔特”0.32英寸自动手枪对准了自己胸膛上的黑色标记,然后扣响了扳机。

随着响亮的枪声，一颗子弹射入东条英机的心脏。鲜血从伤口喷涌而出。

东条英机自杀计划的每个细节都完美地实施了。

但只有一个细节稍微出了点差错：这颗子弹没打中他的心脏。

东条英机并没有死。

●

约翰·维尔佩斯（John Wilpers）中尉听到了这声枪响。25岁的维尔佩斯是美国陆军一名情报官，听到枪响后，他飞快地跃上门前的台阶，一脚踹开东条英机家的前门。道格拉斯·麦克阿瑟将军这天早上亲自下令308情报部队逮捕东条英机，维尔佩斯决定尽己所能完成任务。

对维尔佩斯中尉来说，如果东条英机死了的话就不好交差了。[①]

可是现在日本前首相东条英机看上去离死已经不远了。他的身体瘫在椅子上，胸口只有微弱的起伏。美联社摄影师查理·格里（Charlie Gorry）跟着维尔佩斯进入房间，当维尔佩斯掏出配枪指着东条英机的时候，格里就开始拍照。东条英机为自己迟迟没有咽气连连道歉。维尔佩斯马上把濒死的东条英机的“科尔特”0.32英寸自动手枪收了起来，然后赶紧不顾一切地寻找医生。

命令就是命令：东条英机必须得活捉。

---

① 1945年9月11号，维尔佩斯在东条英机家农舍的逮捕和抢救行动为他赢得一枚青铜星章。可惜，他的获奖文书被美国陆军弄丢了，因此他直到90岁高龄才拿到那枚奖章。

●

1945年9月17号，也就是东条英机自杀未遂的6天后，在一艘位于东京西南方向800英里的船上，一位来自布鲁克林的年轻海军少尉正在担心自己的小船会不会在台风中覆没。

美国军舰“奥奈达”号之前在朝鲜仁川港停留了5天，现在才刚刚赶到冲绳岛渡具知海湾（Hagushi Bay）。但为了躲避台风，“奥奈达”号不得不再次离港出海。本来，停在冲绳岛港口很有希望挺过暴风雨，但是上周暴雨中发生的惨剧表明还是小心为妙。

一场名叫“乌苏拉”的台风以每小时超过一百英里的风速从日本海上肆虐而过。运送美国战俘回家的飞机不幸遇到了台风造成的暴风雨。令人痛心的是，这些战俘本来已经从数年的折磨与饥饿中幸存下来，但却再也见不到美国的土地了；强烈的暴风雨让30架飞机坠入日本海，机上900名战俘无一幸免。[①]

当“奥奈达”号忙不迭地离开渡具知海湾时，船员对刚刚过去的“乌苏拉”台风强大的破坏力仍然记忆犹新。第二场台风“艾黛”正在向繁忙的战时港口逼近。如果能跑得比暴风雨更快的话，这艘突击运输舰免遭损害的概率就要更大一些。

最终，“艾黛”造成的灾难比“乌苏拉”还要严重。“艾黛”凶猛地登陆了日本本土，然后被改名为“枕崎”。广岛市在五周前的原子弹爆炸过后仍是一片废墟，现在又被海啸和洪水吞没成一片沼泽。被原子弹涂炭过一次的广岛，又被这次台风夺走了3000人的生命，还有6000幢房屋被冲毁。若换在其他任何时候，这样大规模的灾难肯定会震惊全世界。但是刚刚结束的太平洋战争中就有来自世界各国的上千万人丧生，原子弹爆炸也刚刚夺走10万多人的生命。在这些触目惊心的伤亡面前，这次台风造成的灾难只得到报纸上只言片语的报道。

---

① 这次惨烈的事故中无人生还。这也是史上和平时期最为严重的空难。

来自布鲁克林的这位海军少尉个子高高的，不久前才从马萨诸塞州的圣十字学院（College of the Holy Cross）毕业，10个月前才登上“奥奈达”号。他和其他船员一样过的都是船上日常生活：4小时值勤、军官餐厅里准时用餐，剩下的就是执勤结束后海上生活那种彻底的无聊。很快，“奥奈达”号也参与了绰号为“魔毯行动”（Operation Magic Carpet）——令人高兴的撤军行动。数百艘美国军舰——甚至包括航空母舰这样的庞然大物——都在清理各自的甲板，来容纳成千上万的陆军、海军和海军陆战队官兵并带他们回家。这些从残酷的战争中挺过来的兄弟姐妹值得最好的待遇。这名海军少尉深知这一点。

在布鲁克林的家里，他父母心里悬了数月的石头终于可以落下了，无数的祈祷终于等到了回报，现在他们正等着他走进家门。但离那一天还为时尚早，因为日本这边还有大量任务需要完成。

他接到了上岸去帮助日本战败后重建的命令。11月26日，他将在横须贺（Yokosuka）的海军通讯站（Naval Communications Facility）开始一段6个月的任期，为东京广播电台工作。对于他这样一位既机智风趣又能言善道的年轻人来说，这简直是再理想不过的工作。

但是，6个月任期后是可以从海军退役还是得再服役一两年，就不得而知了。

●

1945年9月27日上午10时，一辆栗色的1930年劳斯莱斯停在东京美国大使馆门前，紧张不安而又心事重重的裕仁天皇从车里迈出。[①] 对裕仁天皇来说，和东条英机以及那名来自布鲁克林的年轻海军少尉一样，战争远未结束。此时的裕仁满脸沮丧，双手也止不住地颤抖。由于患上了黄疸病，他本来就灰黄的肤色更深了。昨天晚上失眠时他一直担心自己会和东条英机一起站在审判庭上，听着美国公诉人用洪亮的声音一条一条列举他犯下的众多战争罪。

---

① 在日本，只有天皇的座驾才有资格是栗色的。裕仁长久以来都非常喜爱劳斯莱斯，文中这辆只是他众多劳斯莱斯座驾其中之一。

裕仁深吸了一口气，暂时平复了自己内心的恐惧。或许自己可以免于绞刑呢。他现在唯一的希望就是直接向道格拉斯·麦克阿瑟将军求情，这也是他今天早上乘车来到美国大使馆的原因。现在他最需要的就是勇气了，哪怕是假装的也可以。

如果裕仁天皇在一个星期前就来拜见麦克阿瑟的话，他就可以省去几天担惊受怕的日子。裕仁住的皇宫与麦克阿瑟在东京第一生命大厦（Dai-Ichi Seimei Building）的新总部仅有一街之隔。[①] 搬进大厦之后，麦克阿瑟给了日本第一保险公司三天时间把这座宏伟的建筑物腾出来，然后他给自己在六楼选了一间普通的办公室，不过从这间办公室里能俯视对面的皇宫。

虽然裕仁只要从自己的窗户向外看就能看到麦克阿瑟的办公室，而且麦克阿瑟也能随时从自己的办公室看到裕仁，但裕仁一直在等麦克阿瑟迈出第一步。可惜老练如麦克阿瑟，怎会想不到如果自己去拜访裕仁天皇的话岂不是自掉身价。就算要见面，也得让裕仁来登门拜访。

麦克阿瑟是在传递一个信息：裕仁天皇就像《皇帝的新装》里那位皇帝一样，何必再自欺欺人。

麦克阿瑟特意把会见的地方选在美国大使馆，这样东京市民就可以一览天皇那辆标志性的劳斯莱斯通往麦克阿瑟住所的羞耻之旅。从日本皇宫樱田门出发，天皇用了不到 10 分钟时间就穿过满目疮痍的东京街道到达美国大使馆门口。一路上，他乘坐的御驾轿车后面跟着 3 辆黑色奔驰车，里面坐着其他的皇室成员。只不过，现如今天皇已经顾不上他们了。

裕仁身穿黑色马甲，头戴高顶大礼帽，脚踏油光铮亮的礼服鞋，走进美国大使馆前门。他还不习惯让平民碰他身上的东西，于是当两名陆军军官给

---

① 第一生命大厦的英文为 Dai-Ichi Seimei Building，其中“Dai-Ichi”是日语中“第一”的意思。麦克阿瑟选择这座保险公司大厦作为自己的办公地点，不仅是因为大厦紧挨着皇宫且是美军轰炸后为数不多仍然矗立的显眼建筑之一，还因为它的名字可以象征美国对日本人的生活与文化的完全控制。

他敬礼然后上前拿过他的帽子时，他退缩了一步。

“阁下，非常，非常欢迎！”麦克阿瑟咧嘴笑着，大步迈进房间，打破了僵局。他并没有穿着正式的礼服，而是穿了平时的卡其布军装，皱巴巴的衬衫上甚至连勋表都没有佩戴。麦克阿瑟将军伸出手想表示欢迎，但没想到裕仁正好深深地鞠了个躬，所以麦克阿瑟伸出去的手只得尴尬地停在裕仁的头上。裕仁继续鞠躬，然后才向上伸手握住了麦克阿瑟的手。

稍做犹豫，麦克阿瑟就邀请裕仁和他的翻译走进一间没人的房间。两人交谈了40分钟，其间裕仁天皇就战争进行了道歉——而麦克阿瑟在谈话中对此不过是轻描淡写。

在接下来的数年中，麦克阿瑟和裕仁之间总共有11次会面，这次不仅是第一次，还是最为重要的一次。因为，在今天上午的简单谈话中，麦克阿瑟明确表示他认为天皇对于两国同盟以及日本重建都至关重要。虽然裕仁天皇的认罪使得他也成了一名甲级战犯，但是麦克阿瑟将在自己相当大的权力下尽己所能让裕仁免于牢狱之灾——也不必体会绞刑的绳索套在喉咙上的感觉。

●

会谈结束的时候，麦克阿瑟的摄影师贾塔诺·法雷斯(Gaetano Faillace)上尉被领进房间。6个月前，正是法雷斯拍下那张麦克阿瑟将军在菲律宾涉水上岸的著名照片，而现在他即将拍下的这张照片也将流传下来。其实，法雷斯共拍了3张麦克阿瑟和裕仁在桌子前并肩站着的照片。不过，在前两张照片里，麦克阿瑟的眼睛是闭着的，而裕仁看起来则像是在打呵欠。幸好第三张没有问题，而这张照片也将永远提醒日本人：他们的天皇不再是日本的统治者了。

身高6英尺的麦克阿瑟比裕仁要高出一头，看起来大局在握，神情倨傲，对站在他左边的小矮子无动于衷。裕仁天皇僵硬地立正着，神情拘谨；而麦克阿瑟则非常随意，两手放在臀部，两个手肘向身体两侧支棱着，看上去就像一个误入天皇神秘圣殿的普通美国游客。

为了将信息传达得一清二楚，麦克阿瑟下令将照片发布在报纸上，让全日本人都看到现在统治着日本的这位高大威猛的“外国人”。

道格拉斯·麦克阿瑟将军与裕仁天皇在麦克阿瑟办公室内的合影

不出所料，日本人民都被吓坏了。

3 个月后的 1946 年 1 月 1 日，在麦克阿瑟的敦促下，裕仁天皇否认了自己“现人神”的身份，向日本人民承认自己并非天神。

至此，日本天皇的神性被揭穿了——但是对于那些因为日本侵略而在战争中死去的上千万条人命来说，这谎话揭穿得也太晚了。

●

1946 年 5 月 3 日，在东京的远东国际军事法庭上，正式的战争罪起诉书正在被宣读；在一系列“东京审判”中，由多位法官组成的审判庭将听取针对战犯的证据。来自印度的拉达宾诺德·巴尔（Radhabinod Pal）法官认为，这种审判程序“是同盟国对战败的日本进行的傲慢报复”。除他的判决之外的有效判决如下：7 名战犯因甲级战争罪判处死刑，16 名战犯被判处无期徒刑，另有 2 名被判处有期徒刑。[①]

在宣读起诉书时，东条英机也在审判庭上。幸亏约翰·维尔佩斯反应迅速处置得当，这位前日本首相开枪自杀后维尔佩斯很快就找到了一名医生。但是，这名医生拒绝救治东条英机，因此思维敏捷的维尔佩斯马上又找来了另外一名医生。在医院接受治疗后，东条英机被单独拘禁在东京巢鸭监狱，由全副武装的守卫监视。

现在，东条英机正坐在被告席上，一位试图靠装疯卖傻逃避起诉的日本文官被告走上前在东条英机的后脑勺连扇两巴掌。尽管诉讼对他不利，东条英机却被此举逗笑了。

此处还有另外一点怪诞的幽默——不过东条英机对此却一无所知。东条英机戴的是假牙，在监狱期间，他曾要求换一副假牙。美国很乐意地满足了这一要求。不过东条英机不知道的是，“记住珍珠港”（Remember Pearl Harbor）这几个字被以莫尔斯电码的形式钻在了这套新的假牙上，意味着二战对于东条英机来说远远没有彻底结束——尤其是当东条英机深夜里孤独地躺在巢鸭监狱的单人牢房，用舌头舔过新牙套时，他肯定会好奇：假牙光滑的陶瓷表面上，怎么会点缀着神秘的凸起。

---

① 在东京审判中，被以甲级战犯起诉的 28 名被告中有 25 名被定罪判刑。此外，盟军检察官在亚洲和太平洋地区的其他几处法庭里开庭审理了日本的军官、外交官、士兵及看守。英国特别力主对那些在修建泰缅铁路时杀害成千上万条生命的战犯提起公诉。除了在东京审判中被定罪的 25 名战犯以外，还有 4300 名日军官兵被以强奸、虐待战俘以及谋杀等罪名定罪，其中 1000 人被判处死刑，其余都被判处无期徒刑。不过，很多战犯都得到了减刑。

第 29 章

白宫

华盛顿特区

1948 年冬

日间

当保罗·蒂贝茨上校走进总统办公室时，二战已经结束 3 年多了。除了他这位资深飞行员之外，总统还同时邀请了另外三人前来会面片刻。蒂贝茨上校和卡尔·斯帕茨将军、吉米·杜立特将军、大卫·席伦（Dave Shillen）上校从五角大楼一起驱车前往，路途不远，很快就赶到总统办公室。不过他们并不知晓被召来此处的缘由。

蒂贝茨是“艾诺拉·盖伊”号轰炸机的飞行员，二战后一直忙得不可开交。虽已小有名气，但从太平洋战区飞回家乡后，他很快就消失在公众视野中，低调处理婚姻矛盾，并继续他的航空事业。

回首 1945 年 9 月，二战刚刚结束，美军蜂拥攻入日本，蒂贝茨是同占领军一起进入东京的第一批飞行员。第一生命大厦毗邻东京市中心的皇宫，道格拉斯当时也想将总部安排在这座楼里，而蒂贝茨几乎刚刚被安排在第一生命大厦，就收到命令要将一名日本物理学家送到广岛，让他研究原子弹爆炸后的情况。这是蒂贝茨一生中唯一一次有机会可以亲临“艾诺拉·盖伊”

号轰炸过后的废墟。

不过造化弄人。广岛周围的路不适合飞机降落，因此，蒂贝茨将都筑正男（Masao Tsuzuki）教授送到长崎，和“艾诺拉·盖伊”号轰炸机上的几个队员一起在那儿待了3天。蒂贝茨和同行的飞行员被日本人的友好触动，难以将这种表现和“攻击并杀死美国飞行员的野蛮暴民”联系起来。

蒂贝茨上校、投弹手费瑞比（Tom Ferebee）少校以及被叫作“荷兰人”的领航员西奥多·凡·柯克（Theodore Van Kirk）上尉住在滨水区一家酒店，这里环境恬静宜人，墙壁用竹子做成，屋顶由茅草搭成。蒂贝茨无意中发现，这个地方曾经也是长崎原子弹爆炸的目标地。如果不是由于投弹当天乌云密布，“博克斯卡”号在偏离原有目标位置几英里的地方投射，这个古香古色的旅店将不复存在。

美国军官被代号为“胖子”的原子弹强大破坏力震惊了。“一片一片的地方被夷为平地，仿佛龙卷风袭过一般。”

“然而奇怪的是，我并未看到死亡的迹象。周围没有一具尸体，”蒂贝茨之后写道，“这次短暂的来访让我对日本人民充满敬意，虽然不久前他们曾是我们的敌人。”

★

当蒂贝茨、斯帕茨、杜立特和席伦来到总统办公室时，杜鲁门总统并不在座位上。投掷原子弹是否道德这一疑问仍然弥漫在这个神圣的房间里，接下来几十年时间也不会有答案。奇怪的是，4个空军军官来到这里，却只有3张椅子。有一人必须站着。

他们几个中间最有权势的是斯帕茨，他最近被选为首位美国空军参谋长。1945年6月，是斯帕茨要求写一份指令以授权投掷原子弹。按照礼节，他应该坐在右边最远的那张椅子。

杜立特的飞行生涯也许是最具传奇色彩的，他在1942年领导的东京轰炸后来被人熟知，并简单称作“杜立特袭击”。他是几个人中军衔第二高的人，这位将军将会坐在斯帕茨的左边，即中间的那把椅子。

席伦上校和蒂贝茨是相同军衔。他们俩谁坐下谁站着还不太清楚。

白宫管家阿隆佐·菲尔茨（Alonzo Fields）马上就负责安排。

“斯帕茨将军，”菲尔茨说，指着一把椅子，“你愿意坐在面朝桌子的那把椅子上吗？”

不出所料，斯帕茨坐在最右边的椅子上。

蒂贝茨依然站着。在军队待了差不多15年，他不至于要去提问。

这位白宫管家根据总统严格的命令，把蒂贝茨带到总统桌的另一面，示意他坐在面对另外3张椅子的那个位子，在杜鲁门椅子的右边，这让蒂贝茨感到意外。

惊讶的保罗·蒂贝茨在那个位子坐下了。

大家在等候总统到来时，被招待喝咖啡。10分钟后，哈里·杜鲁门面带微笑走进来，军官们马上起立。

“坐下。”杜鲁门高兴地说，这样大家都放轻松了。

4年前这位总统走马上任以来，他将自己从一个弹钢琴的副总统变成了世界上最伟大的政治家之一。

但这并不表明从战争到和平的过渡是轻而易举的。美国和苏联的紧张关系始于二战即将结束的时候，现在继续恶化，因为苏联百折不挠地去扩大共产主义在世界的影响力。杜鲁门于1945年在波茨坦告诉约瑟夫·斯大林，美国拥有一个超级武器。那时他感觉自己很有权威，但现在这种感觉变弱了很多，情报显示估计苏联迟早会自己研发出原子弹的。[①]

除了与苏联的争端，杜鲁门口无遮拦的特点使他与美国的一些投票者疏远。许多人指出经济迟缓，认为他是个糟糕的领导者。有时他的支持率下降到40%以下。公众普遍认为哈里·杜鲁门不会再次竞选总统——因为他的

① 苏联于1949年8月29日首次成功试爆原子弹武器。

支持率一定会让他输得彻头彻尾。

然而，杜鲁门的确有些功绩。1945年他单方面选择道格拉斯·麦克阿瑟任驻日盟军总司令，得到了热烈支持。麦克阿瑟成功地把日本从昔日的敌人改造成了一个新的盟友，重建了碎石瓦砾之下的日本，阻止它像周边的亚洲国家一样拥抱共产主义。

私下里，杜鲁门现在觉得这次委命是个错误。他不再信任这位将军的决定，认为麦克阿瑟的自尊心让日本成了他个人的领地。但目前为止，杜鲁门只是心里这样想想，并没有说出去。

杜鲁门保持微笑，他看着总统桌周围坐着的一排空军军官，开始了短暂的会议。

“斯帕茨将军，恭喜你成为首位空军参谋长。”总统说道。

“谢谢，先生，”斯帕茨回答，“非常荣幸，我很感激。”

杜鲁门将视线移向杜立特，恭祝他1942年对东京进行了传奇般的袭击，震惊了日本上下，因为重型美国轰炸机从航空母舰上起飞——这一壮举曾经被认为不可能。“你做了了不起的事情，驾驶那架飞机。”杜鲁门赞叹道。

“不足为奇，总统先生。”向来自信的杜立特回答道。

对席伦，杜鲁门说明了他了解战后航空科技的最新情况。“席伦上校，我想祝贺你卓有远见，看到了空中加油的发展前景。我们终有一天会非常需要它。”

“非常感谢，先生。”

最后，哈里·杜鲁门面向保罗·蒂贝茨上校。开始总统什么也没说，让这一刻建立一种联结。

经过了漫长的10秒钟，总统还是没有说话。

“你怎么想？”杜鲁门最后开口问道。

“总统先生，”蒂贝茨回答道，他非常清楚哈里·杜鲁门在说什么，“我认为我完成了任务。”

杜鲁门拍了一下桌子，拍响了战后放在桌上的那张具有传奇色彩、写着“责无旁贷”的牌。

“你干的真好。是我让你去干的。”

★

8个多月之后，午夜前的20分钟，在东京的巢鸭监狱，佛教徒和监狱僧人花山信胜（Shinso Hanayama）是7个日本甲级战犯的精神顾问，今晚这些战犯将被绞死，他在监狱的佛教教堂与每一个战犯共度最后一刻。当天是1948年12月22日。

两个美国牧师将见证死刑，但花山不被允许进入死刑室。因此，随着每个人离开佛事仪式，牧师向诸如东条英机以及前首相广田弘毅等杀人狂告别。

9名证人将目睹战争最后篇章的开始。刽子手、守卫、狱卒和法制工作者一共20人将旁观绞刑处死。这些罪犯的亲人并未受到邀请。房间里的每个观察员都收到了严格的指令，不准有不合理的行为，也不准拍照。

执行令规定，绞刑将在12月23日午夜后尽快进行。巢鸭监狱死刑室非常小，只能放得下4个绞索，所以战犯必须分两批处刑。当钟表指向12点钟时，每个战犯都穿着美军清洁工的制服，没有任何军事勋章。

他们脚上戴着脚镣，腰上扎了一条腰带。每名囚犯将由两名美国卫兵陪同走上绞刑架。第一组4名战犯都是大将：土肥原贤二（Kenji Doihara），松本石根（Iwane Matsui），武藤章（Akira Muto）和东条英机（Hideki Tojo）。[①]

脚镣叮当作响，这一列人朝着绞刑架走去，走上13级台阶到达绞刑架。刽子手站在一边。他的3位助手在每个罪犯头上放了一块黑色的头巾。套索

---

① 土肥原贤二是个吸鸦片成瘾的指挥官，他领导入侵了“满洲”，随后又被派往中国华北，企图制造第二个伪满洲国；松井石根被指控主导了南京大屠杀；武藤章负责在中国、苏门答腊和菲律宾开展非人道行动；东条英机是那位把日本带进战争的日本首相。

缓缓从头巾上方降下来，紧紧地勒住他们的喉咙。

第二组战犯被绞死的过程也将一样：板垣征四郎（Seishiro Itagaki）大将、广田弘毅、木村兵太郎（Heitaro Kimura）大将。[①]

绞刑进行了20分钟。僧人花山信胜之后写道，在半夜12时01分他听到了活板门摇晃打开的声音，再次听到这个声音是半夜12时30分。

踩上托架后90秒内，每个人都在绳索下摇晃。接着尸体被搬走进行火化，骨灰灰飞烟灭，这样就不会有神社来供奉他们的遗体。

东条英机，这个导致二战太平洋战场百万人丧生的人，临终时说他很抱歉。

曾经狂妄自大、杀人成瘾的首相现在如此潦倒。

因此，圣诞前两天，日本杀人狂不复存在了，史上最残酷的时代告一段落。[②]

---

① 板垣征四郎大将因八项战争罪行被定罪，包括非人道对待战俘。日本入侵中国时，前首相广田弘毅当时掌权，因进攻和进一步扩大战争而被判刑。木村兵太郎是东条英机的助手，也在亚洲各地进行指挥；他因让日军加大力度残忍对待盟军战俘而受到指控。

② 像1948年12月23日被处死刑的另外六名男子的尸体一样，东条的尸体被火化。尽管美国人做出了最大的努力，他的骨灰还是被吹散在东京一个公墓和靖国神社之间，靖国神社用来供奉自明治维新时代以来为日本战死的军人及军属，大多数是在日本侵华战争和太平洋战争中死去的日本官兵。附近游就馆里的陈列品呈现着修正主义历史思潮，声称美国是太平洋战争中的种族主义侵略者，因为在日本大家都熟知二战太平洋战场。东条被行刑前不久，他把他的军带给了一名美国狱卒。

第30章

纽约州纽约市

1949年9月10日

上午9时

来自布鲁克林的年轻少尉看着他那褐发的妻子，她正抱着他们刚出生的孩子。孩子长得很大，有10磅多。少尉从太平洋战场回来已经两年了，现在正过着新生活：当了爸爸，开始养家。

威廉·詹姆斯·奥雷利（William James O'Reilly）希望他刚出生的儿子会继承祖辈的传统，成为一个勤奋工作的爱尔兰天主教徒，重视家庭和忠诚超过金钱和物质财富。他和新婚一年的妻子安吉拉（Angela）刚刚有了一个男婴，他们非常兴奋，叫他“比利”，大名“小威廉·詹姆斯·奥雷利”。

比尔和安吉拉1948年在纽约市圣帕特里克大教堂（Saint Patrick's Cathedral）结婚。当时新娘已经有了一份好工作，在曼哈顿上西区（Upper West Side）的哥伦比亚长老会医院（Columbia Presbyterian Hospital）当理疗师，小比利就是在那里出生的。奥雷利少尉有圣弗朗西斯学院（Saint Francis College）的文凭，还在圣十字学院接受过军事训练，现在正面临职业选择。有了孩子以后，就更要尽快做出选择了。

这对新婚夫妇住在新泽西北部乔治·华盛顿大桥（George Washington

Bridge）附近。他们手头很紧。少尉已经开始后悔离开海军了，因为在那儿生活有保障，也不会对未来迷茫。和许多同伴不一样，老比尔·奥雷利热爱服役的时光。对日作战的这段经历让他学会尊重日本人，他觉得这些日本人即使在家园被攻占的时候也表现出了气节。

少尉会很快搬家，把妻子孩子带到拥挤的纽约市郊长岛（Long Island）的莱维顿（Levittown）。这里正大量建造廉价的房子，还给老兵提供优惠房贷。一座简朴的两室房价格是8000美元。比尔和安吉拉将终生住在那里。

★

我的父亲一直很怀念海军生涯，也津津乐道自己的二战经历。他坚信，如果麦克阿瑟陆上进攻日本本土的计划最终实现的话，自己一定会战死；当时他的船“奥奈达”号计划运输几百名海军陆战队士兵前往日本海滩附近。后来，我父亲才知道，当时日本几千名神风特攻队飞行员就在那里虎视眈眈，等着袭击美国舰队。这场大屠杀一旦发生，必将招致弥天大祸。

威廉·J. 奥雷利少尉

少尉奥雷利和他妻子及两个孩子——我妹妹珍妮特（Janet）在两年后出生——在20世纪50到60年代建设了又一个传统美国家庭。我爸爸从来没做过什么挣大钱的买卖，快30年来一直干着初级金融分析师的工作。他是大萧条年代出生的孩子，最珍视的就是稳定的收入。因此他选择安定下来做一份平庸的工作，任由自己的沟通天赋被埋没。

我父亲不会经常自省，他确信一件事——他几次跟我讲过——他本人的生命，以及随之而来的我的生命，想来很有可能是被一颗可怕的炸弹和一个令人发指、至今仍有争议的总统决定拯救的。

但对于当时这个年轻少尉和他如今已长大成人的儿子而言，事情无可争议，只有赤裸裸的现实：如果那时没用原子弹，很可能你现在就读不到这本书了。

后 记

迪宫裕仁（Emperor Michinomiya Hirohito）天皇被道格拉斯·麦克阿瑟将军剥夺了所有权力。不过，将军觉得裕仁仍然是日本民族的精神象征，对于日本修复战后创伤至关重要。因此，麦克阿瑟悄悄下令免除裕仁所有的战争罪责。为了隐瞒真相而让人们相信天皇没有直接参与战争，也没有制造暴行，麦克阿瑟和裕仁联合起来在战争罪被告的证词做文章。最近几十年来，日本历史修正主义者拒绝接受“天皇非神”的说法，认为天皇《人间宣言》中的措辞只是用一种迂回的方式来安抚美国侵略势力。

“侵略势力试图割裂天皇和日本人民之间的联系，”东京备受争议的靖国神社和游就馆（Yasukuni Shrine and Museum）里的一块纪念匾上写道，“他们广泛宣传天皇在新年发表的《人间宣言》是‘天皇关于人性的宣言’，但事实上天皇只是说要回归明治天皇（Emperor Meiji）[1868 年] 发表的御誓文中的原则。”

战后，裕仁得知日本战犯的骨灰被秘密供奉在位于东京心脏地带的靖国神社，于是提出对其进行抵制。战争结束到他去世的 40 多年里，裕仁经常出席公众场合，欢迎外国首脑来访东京，还出国会见大不列颠伊丽莎白女皇二世（Queen Elizabeth II）和美国总统杰拉尔德·福特（Gerald Ford）。1975 年，他拍了一张举世闻名的照片：参观加利福尼亚州迪士尼乐园时与一位“另类”首脑——米老鼠的合影。在位 63 年后，裕仁天皇于 1989 年 1 月 7 日去世，终年 87 岁。据说他入土的时候手腕上戴了一块米奇手表。

★

罗伯特·奥本海默（Robert Oppenheimer）在原子弹被投下，曼哈顿计划被详细披露后一举成名。他成了《时代》和《生活》的封面人物，被誉为开启核时代的知识分子。奥本海默曾试图回归学术界，但后来他意识到自己对教学的热情已经淡去，就接受了一个名为高等研究院（Institute for Advanced Study）的智库的负责人一职。他也倡导核军备控制。1952 年一种新的武器——氢弹的爆炸迎来了热核武器的时代，其威力远远超过在广岛和长崎的爆炸。这种新武器其实需要原子反应来触发更强大的热核爆炸，由此产生了这样的说法："所有的核武器都是原子武器，但不是所有的原子武器都是核武器。"

如今，包括美国、俄罗斯、以色列、英国、法国、中国、巴基斯坦、印度在内的数个国家拥有或被怀疑拥有发动核战争的能力：估计当前共有 16300 件核武器。

罗伯特·奥本海默的安全通关许可在 1953 年被中止，1954 年被完全吊销，因为 FBI 指控他与共产党有瓜葛。后来检查脱密文件时发现，奥本海默从没背叛过美国，而且几次拒绝了苏联克格勃让他当间谍的要求。然而，在 62 岁的奥本海默于 1967 年 2 月 18 日死于喉癌后很久，他的嫌疑才得以洗清。妻子凯蒂——奥本海默有过几次出轨但仍然没有和妻子离婚——火化了他的尸体，在维尔京群岛（Virgin Islands）他们的海边房屋附近把骨灰撒向大海。后来这栋房屋在暴风雨中被毁，所以也不知道骨灰盒被安放何处，只留下一个谜团——正如奥本海默本身一样就是个谜。

★

原子弹对广岛（Hiroshima）和长崎（Nagasaki）的影响遗留了几十年。两座城市都已经改头换面，所有的建筑都是清一色钢筋混凝土结构，就像那些在爆炸中幸存下来的建筑一样。在广岛，传奇性的原爆纪念馆（A-BombDome）成了在战争中使用的第一枚原子弹永远的象征。T 型相生桥是“艾诺拉·盖伊”的目标点，在轰炸中幸存下来，后来好几年也依然屹立不倒。然而，原子弹造成的结构性损毁带来的恶果终于显现，这座桥后来得到重建。

原来的艺备银行也幸免于难，不仅仍然矗立在那，还免费向公众开放。这栋建筑的很多东西都没变，出纳窗口还是在原来的位置，不过翻新了。游客可以从街上走 9 级台阶来到这栋钢筋混凝土结构的大楼，感受一下高仓亚纪子（Akiko Takakura）的上班早到习惯是如何在 1945 年 8 月 6 日早上救她命的。

长崎距广岛西南有不到 4 小时的动车车程。那里，乡村的崎岖路况暗示了“奥林匹克行动”将需要克服非常恶劣的地形条件。长崎的忙碌港口和码头是众多游轮、货船，以及日本海军军舰青睐的落脚点。离市中心两英里电车车程的是一块巨大的光滑石碑（这与广岛爆心地纪念处形成鲜明对比，广岛的只是放在小巷里的一小块匾，上面还把“Enola Gay”错拼成了“Enora Gay”），标志着这里曾是原子弹爆炸的中心地。

和广岛一样，长崎并没有留在原子弹的阴影里无法走出来。两座城市现在都因为这两场爆炸而成了旅游景点。当地详细介绍原子弹破坏的纪念碑和博物馆非常值得一去。

★

阿尔伯特·爱因斯坦（Albert Einstein）是原子弹之父。他在 1905 年提出了著名等式 $E = mc^2$，解释了质量如何转化为能量，从而奠定了核爆炸的理论基础。这位出生在德国的物理学家于 1933 年访问美国，当时阿道夫·希勒特刚刚上台。他选择不回国，因为“第三帝国”不接纳犹太人。1940 年，61 岁的爱因斯坦获得了美国国籍。前一年，他给当时的总统富兰克林·罗斯福写了一封信，提醒他注意纳粹德国研制核武器的野心。这导致了曼哈顿计划的成立，也开启了美德之间开发第一枚原子弹的竞赛。

然而，爱因斯坦不被允许参加曼哈顿计划。联邦调查局（FBI）认为，他已经公开承认自己是反战主义者，还是个充满同情心的自由主义者，因此是极大的安全隐患。联邦调查局局长 J. 埃德加·胡佛（J. Edgar Hoover）留有一份关于爱因斯坦的秘密文件，但一直没能证明这位物理学家和共产党有关系。爱因斯坦的许多朋友都搬到了洛斯阿拉莫斯参加曼哈顿计划，他们一直告诉他计划的进展。

1947 年，爱因斯坦在新泽西州普林斯顿的原子科学家紧急委员会（The Emergency Committee of Atomic Scientists）工作。作为委员会成员，他在一封信里写道："吾等科学家言之凿凿：吾等当抉择——今后数载，为或不为，无论成败，皆可决定文明之命运也……"

"今原子弹降祸，芸芸众生皆为同胞，此易见之理也。信之从之，则人类发展更进一步；拒之背之，任民族主义之仇恨狼吞虎噬，则自取灭亡耳。"

1955 年，阿尔伯特·爱因斯坦因腹主动脉瘤而病逝，享年 76 岁。爱因斯坦的遗体火化前，普林斯顿医院一个病理学家擅自把他的大脑取出作为科学研究。

★

保罗·蒂贝茨上校（Colonel Paul Tibbets）余生都因轰炸广岛而备受争议。然而他从来没有让步，坚信自己的所作所为是正确的。战机"艾诺拉·盖伊"本身也未必就免遭悠悠之口，华盛顿史密森尼学会旗下的国家航空航天博物馆（Smithsonian's National Air and Space Museum）在她被忽视多年后计划对其进行翻修，并公开展览，纪念战争结束 50 周年。20 年里，工人花了 30 多万工时才把这架飞机恢复原貌。

那次展览的主题是道歉，表示美国不该投下原子弹，而且如果进攻日本本土的话，头几个月美军的死亡人数才不到31000。后来由于来自老兵的压力，展览改变了主题，让游客用自己的方式来解读投放原子弹的是非。"艾诺拉·盖伊"如今在国家航空航天博物馆弗吉尼亚州尚蒂利的史蒂文·乌德沃尔哈齐中心（Steven F. Udvar-Hazy Center in Chantilly, Virginia）展出。

“博克斯卡”（Bockscar）——装载投向长崎的第一颗原子弹的飞机，也被重金修缮。如今她在俄亥俄州代顿的莱特－派特森空军基地的美国空军国家博物馆（National Museum of the US Air Force at WrightPatterson Air Force Base in Dayton, Ohio）展览。

驾驶“艾诺拉·盖伊”的蒂贝茨上校和驾驶“博克斯卡”的查克·斯维尼少校（Major Chuck Sweeney）在他们漫长的军队生涯中都晋升为将军。蒂贝茨一直留在空军，对传统轰炸机到喷气式轰炸机的变革贡献卓著。斯维尼战后退出现役，但仍然在马萨诸塞州空军国民警卫队（Massachusetts Air National Guard）当飞行员。斯维尼于 2004 年在波士顿去世，终年 84 岁。蒂贝茨 92 岁去世，生前要求被火化而不是土葬，这样抗议者就不会到他的墓地去进行反核游行了。他的骨灰撒在二战期间曾多次飞过的英吉利海峡（English Channel）。

★

桥本以行（Mochitsura Hahimoto），击沉“印第安纳波利斯”号的伊－58潜水艇指挥员，在海上得知了原子弹轰炸的消息。他和船员以为这些报道只是美国人在虚张声势。8 月 15 日，伊－58 回到港口，刚好得知日本投降的消息。

虽然战争结束了，但桥本以行得到晋升，被任命为“雪风（Yukikaze）”号驱逐舰舰长，还被派去中国带那里的日本军队回来。然而，美国海军仍然对“印第安纳波利斯”号的悲剧耿耿于怀，于是传唤桥本以行去查尔斯·麦克沃伊舰长的军事法庭审判中作证。

1945 年 12 月 11 日，桥本以行在华盛顿出庭，表示当时麦克沃伊根本救不了船员，这位舰长应该被判无罪。虽然如此，麦克沃伊还是被判有罪。桥本以行在 1946 年回国后不久就从日本海军退役了；后来，子承父志，桥本以行也成了一名神道教牧师。桥本以行于 2000 年 10 月 25 日去世，终年 91 岁。

★

简·麦克阿瑟（Jean Macarthur），道格拉斯·麦克阿瑟的妻子，终年

101 岁。2000 年，在丈夫离世后 36 年，简在纽约市寿终正寝。她为麦克阿瑟纪念馆的建造做出了巨大贡献，麦克阿瑟纪念馆位于弗吉尼亚州诺福克（Norfolk），是一个博物馆和研究中心。在纪念馆的建设过程中，简是董事会主席，并以 91 岁高龄给纪念馆剪彩。

1988 年，罗纳德·里根（Ronald Reagan）总统授予简总统自由勋章（Presidential Medal of Freedom）。1994 年，日本天皇和天皇访美时私下里拜访了简在纽约华尔道夫大厦（Waldorf Towers）的公寓。麦克阿瑟将军去世后，她一直没再婚，死后也和丈夫一起安葬在诺福克麦克阿瑟纪念馆圆形纪念馆里。

★

阿瑟·麦克阿瑟四世（Arthur Macarthur IV），道格拉斯·麦克阿瑟将军的儿子，仍然活在世上。虽然他的行踪已经成为流传于街头巷尾的传奇故事。77 岁的他早已改名换姓为大卫·乔丹（David Jordan）。2014 年，他得到 65 万美元的安家费，供他搬离在曼哈顿五月花酒店租住的公寓。他去了格林尼治村（Greenwich Village），听说在那儿成了一名钢琴家，并不与任何把他和麦克阿瑟这个名字联系起来的人接触。

★

几位后来的美国总统曾在二战中服过役，其中有海军军官詹姆斯·厄尔·“吉米”·卡特（James Earl “Jimmy” Carter）和乔治·赫伯特·沃克·布什（George Herbert Walker Bush）。

卡特还是海军学校学员的时候，就被定为参加战争的现役军人人选。他于 1943 年就读于安纳波利斯（Annapolis）海军学院，于 1946 年毕业。如果战争还没结束，他和同学一定会被派去太平洋战场参加对日发动的海上进攻。卡特后来在“密西西比”号战舰上服役，这艘战舰曾在太平洋战场广泛参战。1948 年，他转到潜水艇部队，是第一批登上核潜艇的水手之一。吉米·卡特于 1953 年从海军退役。

乔治·H. W. 布什，美国第 41 任总统，于 1942 年 18 岁时加入海军，19 岁生日前成为一名海军航空兵飞行员。他被派往太平洋战场，在那儿执行了 58 次飞行任务。1944 年 9 月 2 日，正是日本投降一年前，一次行动中，他的复仇者（Avenger）俯冲式轰炸机被敌人高射炮击中，他被迫跳伞并成功到达安全地带，然后乘着救生筏在海上漂了 4 小时，最终被一艘美国潜艇搭救。后来他又在“圣哈辛托”号（USS San Jacinto）航空母舰上服役，执行飞行任务。1944 年 12 月，服役 15 个月后，布什被派往弗吉尼亚州诺福克海军基地担任飞行教练，直到 1945 年 9 月日本投降后从海军退役。

布什总统和卡特总统都应比尔·奥雷利的要求，对杜鲁门总统投放原子弹的决定提出了自己的看法。在布什总统的提议下，两人给比尔写的信首次在这本书里公开。比尔·克林顿（Bill Clinton）总统和贝拉克·奥巴马（Barack Obama）总统拒绝就杜鲁门的所作所为表态。

★

哈里·杜鲁门和道格拉斯·麦克阿瑟的关系最终并不是皆大欢喜。战争的最后一点痕迹直到 1952 年 4 月 28 日才消退，当时美国通过在旧金山签署的协定实现了对日本的占领，两国之间正式言和。那时，道格拉斯·麦克阿瑟（Douglas Macarthur）作为盟军最高指挥官的任期早就到期了。

1950 年 6 月 25 日，朝鲜半岛爆发战争，麦克阿瑟被任命为美国和韩国部队的指挥官，负责击退共产主义的进攻。1950 年 9 月，将军成功实施了史上最大的两栖登陆之一：源源不断的军队登陆上岸，远远越过敌人在仁川的阵线，夺回当时的韩国首都汉城。1950 年 10 月，哈里·杜鲁门总统飞往太平洋威克岛（Wake Island）与麦克阿瑟讨论朝鲜战争事宜，并准备授予他杰出服役勋章（Distinguished Service Medal）——麦克阿瑟的第五枚这样的勋章。

然而，会面不欢而散。杜鲁门一开始就非常恼火，因为麦克阿瑟让总统足足等了 45 分钟才从飞机上下来。此外，麦克阿瑟对待总统就像对待同等地位的人一样，才初次见面就跟总统握手而不是向总统敬礼。杜鲁门这个人从来都不会忘记别人的轻慢或哗众取宠之举，他一直对麦克阿瑟耿耿于怀，因为麦克阿瑟曾公开质疑他在太平洋的外交政策并称之为“绥靖和投降主义”的战略——这句话还被写进了《国会记录》（*Congressional Record*）这种官方文件里。

而这次麦克阿瑟姗姗来迟，更增添了杜鲁门对他狂妄自大的性格的不满，他觉得麦克阿瑟简直太离谱了。将军不回别人的电话，因为他觉得这不符合他“国家首脑”的身份。当被要求向美国国务院简要介绍朝鲜半岛危机时，麦克阿瑟大剌剌地说：“我是国家领袖，干吗要向他们汇报？杜鲁门总统会去汇报吗？英格兰国王，其他国家的领袖会去汇报吗？”

威克岛会面之后，朝鲜战争的局势就开始不利于麦克阿瑟了。中国军队援助了朝鲜军队，顶住了美军前进的步伐。麦克阿瑟压根儿就不听杜鲁门直接给他的命令，而是想着扩大战争规模，把战线向北推进到中国的领土，好好收拾那些入侵的共产党分子。

1951 年 4 月 5 日，麦克阿瑟违逆杜鲁门总统的命令，下令美军向中国领土挺进。那时，由于麦克阿瑟声名显赫，做出这样违背政府意见的决定意味着他惹了个大麻烦，但杜鲁门对此不慌不忙。4 月 6 日，他召集最高顾问开会，谈论解雇这位妄自尊大的将军一事。不过问题的本质是文官在军事政策上到底有没有发言权。很明显，麦克阿瑟决定自作主张去朝鲜和中国打仗，完全不在乎美国总统的权威。①

参谋长联席会议成员很快表达了意见，赞同以抗命为由将麦克阿瑟撤职。4 月 7 日，杜鲁门在关于参谋长联席会议的日志里写道：“诸位一致同意解雇麦克阿瑟。所有四人均如是提议。”

但在 1951 年 4 月 11 日，杜鲁门正式宣告解除麦克阿瑟的指挥权时，民

---

① 杜鲁门在一封信里写下了他对麦克阿瑟忤逆态度的感受，这封信现为比尔·奥雷利所有，并转载于本书中。

众大举抗议，表示强烈拥护这位将军。杜鲁门的公共支持率再次跌到谷底。虽然如此，在 4 月 11 日华盛顿时间晚上 8 时，麦克阿瑟还是被解雇了。杜鲁门命陆军部长小弗兰克·佩斯（Frank Pace Jr.）给麦克阿瑟带话，但佩斯没有接受命令。麦克阿瑟是在东京和妻子共进午餐时从广播里听到自己被解雇的消息的。

这标志着道格拉斯·麦克阿瑟军事生涯的结束。他荣归故里，纽约市准备了盛大的游行队伍热烈欢迎他，围观群众有 700 多万，在曼哈顿街道上绵延 19 英里。3000 多吨传单从窗户、阳台和屋顶撒下。

而同时也出现了弹劾杜鲁门的呼声。由于支持率跌至 22%，杜鲁门不得不放弃再次参加 1952 年的大选。

★

道格拉斯·麦克阿瑟余生过得锦衣玉食，他和妻儿居住在纽约华尔道夫阿斯托利亚酒店（Waldorf Astoria Hotel）的顶层公寓里。1962 年，他在西点军校发表了传奇性的演说《责任，荣誉，国家》，结尾有这样几句话："暮色已经降临，生命已近黄昏。旧日的风采和荣誉已经消逝，随着对昔日事业的憧憬，带着那余晖消逝了。往日的记忆奇妙而美好，浸透了眼泪、微笑、安慰和抚爱。我尽力但徒然地倾听，渴望听到军号那微弱而迷人的旋律，还有远处战鼓那急促而动人的节奏。梦幻中依稀又听到大炮在轰鸣，又听到滑膛枪在开火，又听到战场上那哀愁的呻吟。然而，晚年的回忆经常将我带回西点军校。我的耳旁回响着，反复回响着：责任，荣誉，国家。今天是我对你们进行的最后一次点名，希望你们知道，当我到达彼岸时，我魂牵梦萦的仍然是你们这支部队，这支部队，这支部队。——别了！[①]"

1964 年 4 月 5 日，道格拉斯·麦克阿瑟因原发性胆汁性肝硬化病逝，这种疾病会破坏肝脏中的胆管，但病因不明。麦克阿瑟终年 84 岁。入土前，

① 译文选自《课外阅读》，2006 (1) :38–39。本书译者稍作改动。

他的灵柩安放在国会大厦圆顶大厅（Capitol Rotunda），约15万人排队静候瞻仰将军遗容。

★

哈里·杜鲁门习惯每天长时间散步，并适度喝点加水的波旁威士忌，因此他一生长寿健康。杜鲁门于1972年12月26日以88岁高龄寿终正寝；他妻子贝丝在10年后随他而去。两人都被安葬在密苏里州独立城（Independence）的杜鲁门总统图书馆里。

THE WHITE HOUSE
WASHINGTON

April 26, 1951

Dear Russ:

Your letter of the twelfth interested me tremendously, and I also want to thank you for sending me the original of Jacob Burck's cartoon. I need not tell you that I am grateful for your favorable comments concerning the replacement of General MacArthur and the speech of explanation to the American people. It seems to me that everyone who stops to think should understand that under our constitutional system military commanders are subordinate to civil authority.

I am very glad that you wrote me, and your prayerful wishes are especially appreciated.

Very sincerely yours,

Harry Truman

Mr. Russ Stewart,
General Manager,
Chicago Sun-Times,
211 West Wacker Drive,
Chicago 6,
Illinois.

白宫

华盛顿

1951年4月26日

亲爱的鲁斯：

你的第12封信极大地引起了我的兴趣，我也想感谢你给我寄来了雅克布·伯客的卡通原作。我要告诉你，我感谢你对换掉麦克阿瑟将军以及向美国人民发表的解释性讲话做出了积极的评论。在我看来，只要能静下心来想一想，就会明白，根据我国宪法，军队指挥官应当服从于政府领袖。

我非常高兴你给我来信，尤其感谢你所表达的虔诚祝愿。

你十分真诚的，

哈里·杜鲁门

鲁斯·斯图尔特先生，

总经理，

《芝加哥太阳报》，

西威克大道211号，

芝加哥6号，

伊利诺伊州

JIMMY CARTER

This is an excerpt from "A Full Life." I haven't changed my mind.

"We… were again at sea about a year later, when we sat on deck and listened to President Truman's nasal voice announce over the loudspeaker that a formidable weapon had been dropped on Hiroshima and that he hoped this would convince the Japanese to surrender. All of us agreed with his decision, because it was generally believed that 500,000 Americans would have been lost in combat and many more Japanese killed if we had invaded the Japanese homeland and it was defended with suicidal commitment by Japanese troops on the ground. We were disappointed when we didn't return to port in time to join in the celebration when Japan surrendered just a few days later."

Sincerely,

Jimmy Carter

吉米·卡特

这是《充实的一生》节选。我的想法如故。

“我们……大约一年后又来到海上，我们坐在甲板上，听着杜鲁门总统对着喇叭用他那鼻音说，一件超强武器已经被投放到广岛，还说希望可以说服日本投降。我们所有人都同意他的决定，因为大家都认为，如果我们进攻日本本土，日本军队和我们拼死一战的话，就会有50万美国人战死，而日本方面的伤亡将更为惨重。几天后，我们没能及时赶回码头参加日本投降仪式，大家都非常失望。”

你真诚的，

吉米·卡特

GEORGE BUSH

January 5, 2016

Dear Bill,

In response to your question, I think Harry Truman did the right thing. Thousands of Americans would have died invading Japan. Maybe even me. My squadron was training for the invasion and close to shipping out again when Harry dropped the bomb. So would I have done the same thing? I think so. At that time, it was the right decision. Tough but right.

I hope this helps. Happy New Year.

Sincerely,

Mr. Bill O'Reilly
Anchor
Fox News Channel
1211 Avenue of the Americas
17th Floor
New York, NY 10036-8795

乔治・布什

2016年1月5日

亲爱的比尔，

对于你的问题，我认为哈里・杜鲁门做得对。如果我们攻打日本本土，那么成千上万的美国人会丧生，也许连我也会死。我的中队当时正在为进攻进行训练，正当我们马上要再次乘航母出发的时候，哈里投下了原子弹。如果是我，我会做同样的事吗？我觉得我会。当时，投放原子弹是正确的决定。这是一个艰难的抉择，但却是正确的。

希望我的信会对你有所帮助。新年快乐。

你真诚的，

乔治・布什

比尔・奥雷利先生

主持人

福克斯新闻

第六大道1211号

17层

纽约，NY 10036-8795

GEORGE W. BUSH

February 9, 2016

Mr. Bill O'Reilly
New York, New York

Dear Bill:

Thank you for writing about this consequential time in our Nation's history, and thanks for asking my opinion.

When Harry Truman took office suddenly in the final months of World War II, he said, "I felt like the moon, the stars, and the all the planets had fallen on me." Yet the man from Missouri knew how to make a hard decision and stick by it.

In the presidency, there are no do-overs. You have to do what you believe is right and accept the consequences. Harry Truman did just that. I admire his toughness, principle, and strategic vision. He led with our country's best interests at heart, and he didn't care much what the critics said.

As an American and the son of a World War II veteran, I support his decision and am grateful.

Sincerely,

George W. Bush

乔治・W. 布什
2016 年 2 月 9 日
比尔・奥雷利先生
纽约，纽约

亲爱的比尔：

感谢你记述我们国家历史上这一重大时刻，也感谢你征求我的意见。

哈里・杜鲁门在二战结束前几个月才突然上任，他说：“我感觉像是月亮、星星，以及所有的星球都掉在了我身上。”话虽如此，这位密苏里人知道如何做出艰难的抉择并坚持下去。

当总统的，做出的决定无法收回。必须要做你认为正确的事并承担后果。哈里・杜鲁门就是这样。我敬佩他果断，有原则，有战略远见。作为国家领袖，他把国家的最高利益铭记于心，不管别人怎么指责。

我是美国人，也是二战老兵的儿子，我支持他的决定，感激他的所作所为。

你真诚的，
乔治・布什

参考资料来源

写作历史传记的一大乐趣在于，作者要像侦探一样对史料抽丝剥茧，再化零为整，如此便可把某一事件或话题写得有血有肉，跃然纸上。我们查阅了海量资料，如游记、档案、政府数据库、网站、其他作者的作品等，不一而足。我们想感谢弗吉尼亚州诺福克麦克阿瑟纪念基金会（MacArthur Memorial Foundation）的詹姆斯·佐贝尔（James Zobel），他不懈地帮助我们搜寻麦克阿瑟将军夫妇的一些鲜为人知的资料。希望去诺福克的游客都能到这座少人问津的博物馆看看，因为里头提供了大量关于麦克阿瑟生平的信息，还展出了他的众多私人物品。

海军战争学院（Naval War College）档案管理员长达拉·贝克尔（Dara Baker）鼎力帮助我们在一部叫《尼米兹灰皮书》（*Nimitz Graybook*）的文献里查找尼米兹上将的事迹。密苏里州独立城哈里·杜鲁门图书馆和博物馆的大卫·克拉克（David Clark）也慷慨帮助我们找到了关于这位已故总统生平的一些隐秘的细节。和所有总统图书馆网站一样，杜鲁门图书馆网站也详细介绍了总统在任期间的事迹，并提供了关于杜鲁门写信习惯的详情。杜鲁门政府中大量级别较低的官员的信息也可以在这个网站上找到。读者可参阅www.trumanlibrary.org。

马里兰州（Maryland）安纳波利斯（Annapolis）的美国海军学院博物馆（US Naval Academy Museum）应该是每个历史迷的必游之地，即使你对历史的兴趣不过是昙花一现，也应该去看看。这座博物馆展览了美国海军的一切以及其他文物。

游客可以看到约翰·威尔克斯·布斯（John Wilkes Booth）的靴刺，就是他在刺杀亚伯拉罕·林肯（Abraham Lincoln）后从总统包厢跳下来时被卫队标志勾掉的靴刺；还可以看到传奇人物约翰·保罗·琼斯（John Paul Jones）之墓。写作本书的时候，我们主要关注的是详细介绍海军对太平洋战争的影响的展览以及大量文物，如切斯特·尼米兹上将用来签署日本投降文件的钢笔，以及 1945 年 9 月 2 日上午日本投降代表团交给盟军的一把剑。博物馆里还展出了一些在美国海军历史上有着突出影响的旗帜，如海军准将马休·佩里（Commodore Matthew Perry）1853 年来到东京湾（Tokyo Bay）时船头悬挂的美国国旗星条旗，这面国旗后来在日本投降的那个早晨飘扬在“密苏里”号军舰上。美国海军学院博物馆也藏有另一面曾在“密苏里”号上空飘扬的国旗，但目前没有展出。感谢档案管理员吉姆·契夫斯（Jim Cheevers）的大力相助。

海军学院博物馆也有关于珍珠港的精美展览，也会放映相关电影。但为了最好地了解珍珠港事件，我们建议读者前往夏威夷火奴鲁鲁参观亚利桑那军舰纪念馆（USS Arizona Memorial），除了在陆上纪念馆参观内容丰富的展览，欣赏生动描绘偷袭珍珠港事件及其后果的电影外，游客还可以乘船亲临“亚利桑那”号曾经停泊而如今残骸犹在的地方。许多在“亚利桑那”号爆炸并沉没的那个周日早上牺牲的士兵仍然在船里沉睡，而那些大难不死的人要求死后把骨灰放到“亚利桑那”号里，这样他们就能和曾经同船的战友一起长眠。

一旁停靠着的是“密苏里”号战列舰，舰上火炮象征性地保卫着这座纪念馆。昵称为“大莫（Mighty Mo）”的“密苏里”号战列舰如今已成为一座船上博物馆，游客可以登上舰船，看看当年日本签署投降书的确切位置。

作者也想感谢华盛顿史密森尼学会旗下的国家航空航天博物馆，以及杰出的二战文学作家、研究员布莱恩·索贝尔（Brian Sobel）。

以下是写作中用到的其他资源，尽管没有详尽地一一列举，但也能为读者自行进行历史研究提供大概的参考。

网站、报纸杂志和档案：一般性背景知识

报 纸 杂 志 : New York Times, Life magazine, Los Angeles Times, the Guardian, Washington Post, Spokane Daily Chronicle, Australian, Wall Street Journal, Times of India, Associated Press, U.S. News & World Report, New Yorker, Japan Times, New York Post, Chicago Tribune, Marine Corps Chevron, Fox News, PBS, BBC.

网站 : Architect of the Capitol (www.aoc.gov); Office of the Clerk, US

House of Representatives (www.clerk.house.gov); National Archives (www.archives.gov), especially dated February 26, 1945, entitled "Captured Japanese Instructions Regarding the Killing of POW"; Battle of Manila Online (www.battleofmanila.org); Congressional Medal of Honor Society (www.cmohs.org);

Supreme Court of the United States (www.supremecourt.gov); FBI Records—The Vault (https://vault.fbi.gov); Office of the Historian (history.state.gov); Central Intelligence Agency (www.cia.gov); USS Indianapolis (www.ussindiana polis.org); Bulletin of the Atomic Scientists (www.thebulletin.org), especially Ellen Bradbury and Sandra Blakeslee, "The Harrowing Story of the Nagasaki Bombing Mission."

档案: Franklin D. Roosevelt Presidential Library and Museum;

United States National Archives; Princeton University Library, The Manhattan Project—US Department of Energy; The George C. Marshall Foundation; US Department of State—Office of the Historian; Library of Congress—Carl Spaatz Papers; Congressional Rec ord, V. 145, Pt. 8, May 24, 1999, to June 8, 1999; Congressional Record, V. 146, Pt. 15, October 6, 2000, to October 12, 2000; National Library of Australia— Trove (archives of the Argus); US Naval War College (especially the Nimitz Gray book); Harry S. Truman Library and Museum; Records of the United States Marine Corps; US Naval Institute Naval History Archive; US Army Center of Military History Combat Chronicles of US Army Divisions in World War II.

贝里琉岛

Adam Makos with Marcus Brotherton, Voices of the Pacific; E. B. Sledge, With the Old Breed; John C. McManus, Grunts; John Toland, The Rising Sun: The Decline and Fall of the

Japanese Empire, 1936 - 1945; Major Frank O. Hough, USMC, The Assault on Peleliu.

麦克阿瑟

Douglas MacArthur, Reminiscences; Samuel Eliot Morison, History of United States Naval Operations in World War II, vol. 13: The Liberation of the Philippines—Luzon, Mindanao, the Visayas, 1944 - 1945; Robert Ross Smith, Triumph in the Philippines (United States Army in World War II: The War in the Pacific); Gavin Long, MacArthur.

杜鲁门

Jon Taylor, Harry Truman's Independence: The Center of the World; Sean J. Savage, Truman and the Democratic Party; David M. Jordan, FDR, Dewey, and the Election of 1944; Jules Witcover, No Way to Pick a President; Margaret Truman, Harry S. Truman; Steven Lomazow and Eric Fettman, FDR' s Deadly Secret; Les lie R. Groves, Now It Can Be Told: The Story of the Manhattan Project; Thomas Fleming, Truman; David McCullough, Truman; Margaret Truman, Bess W. Truman; Steve Neal, ed., Eleanor and Harry: The Correspondence of Eleanor Roo sevelt and Harry S. Truman; J. Samuel Walker, Prompt and Utter Destruction: Truman and the Use of Atomic Bombs Against Japan.

裕仁天皇和日本

Arne Markland, Black Ships to Mushroom Clouds: A Story of Japan's Stormy Century 1853 - 1945; Francis Pike, Hirohito's War: The Pacific War, 1941 - 1945; Herbert P. Bix, Hirohito and the Making of Modern Japan; Michael Kort, The Columbia Guide to Hiroshima and the Bomb; D. M. Giangreco, Hell to Pay: Operation Downfall and the Invasion of Japan, 1945 - 1947; Douglas J. MacEachin, The Final Months of the War with Japan; Tsuyoshi Hasegawa, ed., The End of the Pacifi c War: Reappraisals; Hutton Webster, Rest Days: The Christian Sunday, the Jewish Sabbath, and Their Historical and Anthropological Prototypes; Edward J. Drea, In the Service of the Emperor: Essays on the Imperial Japanese Army; Noriko Kawamura, Emperor Hirohito and the Pacific War; Gavan Daws, Prisoners of the Japanese: POWs of World War II in the Pacific; E. Bartlett Kerr, Surrender and Survival: The Experience of American POWs in the Pacific, 1941 - 1945; David M. Glantz, Soviet Operational and Tactical Combat in Manchuria, 1945: "August Storm"; Stephen Harding, Last to Die: A Defeated Empire, a Forgotten Mission, and the Last American Killed in World War II.

陆军航空兵团

Robert Frank Futrell, Ideas, Concepts, Doctrine: Basic Thinking in the United States Air Force, 1907 – 1960; Samuel Russ Harris Jr., B–29s Over Japan, 1944 – 1945: A Group Commander' s Diary; James G. Blight and Janet M. Lang, The Fog of War: Lessons from the Life of Robert S. McNamara; Edwin P. Hoyt, Inferno: The Fire Bombing of Japan, March 9 – August 15, 1945; Graham M. Simons, B–29: Superfortress: Giant Bomber of World War 2 and Korea; Robert O. Harder, The Three Musketeers of the Army Air Forces: From Hitler' s Fortress Europa to Hiroshima and Nagasaki; Eric Larrabee, Commander in Chief: Franklin Delano Roosevelt, His Lieutenants and Their War.

“三位一体”和原子弹

Everett M. Rogers and Nancy R. Bartlit, Silent Voices of World War II; Robert James Maddox, ed., Hiroshima in History: The Myths of Revisionism; Gar Alperovitz et al., The Decision to Use the Atomic Bomb; Robert Cowley, ed., The Cold War: A Military History; Richard Rhodes, The Making of the Atomic Bomb; Michael D. Gordin, Five Days in August: How World War II Became a Nuclear War; Robert Jay Lifton, Death in Life: Survivors of Hiroshima; John Hersey, Hiroshima; Paul Ham, Hiroshima Nagasaki: The Real Story of the Atomic Bombings and Their Aftermath; Al Christman, Target Hiroshima: Deak Parsons and the Creation of the Atomic Bomb; Charles Pellegrino, To Hell and Back: The Last Train from Hiroshima; Gerard DeGroot, The Bomb: A Life; Tsuyoshi Hasegawa, ed., The End of the Pacifi c War: Reappraisals; Dennis D. Wainstock, The Decision to Drop the Atomic Bomb: Hiroshima and Nagasaki: August 1945; Ray Monk, Robert Oppenheimer: A Life Inside the Center; Samuel Glasstone, ed., The Effects of Nuclear Weapons.

“印第安纳波利斯”号和美国海军

Richard F. Newcomb, Abandon Ship!: The Saga of the U.S.S. Indianapolis, the Navy' s Greatest Sea Disaster; Doug Stanton, In Harm' s Way: The Sinking of the U.S.S. Indianapolis and the Extraordinary Story of Its Survivors; Edwyn Gray, Captains of War: They Fought Beneath the Sea; Christopher Chant, The Encyclopedia of Code Names of World War II; Raymond B. Lech, The Tragic Fate of the U.S.S. Indianapolis: The U.S. Navy's Worst Disaster at Sea; Walter R. Borneman, The Admirals: Nimitz, Halsey, Leahy, and King—the Five–Star Admirals Who Won the War at Sea; Kit Bonner and Carolyn Bonner, USS Missouri at War.

致 谢

本书是“杀死”（killing）系列小说团队的又一力作。感谢团队所有成员，文稿代理人埃瑞克·西蒙诺夫（Eric Simonoff），精明敏锐、洞察力强的出版商史蒂夫·鲁宾（Steve Rubin），以及性情安静的天才编辑吉莲·布莱克（Gillian Blake）。我也对我的电视节目老板罗杰·艾尔斯（Roger Ailes）和为我工作 20 年、处事沉着冷静的助手马可达·乌布内（Makeda Wubneh）表示万分感激。谢谢你们大伙儿！

——比尔·奥雷利

感谢好朋友埃瑞克·西蒙诺夫、吉莲·布莱克、史蒂夫·鲁宾的关心以及从专业角度给予的启发。感谢马可达·乌布内。感谢德文（Devin）、康纳尔（Connor）、利亚姆（Liam）。感谢我妻子克莱娜（Calene），她是一位出类拔萃的女性。当然，还要感谢勇敢无畏的比尔·奥雷利。

——马丁·杜加尔德